科幻文学群星榜

华语实力科幻作品
群星奖大满贯

Sci-Fi

在时间的铅幕后面

童恩正——著

山东教育出版社

图书在版编目（CIP）数据

在时间的铅幕后面 / 童恩正著 . — 济南 ：山东教
育出版社 , 2021.8（2021.9 重印）

（科幻文学群星榜）

ISBN 978-7-5701-0175-7

Ⅰ . ①在… Ⅱ . ①童… Ⅲ . ①幻想小说－中国－当代

Ⅳ . ① I247.5

中国版本图书馆 CIP 数据核字（2021）第 118518 号

ZAI SHIJIAN DE QIANMU HOUMIAN

在时间的铅幕后面　　　　　　　　　　童恩正　著

主管单位：山东出版传媒股份有限公司

出版发行：山东教育出版社

　　　　　地址：济南市市中区二环南路 2066 号 4 区 1 号　邮编：250003

　　　　　电话：（0531）82092600　　网址：www.sjs.com.cn

印　　刷：三河市冠宏印刷装订有限公司

版　　次：2021 年 8 月第 1 版

印　　次：2021 年 9 月第 2 次印刷

开　　本：880 mm × 1300 mm　1/32

印　　张：8.5

印　　数：10001-13000

字　　数：218 千

定　　价：33.80 元

（如印装质量有问题，请与印刷厂联系调换）

印厂电话：0316-3655888

《科幻文学群星榜》编委会

总策划：**李继勇** 北京书香文雅图书文化有限公司总经理
主　编：中国科普作家协会科幻专业委员会
总统筹：**韩　松　静　芳**

编委会：

王晋康 / 中国作家协会会员，中国科普作家协会科幻创作研究基地主任，中国科幻银河奖终身成就奖及全球华语科幻星云奖终身成就奖获得者。

王　瑶 / 笔名夏笳，西安交通大学副教授，中文系系主任，科幻作家和科幻研究学者。

任冬梅 / 中国社会科学院副研究员，科幻研究学者。

江　波 / 科幻作家，全球华语科幻星云奖、中国科幻银河奖、京东文学奖获得者。

杨　枫 / 成都八光分文化CEO，冷湖科幻文学奖发起人之一。

李　俊 / 笔名宝树，科幻作家，全球华语科幻星云奖、中国科幻银河奖获得者。

肖　汉 / 科幻评论者，北京师范大学文学院讲师。

吴　岩 / 中国科普作协副理事长，南方科技大学教授、博士生导师，科学与人类想象力研究中心主任。

陈楸帆 / 世界华人科幻协会会长，传茂文化创始人。

陈　玲 / 中国科普作家协会秘书长。

张　凡 / 钓鱼城科幻中心创始人，科幻研究学者。

张　峰 / 笔名三丰，科学与幻想成长基金首席研究员，科幻研究学者。

罗洪斌 / 中国科普作家协会会员，科幻活动家。

姜振宇 / 四川大学文学与新闻学院中国科幻研究院院务秘书长。

姚海军 / 科幻世界杂志社副总编，全球华语科幻星云奖联合创始人。

贾立元 / 笔名飞氘，科幻作家，清华大学文学博士，清华大学中文系副教授。

姬少亭 / 未来事务管理局局长。

韩　松 / 中国作家协会会员，中国科普作家协会科幻专业委员会主任委员。

戴锦华 / 北京大学中文系比较文学研究所教授，博士生导师，北京大学电影与文化研究中心主任。

李继勇 / 北京书香文雅图书文化有限公司总经理。

静　芳 / 北京书香文雅图书文化有限公司总编辑。

总　序

想象新时代

　　《科幻文学群星榜》是由中国科普作家协会科幻专业委员会联合其他科幻组织，共同推出的一套科幻书系。这是一个规模庞大的工程，目前来看也是独一无二的工程，基本囊括了中华人民共和国成立以来老中青几代具有代表性的科幻作家的佳作。这些作家以年龄看，最早的是20世纪20年代出生的，最晚的是"90后"。

　　这套书系的出版，恰逢中华民族实现第一个百年目标——全面建成小康社会。因此，它呈现了百年未有之变局中，中国人对一个崭新时代的想象。随后陆续推出的作品，还将伴随中国迈进基本实现现代化的伟大进程。

　　科幻文学作为一种年轻的文学品类，本身就是现代化的产物。1818年，世界上第一部科幻小说《弗兰肯斯坦》诞生在第一个实现产业革命的国家——英国。此后科幻文学在法国、美国、日本等工业化国家繁荣起来，进入蓬勃发展的黄金时代。科幻作品反映着科技时代人类社会的变迁和走向，反思当代人类面临的多重困境，力图打破所谓世界末日的预言，最终描绘出一个五彩斑斓、生机勃勃的新未来。

　　如今，地球上正在发生的最具"科幻色彩"的事件之一，便是中国的崛起。这个进程不仅改变了这个文明古国的命运，也影响着全人类的走向。中国奇迹般地成了拉动世界经济增长的有力引擎。人类历史上首次十亿以上人口的国家将要集体迈入现代化的门槛。中国科幻文学正是中华民族伟大复兴进程的见证者、参与者与推动者。

早在20世纪初，中国的一些有识之士便把科幻作品译介进来，掀起了第一次科幻热潮。它承载起"导中国人群以行进""改变中国人的梦"的使命。20世纪50-60年代，随着中国自己的工业和科技体系的建立，科幻作家们以满腔热情擘画了一个欣欣向荣的新世界。1978年改革开放后，中国再次向现代化进军，科幻迎来新的勃兴。作家们满怀豪情地书写科学技术为实现现代化、为谋求人民的幸福生活所创造出的神奇美景。进入21世纪，尤其是随着新时代的来临，这个文学门类也进入成长的新阶段。随着《三体》等作品的问世，中国科幻迎来了新一轮热潮。作家们描绘着古老的中华民族在实现全面小康和建成现代化强国的过程中所面临的新机遇、新挑战，谱写着中国走向世界、步入太阳系舞台中央并参与宇宙演化的新篇章。

科幻文学的发展折射着中国国运的巨大变迁。当今，海内外不同领域的人们对中国的科幻文学的空前关注，实际上是关注中国的未来，关注世界第二大经济体将如何持续演进，关注14亿人的创造力将怎样影响乃至重塑这个星球。从现实意义上来说，这套书系不但包含这些丰厚的信息，而且集中梳理了新中国科幻文学取得的辉煌成就，整理出新中国科幻文学发展的宽阔脉络；从一个特殊的侧面，还反映了中华民族从站起来、富起来到强起来的进程，见证中国走向更加灿烂辉煌的未来。

这套书系具有以下三个特点：

一是权威性。它由中国科普作家协会科幻专业委员会主持编选，并与国内多个科幻组织合作，其中包括得到了中国科普作家协会科学文艺专业委员会、科幻世界杂志社、南方科技大学科学与人类想象力研究中心、未来事务管理局、八光分文化、重庆钓鱼城科幻中心等的鼎力相助。编者从中华人民共和国成立以来的海量科幻文学作品中，精选出足以体现时代特征的作品。收入书系的作者，涵盖了雨果奖、银河奖、星云奖、晨星奖、光年奖、未来科幻大师奖、引力奖、水滴奖、冷湖奖、原石奖、坐标奖、星空奖等中外各类科幻大奖的获得者。

二是系统性。它收集了中华人民共和国成立以来不同时期作家的代表作。作者中有新中国科幻奠基者和老一代作家如郑文光、童恩正、萧建亨、刘兴诗、潘家铮、金涛、程嘉梓、张静等，也有改革开放后崛起的新生代作家刘慈欣、王晋康、何夕、韩松、星河、杨鹏、杨平、刘维佳、赵海虹、凌晨、潘海天、万象峰年等，以及以"80后"为主体的更新代作家陈楸帆、飞氘、江波、迟卉、宝树、张冉、程婧波、罗隆翔、七月、长铗、梁清散、拉拉、陈茜等，还有在21世纪崛起的全新代作家杨晚晴、刘洋、双翅目、石黑曜、王诺诺、孙望路、滕野、阿缺、顾适等，从而构成比较完整而连续的新中国科幻光谱，是对中国科幻文学发展历史的一次系统检阅。

三是丰富性。它比较全面地展现了广域时空中新中国的科幻生态和创作风格。这里面既有科普型的，也有偏重文学意象的；既有以自然科学为主体的核心科幻，也有侧重社会现象的"软"科幻；既有代表科幻未来主义的，也有反映科幻现实主义的；既有传统风格的写法，也有实验性质的探索。作品的主题涵盖了中国科技、社会、文化和民生的热点。从中可以看到，一个曾经积弱的民族，如今正活跃在地球内外、大洋上下、宇宙太空、虚拟世界、纳米单元、时间航线、大脑意识等各个空间。这里有中国政府和人民引领抗击全球灾难的描述，有脱贫的中国农民以新姿态迈出太阳系的故事，也有星际飞船和机器人在银河系中奏唱国际歌的传奇。

这套书系力求构建起一个灿烂的星空，并以此映射人们敏感而多样的心灵。爱因斯坦说，想象力比知识更重要。科幻是相伴人类发展进步而产生的新兴事物，是一个民族想象力的集中反映，是科技创新的艺术表达，在人们面前呈现出一幅幅奔向明天、憧憬和创建未来的美好画卷。许许多多杰出的科学家、工程师和企业家，在年轻时就受到科幻文学的熏陶和影响，因此走上了创造神奇新世界的道路。中国正在稳步建设创新型国家，需要更多富有创造力的人才脱颖而出。科幻文学也肩负着实现中国梦的责任，在点燃青少年科学梦想、激发民族想象力和创造力方面，起着不可或缺的作用。

这套书系将为广大读者尤其是年轻人打开中国科幻和未来世界的门户，有助于人们拓宽视野、开阔思想、激发灵感、探索未知、明达见识。它也将进一步促进中外科幻、科技、文化和文明的交流，为人类的共同发展做出中国的一份独特贡献。

中国科普作家协会科幻专业委员会

2020年10月1日

悼吾友

——代序

刘兴诗

吾友恩正，生性豪爽，嫉恶如仇，刚直不阿，无一丝媚骨。以大智大慧、先知先觉学者身份涉足文艺，其文恰如其人。依据严谨，观点精辟，处处洋溢对美好人生之眷恋，科学真知的追求，焕发出真挚浓郁的民族精神，无一不真、不善、不美。

作为中国科幻文坛的元老，他历经了中国科幻小说发展的全过程，总结其成绩有五。

一、首倡科幻小说的正确观念

中国科幻小说诞生于少儿科普园地。初发展时，几乎众人皆持同一观念，以为是科普的一个分支无疑。

恩正独具慧眼，力排众议，首先提出科幻小说属于文学范畴，以培养读者科学的世界观为主要任务，不应等同于一般的科普宣传性作品，为科幻小说明确定位。

虽然这个观念一时不能为所有人接受，事实证明他所提出的方向是正确的，为日后中国科幻小说顺利发展，具有极其重大的导向性意义。说他对中国科幻小说有观念开辟之功，当不为过。

二、为中国科幻小说生存抗争的斗士

进入20世纪80年代以来，科幻小说的"科""文"之争愈演愈烈。一些人假借各种权力与手法，对初具繁荣迹象的科幻小说横加指责鞭挞。一些作者受到不公正批判，许多作品被无端指责为"伪科学""反科学"，甚至与某些格调低下的"地摊文学"等量齐观，一律划为必须彻底清除的"精神污染"品种。于是，一时万马齐喑，许多科幻与科学文艺刊物被迫停刊，几乎所有的出版社都停止出版科幻作品，大有黑云压城城欲摧之势。

此时，恩正愤然领导作家群，挺身辩论应战。在极其困难的条件下，鼓励同仁继续创作，终于为中国科幻小说的生存，争取到一席之地。言恩正为维护中国科幻小说的生命与尊严的勇猛斗士，也是十分恰当的。

三、开辟成都科幻中心的核心人物

中国科幻小说发祥于北京、上海南北两大中心，区域发展极不平衡。

1979年以来，恩正大声疾呼，身体力行，依靠四川省及成都市科普创作协会支持，团结当地作家群，创办刊物，提倡研究，推出大量优秀作品，使成都迅速成为科幻小说活动中心之一。彻底改变原有布局结构，形成与京、沪三足鼎立之势。嗣后，又担任中国科学文艺委员会主任委员，对全国科幻事业发展作出重大成绩，是我们十分信服的核心领导人物。

四、十分注重科学性的重文学流派代表人物

恩正的作品以思想犀利、哲理深沉、故事生动、文采丰富而著称。其代表作《珊瑚岛上的死光》，被评论家认为是中国科幻小说的重文学流派作品，他是该流派的代表人物。

然而在此我还要着重说的是，恩正的科幻作品岂止在于偏重文学？

人们常有一个错误观念，将重文学流派与重科学流派相对立，称为"软科幻"与"硬科幻"，以为二者绝不相似相容。以此推论，便以为作

为重文学流派代表人物的童恩正，其作品便无任何科学成分可言了。

这是一个形而上学的观点，也极不了解恩正其人其文。

遍观恩正的科幻作品，几乎无一不有浓烈的科学性。

他的早期代表作《古峡迷雾》，是他在研究生时代开展的瞿塘峡研究工作的副产品。他的许多涉及历史考古的科幻作品，无一不与自身专业息息相关，无一不有典籍出处。

在其作品中，还有以《珊瑚岛上的死光》为代表的一些涉及电子科学的作品，人们或以为出自推测妄想。其实这些素材，均来于乃弟恩川，一位电子科学学者处。恩正孜孜好学，知识旁及许多学科领域。

我与恩正曾结山野缘，亦是文字交。他的一些创作题材，常是我们共同工作中，有所悟而产生的。许多作品常给我先过目，讨论落实其中若干科学材料。

记得他的《雪山魔笛》初成时，曾就文中描述的花岗岩颜色，征询我的意见。为了烘托场景，他用"黑色"，似十分妥切。但当我告以，世间无黑色花岗岩，只有肉红色和灰白色两种，他略事沉吟，立刻提笔修改。一字之易，显示他的严谨治学态度，表现了对科学性的刻意追求。

十分注重科学性，充分表现文学性。二者兼容并包，高度有机统一，是恩正的科幻作品的精髓。非如此，不足以了解其人，也无法真正了解其文。

五、为中国科幻小说争取三个第一

在中国科幻的文坛上，恩正创造了几个第一，值得大书特书。

《古峡迷雾》，中国第一部文情并茂、真正的科幻"小说"。与此同时代的作品，大多仅是儿童科普"故事"而已。

《珊瑚岛上的死光》，荣获1978年第一届全国优秀短篇小说奖。这不仅是恩正的殊荣，也是把科幻小说推向更加广阔领域的里程碑。

同名电影，是中国第一部科幻电影，亦具里程碑意义。

文章是其心镜。读恩正文，须了解恩正人。

他在弥留的最后一息，尚谆谆咨语其后人，要回故土，回中国去，正是他一生执着的心迹表现。

读他的散文，读他的科幻作品，请牢牢记住，其中有一个真挚性情的爱国者。他，就是我们深切思念的童恩正。

我永远不会忘记1997年4月21日，成都那个凄清的雨夜。噩耗传来，使我惊若失魂。是夜，雨瀑如注不息。那是我的泪洪，为故友横流难止。

恩正，我含泪为你在故土选穴。今生今世无缘剪烛西窗对坐了，让我独自在你的坟前娓娓絮语吧！

魂兮归来，故国青山有穴。有待你，一代旷世学人，一代科幻大师。

安息吧！我的朋友。

泪书于病榻

1997年9月9日

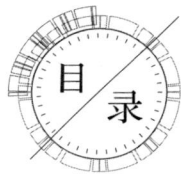

目录

Catalogue

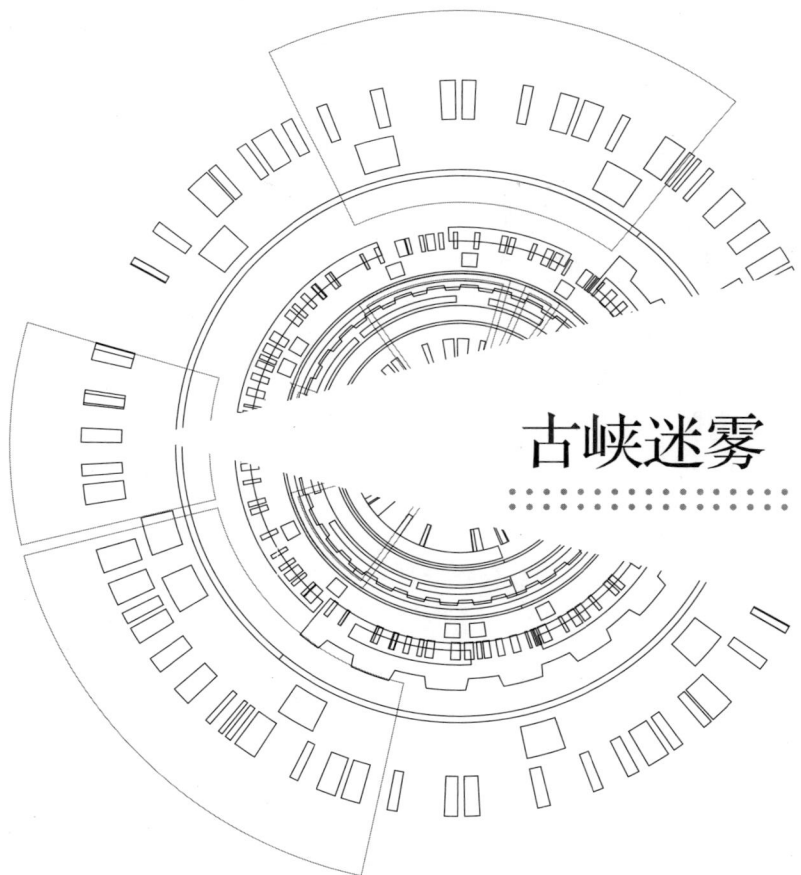

古峡迷雾

一、被遗忘了的民族

公元前316年的秋天。

一轮明月缓缓地从山冈后面升起，江州城锯齿形的雉堞和高耸的望楼就从朦胧的山影中显现出来了。这座建筑在长江旁边高高的陡岩上的城市就是巴国的首都。

这是近两个月来难得的寂静夜晚，除了远处传来一两声凄凉的号角声以外，只有城下长江的流水冲击着陡岩，发出有韵律的声音。

然而，这不是和平的日子。在城上望楼的瞭望孔中，哨兵们都在警惕地防守着，他们紧握鼓槌，准备随时发出警号。在城墙上面到处蜷曲着一群一群的武装战士，由于连日的血战，他们已经疲惫不堪，所以在今夜战斗的间隙中，都沉沉地入睡了。然而即使是在梦中，他们的手还是紧扣弓弦，他们的头下还是枕着出鞘的青铜剑。紧张的战斗气氛，并没有随着黑夜的来临而消逝。

远处传来一阵武器的铿锵声，在几支火把的照耀下，一支小小的队伍走上城来。领头的是一个身材高大的老人，他全身披挂着用皮革和铜片制成的甲胄，外貌庄严，身材魁梧。他的身影一出现，城墙上的哨兵立即轻声相告："国王来了！"

国王微微一摆手，把自己的侍从留在身后，然后跨过睡在地上的战士的身体，走到城墙边上，眺望着远方。在银色的田野上，敌人燃起的篝火散布在远处的山冈上，成为一个半圆形的火圈，包围着江州，犹如无数猛兽血红的眼睛，窥伺着这座城市。

这是今年春天的事情了。蓄谋要统一天下的秦国，从陕西南部越过了号称天险的秦岭，进入四川，首先攻灭了建立在川西平原上的蜀国，然后调集大军，向川东的巴国进攻，包围了江州。巴国的战士们进行了英勇的抵抗，可是他们人数太少，使用的青铜武器又不及秦军的铁制兵器锋利，经过了两个月的血战，江州的陷落，国家的灭亡，已经是不可避免的事情了。今天晚上敌人停止了攻击，沉默——这正是最后摧毁江州的激战之前的沉默。

国王心中十分明白，他自己的命运和全族人的命运，都已经面临最后关头了。在这个时候，巴国的全部历史如同闪电一样，短暂而清晰地映现在他的脑海中。两百多年以前，他的祖先带领着族人，从湖北的清江流域出发，沿着长江进入了四川。他们披荆斩棘，穿过了难以通行的峡谷和激流，一路上和洪水、猛兽以及其他民族进行了顽强的斗争，最后终于在川东的丘陵地带定居下来，开垦了土地，建立了城堡。多么艰巨！回忆起这些，国王心中充满了辛酸。而现在，自己的土地正受到敌人的践踏，高大的城堡即将化为灰烬，自己的族人将要变成敌人的奴隶。难道没有办法为巴国的复兴保留一点希望，难道没有办法为巴国人民保留最后几颗自由的种子吗？

忧愁和犹豫的表情最终从国王脸上消逝了。他坚定地抬起头来，下定了最后的决心。

"叫王子来见我！"他回过头去，下达了命令。

过了一会儿，一个青年人矫健地跑上城来。他和普通的士兵一样全身武装，只是身上披的一张虎皮表明了他的身份。

"父王！您有什么吩咐？"他走到国王身边，低声问道。

国王沉重地说："你看，今晚上敌人这样安静，我估计他们一定是在准备做最后的攻击了。现在我们的粮食已经吃光，能够拿起武器的人也快死完了，明天的激战，将决定我们国家的命运。为了使我们不致亡国灭种，你要真实地执行我的嘱咐。你宣誓吧！"

王子跪了下来，拔出宝剑，割破了自己的手指，将鲜血洒在地上。

"我宣誓执行您的一切命令，父王！"

"好了，你起来吧！"国王等他站起来以后，向一个武士说，"把长老们都请来，我有急事要和他们商量。"

不久以后，八个老人来到了国王身边。这是巴国几个大族的族长。他们享有从古老的氏族社会中遗留下来的一些权力，所以国王有事，首先要找他们商量。

"我请你们来，是想向你们，也是向全国宣布一桩事。从现在开始，我将王位传给我的儿子，祖传的权杖、印玺和宝剑，都移交给他。现在我们三面受到了敌人的包围，只有靠江边的一条路是通的。这座城池已经守不住了，我要他马上率领人民离开江州，沿江向东走，回到我们的老家去，在那儿找个合适的地方，重新把国家建立起来。"

"父王，您……"王子焦急地问道。

"你们至少需要三天的时间，才能从敌人手中逃脱。因此，我要留下来拦阻敌人。"

"父王，让我留下来，您走吧！"王子泪流满面地说。

"去吧！儿子，不要忘记你的誓言。我相信，只要能够保留住我们国家的种子，巴国在以后还是会繁荣强大起来的。"国王解下了身上的佩剑，亲手系在王子腰间。一个武士拿来了印玺和权杖，国王庄严地把它们送到王子手上。

几个长老对于局势是很清楚的。他们知道，为了整个国家，只有采取这样的办法。他们都请求道："国王，让我们也留下来吧。这儿埋葬了我们好几代的祖先，让我们的骨头也躺在自己的土地上吧！"

"不行！"国王说，"你们是全国最有学识的人，你们负有教养下一代的责任，不要让他们忘记了我们古老的风俗，不要让他们忘记亡国的悲痛和耻辱。你们快走吧！我将我的儿子托付给你们了。"

王子猛地扑倒在国王脚旁，哀求道："父王，让我留下吧！我可以挡住他们，你走吧。"

"时间太紧迫了，你快去召集人民，立即出发。除了守城的战士之外，你应该把所有的人都带走！如果你还不行动，就是违背了你的誓言。"

国王洪钟般的声音是这样果断有力。王子站起身来，最后看了他父亲一眼，流着泪走了。几个长老低垂着头，跟在他后面。

片刻以后，城中骚动起来，这是人们在准备出发了。

等到东方发白的时候，出发队伍中的最后一个居民已经离开了江州。国王目送着一条长长的人影沿着长江向东走去，然后把守城的战士召集起来，下了一道"坚守阵地"的命令。战士们默默地回到自己的岗位上去，哼着悲壮的歌曲，静候着最后时刻的到来。他们知道，为了自己亲人的安全和后代的幸福，他们是应当牺牲的。

随着新的一天的到来，战斗开始了，黑色的人群像潮水一样冲向这座城池。残酷的血战持续了三天三夜，当最后一个保卫者——也就是国王——倒下的时候，秦军才真正占领了江州。

秦军的统帅一看自己付出了惨重的代价，但是只占领了一座空城时，不由暴怒起来。

"追！追！"他焦躁地下了命令，"只要是巴国人，一律砍杀不留！"

然而在几天以后，前往追击的秦军都失望地回来了。巴国全部的残余民众已经在川东的崇山峻岭中，在那遮天蔽日的原始森林中消失了，也从历史上永远地消失了。从此以后，这个民族神秘的命运就不再为人们所知。

千百年来，长江的水不断地奔流着，它的波涛带走了无数的兴亡故事。而这一桩历史上曾经发生过的悲剧，也就淹没在大量的历史事件的洪流中，逐渐地被人们遗忘了。

二、一柄青铜剑

已经快近中秋了，月光分外皎洁。西南大学成荫的花木和高大的宫殿式建筑，笼罩在一层薄雾轻纱中，显得格外恬静幽美。这时历史系考古学教研组年轻的助教陈仪，正沿着林荫道向杨传德教授家中走去。

这个二十六岁的年轻人是一个中国共产党员。他的相貌非常英俊。饱满的前额，高而直的鼻梁，给人一种精明能干的感觉。彪悍结实的身材，全身都迸发出一种青春的朝气和活力。1955年他从大学毕业后，就加入了一个考古队，在长江上游奔走过几年，因此获得了不少的实践经验。在考古学界一些前辈的眼中，他已被认为是一个很有才干的考古工作者了。

为了配合长江三峡水库的建设，由几个省的有关单位联合组成的"长江文物保护委员会"将要在三峡地区组织大规模的考古发掘。考古队是由西南大学历史系教授杨传德领导的，陈仪被指定做他的助手。由杨传德和陈仪共同拟订的发掘计划，已经在昨天召开的各有关单位的联席会议上通过了。但是陈仪知道这次发掘的规模大，任务重，因此今晚他又来拜访杨传德，想把工作中的某些细节再明确一下。

在这里，应当将杨传德教授向读者介绍一下。这个人的外貌给人的印象是严峻的，清癯的脸上显出在知识分子中少见的黝黑的颜色，紧锁的双眉和嘴角边两条深直的皱纹显示了他刚毅的性格。他的个头很高，走路时习惯微微低着头，这使他在任何时候都有一种深沉的风度。他已经有五十多岁了，从他那饱经风霜的脸色看起来似乎还要苍老一些，不过他那坚韧有力的肌肉和旺盛的精力，也正是从雨雪烈日中锻炼出来的。他是一个很有声誉的考古学家，中华人民共和国成立以后，领导过几次大规模的考古发掘。特别值得提出的是，1954年在四川巴县冬笋坝和昭化宝轮院这两处地方，杨传德找到了古代巴国的一批贵族墓葬，出土的铜器和古剑上刻有很多巴国的象形文字。1957年，杨传德终于辨认出了这种文字，从而解决了巴国历史中的很多重要问题，这个发现在国内外引起了广泛的重视。

当陈仪来到他家的时候，杨传德正坐在书桌旁边，对着一本摊开的书呆呆地出神。

"你来得正好！"他站起来说，"陈仪，我正想去找你呢。"

"有什么事吗？"陈仪发觉今晚教授的情绪有一点激动。

"我想找你研究一下，修改我们的发掘计划，增加一点新内容。"教授说，"这次我们原来只计划发掘两处新石器时代的遗址，但是我想把勘探古代巴国遗迹的任务也增加进去。你知道，整个巴国的历史中，有一点还是我们所不了解的，这就是它被秦国灭亡以后，由巴国王子所率领的人民的最后下落究竟怎样。他们是逃到其他的地方融合在其他民族中间呢，还是遭到了灭亡的命运？现在，我有了一点解决这个谜的线索。"教授走到墙壁上挂着的大地图前面，继续说下去，"你看，我们计划发掘的第一个遗址就是巫山代溪遗址，它位于长江三峡的第一个峡——瞿塘峡的出口处。解决巴国历史最后一个问题的关键，据我估计可能就在这附近。我们可以抽空到周围去走走，这对于原来安排的计划是没有什么影响的。"

这个意外的提议使陈仪感到有点惊异。他知道教授为人沉着慎重，不经过深思熟虑，是不会骤然做出什么决定的。

"杨老师，"他问道，"据我所知，到目前为止，沿长江的涪陵以下，没有发现过巴国的遗址。巴国灭亡以后，它的遗民向川东边境退却，也不过是一个传说而已，究竟到了什么地方，历史上并没有记载。您怎么知道在瞿塘峡中可以找到巴国的遗迹呢？而且，您这个推测为什么不在昨天的会议上提出来呢？"

"昨天下午，我收到了考古研究所送来的一本书。这一切推测都是由这张照片引起的。"

杨传德从桌上拿起一本英文书，翻到书后的插图部分，递给陈仪。

这是一柄青铜剑的照片，像这种没有剑格和剑首①，剑身成柳叶形的剑，正是巴国特有的一种武器，考古学上称它为"巴式剑"，它和黄河流域出土的"中原剑"不同。由于陈仪对这种武器非常熟悉，所以他很快就从几个细小的地方看出这柄剑应该是巴国后期的遗物。

在国内，"巴式剑"的正式发现是从1954年才开始的，而在此以前，一个外国人的著作中竟出现了这种剑，这是令人不解的事。陈仪不由得仔

---

① 剑格，是剑身和剑柄交界处的横隔物，俗称"护手"；剑首，是剑柄顶端的装饰品。

细地翻阅起这本书来。

这是一本厚重的、酱红色封面的书，装帧十分考究。封面上用金字印着书名：

《中国西部的远古文明》

J·史密斯教授著

美国柯顿大学出版社，1958年

在第一页上，印着作者的题词：

谨将此书献给我的中国朋友吴均。1932年6月，他在中国西部的探险事业中不幸牺牲。愿上帝安慰他的灵魂。

"史密斯？就是那位1932年来中国活动的'华西探险队'的队长吗？他从哪儿弄到这张照片的？"陈仪问道，"吴均又是谁呢？"

"史密斯就是当年'华西探险队'的队长。吴均是我的一个老朋友。"教授说，"这一切说来话长，让我从头至尾告诉你吧。"

于是教授用一种低沉的、深深为回忆所激动的声调，讲出了下面的故事：

说起来，史密斯、吴均和我都是同学。1924年，我和吴均同时考进美国柯顿大学。至于史密斯，他的班次比我们低，在美国时，我并不认识他。

1928年大学毕业时，我和吴均都是班上的优秀生，又精通中国历史，所以美国有几个大学同时约我们去工作。但是我们都是中国人，祖国把我们哺育成人，我们不能忘却她。虽然当时她是那样黑暗和混乱，但我们仍然希望能用自己的学识为她做一点工作。就是这种怀乡爱国的激情，驱使着我们怀着满腔热情赶回祖国来了。

我们都是学考古的，甚至可以说是中华人民共和国成立前第一批系统地学习考古科学的人。但是在当时军阀混战、民不聊生的情况下，谁还有闲心来发展考古事业？我和吴均奔走了几个月，连工作也找不到。最后靠着这块留学生的招牌，总算在一所中学里找到了一个教师的职位。我教历史，吴均教生物。

我不能不以极大的怀念谈到我的朋友。在那种充满了悲观失望，前途茫茫的岁月里，他仍然充满了朝气和信心。要不是他时刻鼓舞着我对生活的信心，对祖国未来的希望，我真怀疑自己能不能有活下去的勇气。我的勇敢正直的朋友，他的才华也是我所难以比拟的，回国以后改行教书，对于他来说，损失是比我更大的。

1931年，史密斯从香港写信给我们，说他率领的"华西探险队"将来四川考察古代文化，约我们参加工作。他是从我们的老师泰勒博士处打听到我们的消息的，信中还附来了泰勒的介绍信。

在当时，我们对于帝国主义文化侵略的本质还是认识不清的。我们认为既然中国政府无力进行考古发掘，那么借外国人的力量来进行研究工作也是可以的。因此我和吴均立即回信，表示接受他的邀请。但是我们提了一个条件：所有调查发掘的珍贵文物，没有得到中国政府的同意，不能擅自运出国外。史密斯不久回电，表示"欣然同意"。

1931年秋天，史密斯从陕西南部进入四川，我们在川北的剑阁和探险队会合，正式参加了工作。不久以后，我们就发觉探险队沿途花在考古上的时间并不多，史密斯对于各地资源和交通情况的调查似乎更加热心一些，每到一处，都要详细地访问和绘制地图。而史密斯本人的品质也是非常恶劣的，他不过是一个不学无术的花花公子，完全没有领导一个考古队的能力。他之所以能够当上队长，不过是因为这个探险队的费用由美国东亚博物馆的"罗氏基金会"提供，而史密斯的父亲是一个大资本家，在"罗氏基金会"中有左右一切的权势。这一点史密斯自己也知道得很清楚，因此全部考古调查报告的草稿，都由我和吴均执笔。不过令人难以容忍的是，史密斯在中国的土地上，俨然以主人自居，气焰十分嚣张。他肆意破坏中国的古迹，为了便于携带，他不惜将许多名贵的汉唐雕塑击碎。这使我和吴均十分痛心，我们多次提出抗议，但是他仍然置之不理。有一次，他在广汉公然爬上一座明代庙宇的屋顶去揭取屋脊上的雕塑，当地人民想要制止他，他竟开枪威胁，因此引起了群众的公愤，狠狠地揍了他一顿，他才收敛了一些。

这样的探险，这样的考古，在科学上的意义自然是不大的。我们之所以没有中途离开这个团体，不过是因为我们对考古事业的热爱，产生了一种多少要做点工作的想法；其次，有我们在队内，史密斯也不敢为所欲为，这样可以将他的破坏活动减少一些。

我们越过了川西平原，在1932年春天到达了重庆，然后从这里乘船到三峡地区考察。但是走到忠县，我就病倒了，不得不在当地医院住下来。这时吴均也不愿意再待在探险队中了，想要留下来照顾我。但是由于探险队的工作即将结束，所以我劝他继续前进，至少也要把这一次考察的结果拟出一份科学报告来，这个工作，我知道不是史密斯所能胜任的。经过我再三坚持，吴均只好依依不舍地离开了我，临行前我将自己从美国带回的一只旅行背囊送给他使用。想不到我们这一别竟成了永诀，从此以后，我就再也没有看到过我的这位朋友了。

一个月以后，我的病好了。当时交通不便，我不知道探险队已经到了什么地方，所以就直接回重庆去了。在那里，我收到了史密斯从上海发出的一封来信，他说探险队的工作已经结束，他正准备动身回国。至于我的朋友吴均，据他说，是在一次调查中失足坠岩牺牲了。

几年形影不离的共患难的生活，已经使我和吴均有了一种比兄弟还亲密的感情。因此在接到这个消息以后，我悲痛万分，立刻打电报给史密斯，要他说明吴均的死因和地点，我至少要看一看我的朋友的遗骸。但是史密斯没有回信，匆匆地回国了，临行时甚至背信弃义地盗走了探险队搜集的全部文物，而当时的反动政府也不敢阻拦他。

后来，我才辗转打听到一些情况。探险队到达奉节以后，史密斯和吴均到瞿塘峡附近去调查一个山洞。他们进洞七天没有出来，人们都以为他俩出事了。到第八天，史密斯才一个人疲惫不堪地回到了营地，说吴均已经在山中摔死了。等到精神恢复以后，他就放弃了到巫峡和西陵峡去调查的计划，立即将探险队的工作结束了。

27年过去了，我没有一刻忘记过我的朋友和他那突然的死亡。因我坚持要他继续工作而使他送掉了性命，这是我永远也不能原谅自己的……唉，恐怕我是说到题外去了。

昨天我收到史密斯著的书。从前面的题词来看，他倒没有忘记自己的熟人。这本书的内容是不值一提的，资料陈腐，并且充满了对中国人民的仇视和诬蔑。我随便念两段给你听，你就会明白它的全部内容了。"吾等在中国西部并未发现任何旧石器时代之遗迹，盖其时西方之尼安德特人①并

---

① 尼安德特人是旧石器时代的一种人种，1856年这种人的化石在德国杜塞尔道夫城附近的尼安德特地方初次被发现，这种人生活在距今四万年至十万年前。

未迁入中国，故此广大之地面上，实乃一片荒凉。"又如这一段："此种彩陶，制作精美，其与黄河流域之彩陶文化同出一源，即自西方传来，自无疑义，盖中国之民族生性笨拙，势不能有此高度之艺术创造也。"这本书就是由类似这样的谬论凑成的。不过从那张"巴式剑"的照片中，我倒看出了一个很奇怪的问题。

史密斯对于中华人民共和国成立以后大量出土的文物资料是罔无所知的，在书中他主要还是运用27年前他调查所得到的资料。不过这张照片印得很清楚，剑身上用白漆写的号码也可以看到，这就是 W.C.Y.1050。"W.C.Y."的意思是"中国西部长江流域"，这是史密斯"华西探险队"在四川时所用的统一的编号。因此我断定这柄剑是27年前被他劫走的文物之一。

当我在忠县离开探险队时，并没有发现过这样的剑。我查了一下当时的日记，到我离开探险队为止，文物的编号刚好是 W.C.Y.1049。这就是说，史密斯离开忠县以后，只到瞿塘峡附近去调查过一次，这柄剑是他和吴均出去调查时发现的。

令人难以解释的是，在史密斯以后发表的"华西探险队"的报告中，并没有提到这件事，即使在这本新书中，也没有提到这柄剑发现的经过和地点。如果不是这个号码提供了一些线索，如果不是我亲身参加过"华西探险队"，那么谁也不会想到史密斯是故意隐瞒了这个秘密的。

现在你可以明白了，就是从这柄剑上，我推测瞿塘峡附近有巴国的遗迹。至于史密斯故意隐瞒真相的原因，由于事情已经过了27年，除了他本人以外，恐怕永远也不会有人知道了。

杨传德在微微的叹息声中结束了他的故事。陈仪站起来，按了按额头，好像要从自己的头脑中驱走一些不愉快的想法似的。他是深深地为这一段往事所激动了。像史密斯这类人物，对他来说是不陌生的。这类帝国主义的"专家""学者"，过去在我们的国土上所犯的罪行是难以胜数的，史密斯不过是一个典型人物罢了。这批帝国主义分子不但强盗似的在我国大量盗窃古物，借"调查""探险"的名义来刺探我国的资源分布和国防秘密，而且还以学术研究的幌子对我国的历史和民族进行诬蔑。他们企图使人们相信：中国的人种自古就是低劣的，中国的文化是从西方传来的，所以帝国主义侵略中国，不但是正当的，而且对中国也是有利的。而作为一位中华人民共和国的历史学家，陈仪的任务就是要用大量的、崭新的资料，写出我们历史的真实情况，使全世界的进步人类看到中华民族高度的智慧和悠久的文化，使我国五千年光辉的历史重新放出灿烂的光彩。一种新的荣誉感和责任感激荡着这个年轻的共产党员的心灵。

"杨老师，您不要难过了。"他诚恳地说，"这次我们出去工作，也就是对史密斯之流的一个回击。您的推测是有根据的，明天我们去请示一下领导，就可以将调查巴国遗迹的项目列入计划了。我想，领导一定会支持我们的！"

三、黄金洞的秘密

这里是瞿塘峡。它位于奉节和巫山之间，峡谷全长15公里。过往的旅客们往往在这号称"天下第一雄"的夔门前才真正地开始领略到三峡的奇险和壮丽。

浩荡的长江在这里被两岸陡立的大山束缚成一条狭窄的激流，红色的山崖从江边垂直矗立，高高地耸入云霄，日光只有在中午才能射进这阴暗的峡谷。江水汹涌地冲击在狰狞的礁石上，激起了翻滚的波浪，卷起了巨大的漩涡。瀑布从高山上倾泻下来，在峡谷中回响着可怕的轰鸣。险峻的高山下，奔腾的江水以它的粗犷、它的雄伟震慑着人，激动着人。千百年来，它曾经激发了多少诗人的灵感，引起了多少游客的惊叹！

然而就是在这样的地方，仍然留下了我们英勇的祖先们劳动创造的痕迹。考古队在代溪的发掘进行得非常顺利，遗址内容的丰富，也是过去没有预想到的。

然而杨传德和陈仪的心中仍然十分焦急。来瞿塘峡已经半个月了，他们在周围调查过几次，可是在无边无际的山谷和森林中，哪儿才有巴国的遗迹呢？

"算了吧！"考古队很多同志都劝他们，"你们的推想太玄妙了，那把剑也许是史密斯从其他地方找到的。事情已过了27年，即使有点线索，现在恐怕也难以发现了。"由于教授的推测和古代的传说相符合，所以陈仪相信教授的话是有道理的；尤其是史密斯鬼祟的行动和吴均离奇的死亡，更使他坚定了揭开这个秘密的决心。

"我们应当继续找下去，现在还很难断定这附近没有巴国遗迹。"他说，"问题在于，我们过去的工作方法不大对头。我们刚到此地，人生地疏，不依靠当地群众，自然会一事无成。明天我想去奉节一趟，和县里工作的同志联系一下，也许他们能想出一些办法来。"

陈仪去了奉节一趟，县里的同志建议他去找找那些以熬硝为职业的人。这些人为了寻找硝土，往往是探幽寻秘，什么山壑都爬过，什么山洞都钻过，也许他们能提供一些情况。

陈仪奔走了几天，访问了很多熬硝的工人，然而一点收获也没有。每次都怀着希望出去，带着失望回来。然而陈仪是属于这样一种类型的人，他们的工作有明确的目标，对克服困难充满着信心，不会被挫折所吓倒，具有一种不干到水落石出就不罢休的决心。就是这样，只要发掘工作有空隙，他就背上背囊，跋山涉水，四处寻访。只是繁重的工作使他消瘦了，他变得愈来愈沉默，明亮的眼睛里也丧失了往日的光彩，显出一种内心的不安。现在杨传德也开始劝说他停止这种搜索了，老教授像对自己的亲生儿子一样地关怀他。他情愿放弃自己的假设来保证陈仪的健康。陈仪口头上答应了，但是只要到工作告一段落的时候，他又背起背囊，悄悄地出门去了。

这一天，已经是下午4点钟了，陈仪在又一次失望的寻访以后，从瞿塘峡中赶回营地去。峡中的道路非常艰险，人们是在垂直的崖壁上凿一条凹进去的槽，开通了这条山路。在道路的一边，山岩高高地向江心倾斜着，遮住了天空；在道路的另一边就是几十丈高的陡壁，江水在下面日夜咆哮。

峡谷里的夜色降临得很快，这个时候，已经没有人行走了。陈仪冒着初冬的寒风，很快地赶着路。然而天色阴暗得比他估计的还要快一些，雷声隐隐地从远处传来，乌云在周围的山顶上翻滚。陈仪知道，一场暴风骤雨即将来临了，继续赶路是有危险的。他记得前面不远有一个航标站，于是决定去那儿休息一下。

等到陈仪跨进航标站小屋的时候，已经是雷电交加，大雨倾盆了。在这个小屋中只住着一个跛脚的老工人，他以山区人民固有的热情欢迎着陈仪。

陈仪喝了点热水，吃饱了干粮，然后在灶火的余烬旁坐下来。这时窗外已经完全漆黑，雨声、江涛声响成一片，他知道今晚只好在这儿过夜了。

老人点燃了一盏油灯，这小屋就被暗淡的光照亮了。这时陈仪看到屋角上放着一个用竹条编成的背篓，这个背篓像一个狭长的竹筐，上面有两根结实的背带。它虽然已经破烂不堪，但是陈仪仍然看出这是当地熬硝的人特有的一种工具。

"老人家，您过去熬过硝吗？"陈仪问道。

"三十年以前干过这一行。"老人说。

"什么地方硝土最多呢？"

"在我们这儿，山洞里硝土最多，不过近来也差不多挖完了。"

"那么您爬过很多洞了。"

"当然！"老人笑了，"干我们这一行，就是这个洞爬进去，那个洞爬出来。一两天看不到太阳也是常事。"

"您知道这附近什么地方有古时候的铜器吗？"

"什么铜器？"

"就是铜做的坛坛罐罐和兵器。"

"看到过的，在黄金洞中就有。"

老人在床下翻了一阵，拖出一个铜罐来，递给陈仪："你看，我还带了一个出来呢。"

这是一只圜底①的单耳铜罐，口沿上有一只老虎的图案，它的样式与巴县和昭化两地出土的铜罐一模一样。即使把它混在千百只其他的铜罐之中，陈仪也能分辨出来，这是巴国的铜器。他的心不由得狂跳起来，他终

---

① 圜底就是底部为圆形而向外凸出。

于找到巴国的遗迹了。"黄金洞在哪里？"陈仪焦急地问。

"就在江对岸，你站在门口就可以望到。"

陈仪走到门口，在雷电的闪光中，的确可以看到对岸石壁上有一条狭长的、黑色的缝隙。然而，在这距离江面一百多丈高的光秃的岩石上，人怎么能够进去呢？

陈仪问老人："您怎样进去的呢？"

"这就说来话长了。"回忆起过去，老人的眼睛湿润了，"首先，我要从黄金洞的故事说起……"

不知道是多少年以前的事了，在四川有一个国王，他积累了大量的金银财富。有一天，这些财宝终于引起了邻国的羡慕，于是派兵前来攻打。国王战败了，最后只好带着自己的财宝和少数军队逃走。但是敌人的贪欲没有满足，自然不肯罢休，就派兵紧紧追赶。最后，国王逃到了瞿塘峡中，眼看山穷水尽，无路可走。于是，他下令将全部财宝都装进一个人们无法接近的山洞中。"罪恶的财富！"他叹息道，"害得我国破家亡的都是你们！从今以后，谁要找到你们，谁就将得到残酷的灾祸。愿我的诅咒和这山谷一样，永远留存在世上吧！"说完以后，他就拔剑自刎了。

从此以后，这个山洞就得到了"黄金洞"的名称。每到有暴风雨的晚上，当闪电划破漆黑的天空，狂风在峡谷中呼啸的时候，当地的老人们就会向自己的孩子讲起这个故事。据说直到现在，国王的幽灵还在日夜守护着自己的财富。

终于有一天，这个无稽的传说引起了一批地主官僚的兴趣。这是民国二十二年（1933年）的事情，国民党的县政府突然把一个熬硝工人找了去，县长，也就是当地的大地主，直截了当要他进洞找宝。

这个人名叫李四维，当时他正当壮年，平日也爬过不少奇险的山洞，因为胆子大，身手敏捷，在一般熬硝的人中还有些名气，可能这就是县长选上他的原因了。

要从这样光秃秃的石壁上爬进洞去，那是要拿性命来做赌注的，所以李四维拒绝了。

"不爬就不爬吧！"县长干笑两声，"买卖不成仁义在！以后你要是有什么困难事情，还可以找我帮忙。"

困难的事情马上就发生了。三天以后，地方上的民团绑走了他16岁的独生子，说是要拉去补充壮丁。

李四维立刻明白了这是怎么一回事，于是立刻赶到县里去。这一次县长不见他了，叫人传话下来，只要李四维能进黄金洞，他儿子的事情好商量。

为了救自己的儿子，李四维只好去冒这个没有人敢于尝试的危险。黄金洞下面就是大江，从下面爬进去是不可能的，最后他决定从上面吊下去。

他在对准洞口的山顶上打下一根木桩，用一根几十丈长的绳子，一端系在腰上，一端捆在桩子上，然后让上面的人慢慢地把他放下去。

人在半空中悠荡着，从上面看下去，下面的长江似乎更狭窄了，江水像开水一样在翻滚，江边拉纤的船夫就像一个个小蚂蚁一样。李四维心中明白，现在只要发生一点意外，粉身碎骨的命运就在等待着他。

绳子一寸一寸地放松，慢慢地他已经看得到洞口了。然而眼前的情景却使他倒抽了一口冷气，因为洞口附近的山崖深深地凹了进去。李四维从上面吊下来，距离洞口大约还有两丈远。绳子只能垂直地吊上吊下，但是这一段距离却是水平的。这是一个无法征服的空间。

李四维知道，如果进不了洞，他的儿子是回不来的。他镇静了一下，开始扭动身体，在空中荡起秋千来。绳子摆动着，旋转着，把他像一个陀螺一样地抛来抛去。他的头昏了，两眼冒着金星，但他还是咬紧牙关，尽力摆动身体。

绳子摆动的角度越来越大，速度也越来越快了，这时李四维才发觉，人在这种转圈圈的摆动中，简直是无法控制方向的。有一次，他几乎已经荡进洞了，然而双脚还没有着地，又给荡了回来。第二次他荡歪了，重重地碰在洞口旁边的岩石上，他只觉得左脚一阵剧痛，几乎昏了过去，但是还来不及喊一声，绳子又荡了回来。这一次很凑巧，他是正对洞口的，于是李四维下定决心，又荡了一次，这一下他像箭一样地飞进了洞。他猛地抱住洞壁上凸出的一块石头，胸前被擦得鲜血淋漓，不过总算站稳了身体。

这个山洞非常宽大，洞中并没有传说中的财富，地上凌乱地倒着一些人骨架，旁边有一些破碎的铜罐，周围的石壁上，有许多用红色颜料画的花纹。李四维只好在脚旁捡了一个铜罐作为进洞的证明，然后退了出来。

等到他上来以后，他才发觉自己的左腿已经摔断了。县长听说他连金银的影子也没有见到，发了一阵脾气，失望地回去了。后来他的儿子虽然放回来了，但是他却永远跛了一条腿，从此结束熬硝的生涯。所以李四维长久保留了这个铜罐，用来纪念过去的不幸。

听完这番叙述以后，陈仪不禁舒了一口气，原来巴国的秘密，全部隐藏在黄金洞中了。一个月来的辛勤劳动，总算有了结果。

"原来您是唯一进洞的人，"他对老人说，"难怪我问了很多人，他们都不知道黄金洞的秘密。"

"不，我不是第一个进洞的人。"老人说，"洞中还有一个人，他比我先进去。"

"什么？"陈仪非常诧异，"他是一个什么样的人？怎么……"

一阵雷声打断了陈仪的话。老人沉默了一会儿，好像想起了什么可怕的事情似的。

"一个什么样的人？"老人用一种奇异的眼神看着陈仪，使他突然感到了一阵紧张。

"一个死人。"老人缓慢地说。

"一个死人？什么样儿的？您看清楚了吗？"这件不可想象的事情给予陈仪极大的震惊。

"我清清楚楚地看见一个死人，一个干枯的死人，他脸朝下伏在地上。但是我没有走到他身旁去，关于这个洞的神秘传说和眼前恐怖的景象已经吓得我魂不附体，我急忙拉动信号绳，上面就把我拉出来了。"

原来的问题还没有解决，现在又出现了新问题。陈仪感到在瞿塘峡连绵几十里人迹稀少的悬崖绝壁中，的确隐蔽着很多被人们遗忘的秘密，而要澄清这一切迷雾，只有想办法进入黄金洞，才能最后解决。

夜深了，老人殷勤地为陈仪准备睡觉的地方。陈仪走到窗边，推开了窗子，暴风雨不知什么时候已经停了。一轮明月从乌云的隙缝中射出了清澈的光芒，为静静的群山镀上了一层银色的光彩。

四、用鲜血写成的历史

第二天清晨，陈仪赶回了营地。当他把黄金洞的故事告诉杨传德的时

候，杨传德非常激动地握住了他的手。陈仪知道，他和杨传德都已经对那个长眠在洞中的死人产生了一些联想。但是，这种不祥的想法，他们谁也没有说出来。

现在应当考虑的问题是怎样想办法进入黄金洞了。像李四维进洞那样用生命来"孤注一掷"，显然是不能采用的。杨传德亲自到黄金洞对岸去调查了几次，可是他也想不出办法来超越那几十丈高的陡崖。

一天黄昏，一只小轮船从下游开来了，在代溪旁边停下来，准备过夜。船上坐的全是修筑长江三峡水库的地质工作者，他们是在结束了三峡地区的地质勘探工作以后，回到重庆去的。这是一群热情洋溢、求知欲望很强的年轻人，一到晚上，他们都来拜访考古工作者。

在闲谈中，话题自然就转到了考古队全体人员都在焦虑的黄金洞的问题上，不料地质工作者对这一带的岩洞异常熟悉。原来他们为了了解三峡地区的地质情况，选择适当的拦河坝的位置，几乎已经把这块地方所有的洞都爬遍了。由于黄金洞位置很高，他们没有进去过，但是他们知道这个洞还有另一个洞口，位于几十里路以外奉节境内的桃花乡。

这个消息使陈仪和杨传德十分欣喜。第二天早晨，杨传德立即把发掘工地的工作做了一些安排，他准备亲自到桃花乡去一趟。要深入一个长达数十里的洞中去探险，这是一桩非常艰巨、非常危险的工作，所以陈仪和考古队的全体同志都劝他不要前去。然而，杨传德却坚持了自己的意见。

"你们的生命和我的同样宝贵，"他说，"作为一个队长，我应当去。"

只有陈仪心中明白，杨传德的坚持除了有对工作的高度责任心以外，还牵涉到他心中的一桩隐痛。27年前，由于他坚持要吴均随同史密斯继续探险，以致吴均遭到了不幸，一直到现在，他还是对这一事故感到内疚。

尽管27年的岁月已经逝去了，可是青年时代诚挚的友情仍然在他心上深深地铭刻着。正是这种友情，驱使他决心亲自去找他朋友的下落。

经过一番争执以后，杨传德还是和陈仪一道走了。

他们到达桃花乡以后，当地政府对这项工作非常重视，特地找了很多老年人来询问情况，结果很快就查明了那个洞口是在一座名叫"水桶岭"的山中。不过这些人一听说杨传德和陈仪是想进洞去调查，就异口同声地劝阻起来。他们说："在过去，也有几个胆大的人想要通过这条路到黄金洞去，可是进去以后，却没有一个人出来过。一个老人特别提到：以前他听人家说过，有一个洋人和一个中国人也是要进洞去探险。结果过了七八天以后，那个洋人半死不活地爬出来了，他在洞中究竟看到了什么，由于不懂他的话，谁也弄不清楚。至于那个中国人却再也没有下落。在本地，知道这个洞通往黄金洞的人也很少，不过关于这个洞一些可怕的神话传说，却是人人都会讲上一两段的。"

杨传德对洋人进洞这件事非常关心，又详细询问了一番，可惜的是，当年带那个洋人进洞的向导已经在五年前去世了，因此有关这个问题的真实情况，谁也说不清楚。

陈仪向大家解释了一下进洞的必要和意义，谢了又谢大家的关心，便动身到"水桶岭"去了。

只有等杨传德和陈仪到达"水桶岭"的时候，他们才明白这个地方为什么会得到这样古怪的名称。这儿的地形非常奇特，周围群山环抱，峰峦重叠，中间凹下来成为一个深深的谷地，看起来的确像一个放在地上的大水桶。除了在西面两山之间有一条小隙缝可以进入这个谷地以外，其余的地方都是千丈绝壁，无路可通。洞口就在靠东面的石壁下。

杨传德和陈仪把周围的地形勘察好以后，便背上背囊，准备进洞。他们带了十天的干粮和电筒、绳子、照相机、小鹤嘴锄等必要用品，告别了送行的人们，他们的身影便消失在那黑黝黝的洞口。

洞中的空气是阴凉的，充满了苔藓和土石的气味。转过第一个弯以后，从洞口射来的光线便被遮断了，于是他们就陷入一片伸手不见五指的黑暗中。陈仪拧亮了电筒，在强烈的光芒照耀下，周围奇形怪状的岩石拖着长长的阴影，给人一种恐怖的感觉。一群被惊动的蝙蝠带着很响的振翼声从他们身旁掠过。无穷无尽的黑暗一直延续到深邃的远方。在黑色的帷幕后面不知道隐藏了多少危险。进洞的人如果意志不坚定的话，的确是很难保持前进的勇气的。

山洞非常曲折，旅程也特别辛苦。有些地方，山洞非常宽大，如同一座大厅一样，钟乳石好像千万条华丽的璎珞从洞顶上倒悬下来，在电筒光的照耀下光彩夺目，气象万千。而在另一些地方，山洞又为坍塌下来的巨石所隔断，只剩下一条刚好能容一人爬过的缝隙。

杨传德对于在山洞中探险是很有经验的。为了避免走入歧途或在回来时迷路，他在每一个拐弯的地方都打上了记号。每走三小时，他们便躺下来休息一次，这样，前进的速度虽然慢一些，可是却避免了身体过于疲劳，能够保留精力，应付突然的事变。

这是进洞58小时以后的事情了。前进的道路突然被一条深沟所切断。沟非常深，用电筒照射，对岸黑漆漆的，没法估计有多宽。沟中的水"哗哗"地流得很急，要越过它显然是不可能的。

杨传德和陈仪陷入了束手无策的焦急中。为了探求巴国的秘密，他们已经在前进的道路上清除了很多障碍，而现在，在这最后关头，好像命运故意和他们作对似的，通往目的地的咽喉却又被这条沟扼断了。

就在这个时候，陈仪发觉沟中的水声越来越小了，他打亮电筒一看，几乎不敢相信自己的眼睛，刚才湍急的流水奇迹般地消失了，眼前只是一片布满石砾的沟壑。

"太奇怪了！"他诧异地说，"我们想过沟，水就突然干了，快走吧！"

"等一会儿。"杨传德看着手上的表说，"你这样冒失会送掉性命的。"

他的声音非常沉着，陈仪只好忍住急躁，在他身旁坐下来，耐心地等候。

夜光表在黑暗中发出微光，秒针"咔咔"地走着，这几分钟真是长得难以忍受。

沟底又传来了流水声，陈仪打亮了电筒，就像他们刚来的时候一样，汹涌的流水片刻之间就涨到岸边来了。

他们又等待了一会儿，15分钟以后，水就消失了，再过5分钟，水又充满了深沟。

"每一次流水的间隔刚好是5分钟。"杨传德说，"这次水退以后，我们就可以过去了。不过行动要快一些，如果5分钟之内我们不能到达对岸，那么就会被淹死的。"

在这样危险的环境下，杨传德举止沉着，不慌不忙，就像平日在课堂上一样。

"为什么会出现这种怪现象呢？"陈仪问道。

"这是地下的间歇泉，它每隔一定的时间喷一次水。像这种现象在山洞中经常可以碰到。不过这股泉水特别大，已经成为一条真正的地下河流了。过去大约有不少冒失的人在这儿送掉了性命。这个山洞之所以披上了一层神秘的色彩，恐怕就是这个原因了。"

15分钟以后，水又退下去了。他们一秒钟也不耽搁，立即行动起来。陈仪先用绳子把杨传德从沟边放下去，然后自己也爬了下去。

沟底凹凸不平，布满了被水冲得溜滑的大小石头，涓涓细流从脚底流过，走起来很不容易。他们跌跌撞撞地向对岸跑去，沟虽然不宽，却用掉了两分钟时间。

对岸是一片光滑的石壁，足足有一丈多高，怎么爬上去呢？陈仪一时没了主意。时间一秒一秒地过去，在他的想象中，足以席卷一切的激流已经快要冲出来了。

"不要慌！"从暗中传来了杨传德镇静的声音，"你先把我举上去吧！"

陈仪蹲下来，让杨传德踏在他的肩上，然后站直了身体。杨传德的身体晃动了几下，不过，他很快就抓住了什么东西。陈仪用手抵着他的脚，尽力帮助着他，他终于爬上去了。接着，他就抛下来一根绳子。

绳子是湿的，抓不紧，又没有一个可以蹬脚的地方；身上的棉衣和沉重的背囊也成了陈仪很大的负担。他吃力地一寸一寸往上移动，全身的肌肉绷得紧紧的，汗水把内衣全都湿透了。

水声响了。在这空旷黑暗的洞中，这种声音听起来就像千军万马在奔腾一样。这时陈仪已经筋疲力尽了，但是在这生死关头，他还是奋力往上挣了几下，一只有力的手抓住了他的肩膀，把他拖了上去。就在这时，汹涌的泉水已经淹到他的脚下了。

探险者在沟边休息了很久，让自己紧张的神经松弛一下，然后继续前进。又过了一天，洞渐渐地向高处蜿蜒，干燥的空气迎面吹过来，他们的精神也振奋了不少，因为一切迹象都证明洞已经快到尽头了。

终于，从黑暗的远处传来了一点亮光。杨传德和陈仪不约而同地看了一下表，这时正是下午两点钟，也就是说，进洞已经三天了。他们加快了脚步，又往前走了几十米，光亮越来越强。最后，他们弯着腰穿过一道门户似的小洞，来到黄金洞的入口处。

这是一个巨大的、半圆形的山洞。穹形的洞顶高高地在他们头上合拢，被四周风化成书页形的青色岩石支撑着。在他们的对面就是通向长江的洞口，光线从那儿射进来，洞里被一种半明半暗的光芒照亮。

一切都和李四维所说的相符合。地下的人骨和铜器仍然散乱地堆在那儿，所有的器皿和兵器都是巴国的遗物。特别使人注意的是石壁上密布着用赭石画成的图像。杨传德和陈仪走近一看，原来这就是巴国的象形文字。

"你看！"杨传德突然抓住了陈仪的手，指着一个角落说。

这就是李四维提到过的那个死人。死者蜷曲着俯伏在地上。由于洞中地势高，空气干燥，所以尸体没有腐烂，变得干枯了。

陈仪把尸体小心地翻过来。如果杨传德无法从死者已经变了形的脸上认出他旧日的朋友的话，那么尸体旁边的那件27年前，他亲手送给他朋友的礼物——已经足以告诉他，这个人就是吴均。27年前，他是在这儿惨死的。

"吴均，我的朋友！"杨传德用一种颤抖的声音低语着，在他朋友的尸体旁蹲下来。在过去相处的日子里，陈仪曾经不止一次地看到过老教授的勇敢和自制力，而现在，悲哀和激动已经征服了他。他低声地抽泣着。

吴均致死的原因是很明显的。在头颅的前后，有子弹穿过的痕迹。死者的胸前压着一本已经被血迹浸成黑色的日记。陈仪小心地把它包好，保存起来。

要做的事情还很多，杨传德强抑住内心的悲痛，以他平日特有的敏捷、坚定的作风带领陈仪一起工作起来。

他们很快地记录了现场景象，摄了影，搜集了典型器物，然后专门研究壁上的象形文字。

由于杨传德在这方面做过很多工作，所以他很快就明了它的大意。在这儿记载了巴国最后一段历史。作者用一种非常简洁的文字，朴素地将江州失陷以后，巴国民族的残余部分所遭遇的悲惨命运记载下来。这一段血泪交流的历史，现在读起来还是令人惊心动魄的。用现代的文字叙述出来，内容大致如下：

在那个决定巴国民族命运的晚上，王子率领族人离开江州，这支不幸的队伍日夜兼程地向东走去。旅途的辛劳使队伍中的老弱病人一批一批地倒毙在路旁，但是在敌人追兵的威胁之下，他们只好踏着自己亲人的血迹前进。最后，他们来到了一座大山脚下，周围都是无法攀登的悬崖绝壁，现在唯一的出路就是一座山洞了。这时情况已经万分危急，人们已经听到敌人追兵的喧嚣声了。为了不致受到敌人的屠杀，王子抱着这个山洞能通向自由天地的最后希望，率领队伍进入了山洞。他高举火把，走在最前面。接着就是几天可怕的旅程，由于饥饿和疲惫，大量族人死亡了，尸体布满了山洞的通道，然而一支不灭的火炬仍然在闪烁着，指引队伍坚定地前进。

他们走到头了，前面出现了亮光，所有还活着的人都以为自己已经得救了。然而更大的失望在等待着他们。因为这个洞口位于长江旁边的绝壁上，任何人都无法从这里走出去。

王子知道，对于他和他的残余臣民来说，死亡已经无法避免了。在临死前，他让人将他们整个民族的遭遇写在了石壁上，使后人能知道他们的不幸。

而现在，当两千两百余年的岁月逝去以后，这些字迹又重新在幽暗的洞里闪烁着光芒，向人们倾诉了22个世纪以前发生的一幕悲剧。

五、罪行

巴国历史的谜已经解开了，然而史密斯的谜却还没有解开。现在已经可以肯定，1932年，他和吴均从桃花乡的洞口进入了黄金洞，在那儿吴均就被人开枪打死了。吴均是怎么死的？为什么人家要害死他？凶手是不是史密斯？要解答这一问题，吴均留下来的日记显然是最后的线索了。

回到营地以后，杨传德和陈仪立即动手检查这本日记。但是由于27年时光的侵蚀，而且它曾经被血渍玷污，所以纸张已经破碎得很厉害，尤其是关键性的最后几页，连一个字迹也看不出来了。于是杨传德只好把它寄回成都去，请博物馆专门修整古代字画的专家进行修复。

1960年1月，考古队在巫山代溪结束了第一阶段的工作，回到了成都。这时杨传德才接到一个通知，原来博物馆的专家通过一些特殊的方法，已经使日记上的字迹重现出来，并且将最后几页的内容完整地抄下来了。

1月里一个寒冷的晚上，陈仪赶到博物馆去，拿回了这份抄本。杨传德在自己的书室中和他一道阅读了这段文字。于是在瞿塘峡中隐蔽了27年之久的一团迷雾，最后也在他们面前澄清了。

下面就是吴均日记的有关部分。

1932年6月3日

我们来到桃花乡已经两天了，周围没有发现史前文化的遗迹。但是关于此间一个深不可测的古洞的传说却引起了我们的注意。史密斯和我都决定进去调查一次……

6月5日

进洞已经24小时了。黑暗的山洞、艰苦的生活使史密斯的神经过敏起来，他唯恐自己遭遇到什么危险，只是由于我的坚持，探险工作才得以继续下去。

6月6日

今天史密斯犯了一个不可原谅的错误。在渡过一处间歇泉时，由于水来得突然，他惊慌失措地将自己的背囊丢在水中了。这里面盛有足够我们两个人吃五天的食物。现在除了我身边还有一小包食物外，我们已遭遇了绝粮的危险。在这种情况下，史密斯好像被未来的命运吓昏了，他不停地哭泣、呼号，抱怨我不该拖他来送死。这真是使我心烦意乱。在这个人平日彬彬有礼的外貌下，怎么会有这样卑劣的灵魂？择友不慎，这是我和杨传德都应引以为憾的。退回去大约还需要三天时间，而我们的粮食是不够的。有气流从迎面吹来，这证明前面一定有洞口，我们决定继续前进。

6月7日

又是一天了，在这24小时中，威胁着我的不是饥饿——为了安慰史密斯，我让他吃了些食物，我自己没有吃什么东西——而是史密斯。他一边走，一边焦躁地怨天尤人，把一切责任都推到我身上。为了消除他的恐惧和发泄他的怨气，他把一切粗话都骂出来了。在他看来，他是个白人，是未来百万家财的继承人，他是不能冒什么风险的；而我，一个中国人，一个穷人，碰上了什么倒霉事也是活该。我之所以要在电筒的微光中把这些记下来，是因为现在他虽已不可理喻，但是将来，他是应该向我道歉的。

6月8日

　　我们走到洞口了。但是这个洞口面临长江，下距江面一百多丈，我们无法从这里走出去，甚至也无法向人们呼救。我们已经面临着严峻的考验了。

　　但是洞里却有一个古代民族留下来的丰富的遗物，这真是不可思议的事！我应当很好地把这些事记录下来。这样，即使我走不出这个古洞，只要有人发现了我的日记，那么他们仍然可以发现这个秘密。只是史密斯的绝望的疯狂很令人担心，妨碍我的思考。

　　这个洞内的情况是这样的……

吴均的日记在这儿中断了。

但是以后发生的事也就可以想象出来：史密斯知道吴均还有一包食物，可以供一个人勉强支撑几天，而两个人在一起，却有饿死的危险。尤其重要的是他是以自己的心理来揣测吴均的，他以为在这生死关头，吴均一定会丢弃他而自己逃命，所以他就下了狠心，趁吴均低头记录的时候，从后面开枪打死了他。枪声在寂静的洞里引起了可怕的回响，这个杀人的凶手在心慌意乱的情况下只来得及抢走了那包食物，并且随手从地上捡了一柄青铜剑，而忽略了压在吴均胸前的日记和他身边的背囊。史密斯出洞以后，就按照习惯给那柄剑编了W.C.Y.1050的号码，然而为了掩饰自己杀人的痕迹，他在以后的报告中没敢提有关这柄剑的事。26年以后，当他写作《中国西部的远古文明》一书的时候，虽然用了这柄剑的照片，但是仍然没有提到发现的地点。如果不是剑上的号码泄露了这个秘密，那么他的目的也许真的达到了。

在看完这几段日记以后，房间里一片沉寂。

"多么阴险的凶手！"杨传德愤怒地说，"吴均就是他亲手谋杀的，但是他还假惺惺地在书前题词纪念吴均。真是卑鄙透顶了！"

"史密斯这样做还有另外一个原因，他是企图抬高这本书的身价。"陈仪说，"书前的题词实际上是告诉读者，本书的资料来得不容易，有一个中国的考古学家曾经为此牺牲了生命，这对书的销路是有帮助的。"陈仪站起身来，他的两眼炯炯发光，声音中充满了义愤，"近百年来，由于我们落后，受到的帝国主义的欺凌是难以胜数的，我们不能忘记这些耻辱，永远也不能忘记！"

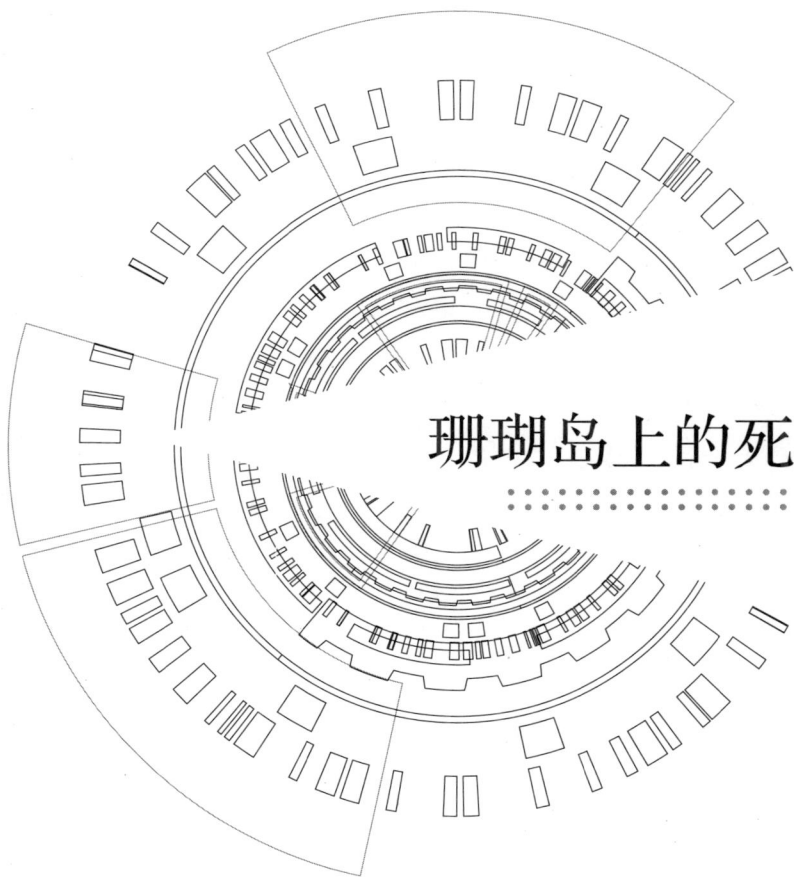

珊瑚岛上的死光

你们没有忘记双引擎飞机"晨星号"不久以前在太平洋上空神秘地失事吧？从失事后新闻界提供的消息来看，当时飞机机件运转正常，与X港机场的无线电联系也一直没有中断。好几个国家的远程警戒雷达都证明：当时，在出事的空域内并没有出现其他飞机，或任何类型的导弹。然而，"晨星号"却在8000米的高空发生了爆炸，燃烧的机体坠入了太平洋。报纸上公布的消息是："驾驶飞机的陈天虹工程师下落不明。"

　　我就是当时"下落不明"的陈天虹。在这里，我不但要向你们介绍这次失事的原因和经过，而且也要介绍失事以后，我在太平洋某岛上的一段经历，一段令人悲愤也令人深思的经历。

一、高压原子电池的秘密

　　我是一个华侨，出生在国外，从少年时代开始，欣欣向荣的社会主义祖国就强烈地吸引着我。我如饥似渴地阅读着祖国的报刊，我的祖先劳动生息的土地不断地向我发出召唤。祖国每取得的一项成就，都要在我的心底引起无穷的喜悦和无穷的憧憬。我曾经有几次下定决心申请回国，将青春献给祖国的建设事业，但是由于父母年老多病，缺人照顾，才将我劝阻下来。我在大学读物理系，取得了学位后就参加了我的老师赵谦教授的私人实验室工作。赵教授也是一个华人，全球闻名的核物理学家。他除了在社会上担任公职以外，还用自己的全部收入建立了一座小型的，然而设备很好的实验室，进行一些适合于个人兴趣的研究。

两年以后，我的父母相继去世，我觉得回国的时机已经到了，于是向赵教授提出辞职，讲明了我的意图。赵教授听完我的话以后，满布皱纹的脸上出现了伤感之色。"孩子，你应该回去，树高千丈，叶落归根，如果我再年轻一点，也会回去的。"他说，"但是，我希望你再等几个月，等我们把高压原子电池的装配完成以后，你把它带回国去。这是我一辈子心血的结晶，我要把它作为最后的礼物，献给我的祖国。"

老教授的声音嘶哑了，我也感动得说不出话来。小型高压原子电池，这是赵教授多年研究的结果。它的特点是能在短时间内放出极大的能量，因此在军事、工业、宇宙航行等方面都有着不可估量的实用前途。研制工作接近尾声时，已经有好几家大公司提出要购买专利权，价格高到了令人难以置信的程度。如果赵教授同意的话，他立刻可以成为一个百万富翁。然而，一直到现在，我才知道赵教授多年废寝忘食地工作，支持他的全是一片爱国的热情。

对于这种请求，我是不能拒绝的。于是，我推迟了行期，帮助赵教授装配出了第一件高压原子电池的样品。经过初步实验，一切指标都达到了设计的要求。我们的劳动终于有了成果，我们的喜悦，真是无法用笔墨来形容。

我很快办好了回国手续，订好了去X港的飞机票。赵教授兴致勃勃地为我准备了全套图纸和技术资料，又亲自到当地政府有关部门去办理了技术资料出口和转让的手续。

在我动身的前夕，赵教授特地举行了一次小型宴会，邀请了实验室全体工作人员（他们中的大多数也是我大学的同学）为我饯行。这里面虽然有各种不同国籍的人，但是大家都为我能返回祖国感到高兴，频频地为中国的繁荣昌盛干杯。科学家之间的情谊和他们对中国的友好感情，使我的内心深为激动。

宴会结束时已经快12点了，我回到了二楼自己的寝室。赵教授则又走进了楼下的书房，按照习惯，他还要工作两个小时才休息。

由于想到明天就要起程回到向往已久的祖国，也由于宴会时多喝了几杯酒，我的精神十分兴奋，躺在床上久久不能入睡，直到墙上的电子钟敲到了2点，才模糊地闭上了眼睛。就在这时，两声刺耳的枪响划破了寂静的夜空。

枪声离得很近，就在这栋房子里。我从床上一跃而起，披上衣服，冲到楼下，见书房门下的缝隙里露出了一束光线。我跑到门口，喊道："赵教授，赵教授！"

没有回答。

我推门进去，发现赵教授躺在地毯上，桌上一盏台灯的光芒，照着他那苍白得极不自然的脸色。

我跑过去，轻轻将他扶起。他的胸前有两处枪伤，鲜血已经染红了上衣。

"匪徒……要我交出……图纸。"他的嘴唇嚅动着，我低下头，尽力想听清这微弱的声音，"我烧毁了图纸……孩子，你只有把……电池样品……带……带回去，带回……亲爱的……亲爱的祖国！"

他停止了呼吸。落地式长窗大开着，微风拂动着他的白发。

屋角里，保险箱的柜门已经开启，从里面发出一种焦煳的气味。不用检查我就可以断定，那里面装的高压原子电池的珍贵图纸和技术资料，现在已经全部化为灰烬。因为这保险箱是赵教授自己设计的，钥匙孔下面有一个隐蔽的暗钮。在紧迫的情况下，只要按了这个电钮，箱内的文件就会自动焚毁。

情况是很清楚的：这伙匪徒是蓄谋来抢劫高压原子电池的资料的。他们潜入了书房，用枪威逼赵教授交出图纸，赵教授在开保险箱时按了电钮，毁掉了图纸。匪徒们见目的不能达到，开枪击倒了赵教授，然后逃跑了。

这个正直的科学家，他用自己毕生的心血哺育了这项发明，想把它献给祖国！现在，又用自己的生命保卫了它。我看着教授尚未瞑目的面容，泪水不禁夺眶而出。我的心底充满了仇恨，一种在我单纯的实验室生活中从未体验过的仇恨。

我立即报了警，并且推迟了行期，决心等待这件事有个结果再出发。一周以后，在当地的警察局里，一位年过半百、行动稳重的警官和我做了一次谈话。

"陈先生，对于赵教授的死亡，我们深感遗憾。"他说，"一切迹象证明，这是本埠黑社会一个化名乔治·佐的歹徒作的案。而乔治·佐的后面，则有某大国的特务机关指挥。"

"某大国？"我不禁发问了。在我的地理观念中，某大国离南太平洋是很遥远的，我不明白我们的实验室工作和他们有什么关系。

"是的，某大国！"警长意味深长地指指北方，"他们的舰队，经常在我们海岸附近游弋；他们的经济文化势力，正无孔不入地在向本埠渗透。敝国不少有识之士早已多次发出了警告。陈先生，我想你已经在报上见过这种文章了吧？"

我沉默了，知道他讲的是事实。我回忆起有一位专栏作家，曾经把某大国这种肆无忌惮的扩张活动比喻为"伸得过长的熊掌"。想不到这熊掌上的利爪，现在竟伸进了我们这小小的实验室，留下的是罪行，是鲜血……"他们想要得到高压原子电池的秘密？"

"是的，最早企图收买赵教授发明专利权的一家公司，就是他们暗中操纵的。遭到赵教授拒绝后，他们就改用武力抢劫。这是他们一贯的作风。陈先生，现在你是世界上唯一掌握了这项秘密的人。他们的注意力已经集中到了你的身上。"

"什么？他们敢……"

警官打断了我的话，"他们什么事都干得出来！近一年来，他们已经在本埠制造了三起政治暗杀、五次绑架。我们已经采取了多种措施，仍然不能杜绝这种现象。陈先生，你的离境手续已经办妥，为防夜长梦多，我建议你迅速离开这里。"

"可是，赵教授的案件还没有破呀！"

警官挺直了身体，面容变得十分严肃："陈先生，我向你保证，为了敝国本身的利益，为了给赵教授报仇，我将尽力把凶犯逮捕归案。但遗憾的是，即使我们逮捕了乔治·佐，真正的主谋，仍然会躲在大使馆的围墙里逍遥法外！"

我考虑了一下，想起了赵教授临终的委托。我知道警官的劝告是善意的。

"谢谢你，"我最后说，"我将尽快离开这里。"

"陈先生，越快越好，越秘密越好。"警官嘱咐道，"最好不要坐班机，以防他们劫机。你在本埠期间，我们会尽力保护你的安全。但是离境以后，一切就全靠你自己小心了。"

我们握手告别。驱车回家时，我发现有两名便衣侦探也驾车尾随而来。我知道警官已经实践了他的诺言。

二、出逃

我和朋友们进行了商量，最后决定由我带着高压原子电池，驾驶"晨

星号"直飞X港。

"晨星号"是赵教授实验室拥有的一架小飞机，充当与外地科学机构联系的交通工具。我本人就是一名合格的业余航空运动员，领有执照，过去也曾多次驾过这架飞机，执行过赵教授交给我的任务。

第二天清晨，朋友们秘密将我送到机场途中，我的眼睛一直没有离开后视镜。不知是我多疑还是出于偶合，在我们身后，除了便衣侦探的车外，还有另一辆淡绿色的福特车，十分神秘地出现了两次……我顺利地驾驶着"晨星号"起飞了。当绿色的田野在视野里消失，前方出现浩瀚无涯的太平洋时，我向这抚育过我的异国土地投出了最后一瞥，默默地向留在这里的朋友们告别，心底抑制不住产生了依恋之情。

"晨星号"是一架双引擎四座客机，性能良好。上午10时，机翼下闪过了XX群岛的轮廓。这时阳光灿烂，碧空如洗。我上升到8000米，加大了速度。我记起早几天报上曾刊载过一条新闻，就在这块海域以内，现在正有一支强大的某大国舰队在举行军事演习。但是，我不相信他们敢于在公海上空拦截我。引擎平稳地工作着，我的心情也很平静。

事故发生得非常突然。我听到"霹雳"一声，穿过透明的空气，我的左边的机翼上出现了一道锯齿形的闪电。在这样的高度，这样清澈的空间，当然不可能有自然的雷电。但是，这令人费解的现象却重复了几次，左侧引擎开始燃烧，飞机拖着长长的火舌迅速下降。

我一面尽量控制飞机平稳滑翔，一面留心寻找可以降落的地点。可是，周围全是茫茫大海，没有任何其他的选择。飞机冲在水面上，又弹起来飘了十几米才开始沉没。在这紧张的几十秒钟里我还来得及穿上救生衣，然后抱住装着高压原子电池的密封皮包，跳出舱外。

海涛汹涌，一个波浪把我托起来，另一个波浪又把我压下去，又咸又苦的海水呛得我透不过气来。海流冲击着我，使我很快离开了出事地点。

两架直升机出现在飞机残骸的上空，几个蛙人正沿着悬梯往下爬，显然是想追查我的下落。从时间计算，它们应该是从停泊在附近的军舰上起飞的。

看来在这8000米的高空，熊掌仍然伸到了我的身旁。飞机的失事仍然与某大国特务机关的阴谋有关！当他们发现我已经秘密地离开某城时，就企图使我葬身鱼腹，让高压原子电池的秘密永远从人世间消灭。"多么卑鄙的动机，多么恶劣的行径！但是……他们究竟采用了什么方法毁掉了'晨星号'？"想到这里，我就更紧地抱住了皮包。只要一息尚存，我就不能让这帮海盗的阴谋得逞！

表已经停了，我不知道过了多长时间。黄昏，我看见远处有一架直升机贴着海面飞过，由于看不清国籍，我不敢和它联系。黑夜来临了，我感到自己的精力消耗得很快，忙解下皮带，将皮包紧紧地缚在腰上。这样，即使昏迷过去，我也不会失掉它。

我就这样漂流了一天两夜。前一段时期我感到饥渴难熬，以后就只觉得虚弱无力。仅仅靠着一种想要实现赵教授生前愿望的顽强意志支撑，才使我每次都从海浪下面挣扎出来。

到了失事后的第三天上午，我看见了一个海岛的影子。由于它很小，而且距水面很低，因此我推测它是一个珊瑚岛。尽管海水已经推我向它靠近，我还是用尽最后的精力划着水，害怕失去这唯一的生机。最后，岸已经很近了，我游进了一个海湾。海水清澈如镜，水底隐约可见白色的、美丽的珊瑚。

就在这时，离我20米远的海面上，突然冒起了一片鱼鳍。我定睛一看，原来是一条足足有七八米长的大鲨鱼。这是一种凶暴的、被人称为"海中猛虎"的食人鱼。它显然已经饿极了，在围着我兜了两圈以后，就蓦地转过身子，做出了袭击的姿态。在这一瞬间，我可以清楚地看到它那绿色的、残忍的小眼睛和两排雪白、锋利的牙齿。

我想呼救，可是干渴的喉咙里已经发不出声音；我想逃避，可是鲨鱼正守住了我上岸的道路。我感到全身一阵冰凉。我终于没有能够逃避死亡，而且是这样可怕的死亡！

这一切就在几秒钟之内发生了：正当鲨鱼要冲过来的一瞬间，从岸上射来一缕耀眼的红光，使得海水急剧地汽化，发出"噼啪"的爆裂声，海湾里腾起一片白茫茫的蒸汽。红光紧紧地盯住了鲨鱼，鲨鱼泼刺一声跳出了水面，然后沉了下去，白色的肚子翻了过来，神奇地死了。

我也被灼热的海水烫伤了，挣扎着游到岸边，攀出了水面。

尖棱锋利的珊瑚礁将我的手脚划得鲜血直流，我都感觉不到痛苦。这时，礁石上面，我听见有人用英语问道："Who are you？"（你是谁？）我四面张望，周围杳无人迹。我只好对这个隐蔽的人说："A Chinese narrowly escaped from death."（一个死里逃生的中国人。）

"Chinese？"（中国人？）他吃惊地问，立刻换用华语说，"快上来吧！"

我企图站起来，可是已经筋疲力尽了，只感到天旋地转，腰间挂着的高压原子电池似乎有千钧的重量。我只摇晃了一下，便失去了知觉……

三、马太博士岛

当我醒过来的时候，发现自己躺在一间相当华美的寝室里：一套柚木制的，包括梳妆台、衣柜、沙发、写字台、木橱在内的家具布置得井然有序。屋角里摆着一架落地式的电视机、收音机、录音机、电唱机四用机；白色的窗帘飘拂着，从外面传来海浪拍击礁石的声音。

　　我坐起来，看到身上的旧衣服已经被人换掉了，烫伤和划伤的地方也仔细地缠上了纱布。在床边的茶几上，有一个盛着牛奶、三明治（夹肉面包）等食物的超高频加热恒温盘。

　　我吃了点东西，感觉精神恢复了不少，想起了我曾为之历尽艰险的高压原子电池，赶快爬下床。直到看到那个皮包完好无恙地放在床下，才放下心来。

　　我踱到窗前，看见书橱上面两格放的是一些我所熟悉的电子学和核物理方面的参考书；下面两格却摆满了资本主义世界常见的荒诞色情小说，如《黄金岛之恋》《杀人犯的自白》《发财致富之路》等。在四用机旁边的塑料架上，堆满了各种"甲壳虫"音乐和"狂飙"音乐的录音带和唱片。书桌上，有一个年轻的华人的半身照片。这个人头发浓密，脑门显得很窄，四方脸，粗眉小眼，嘴角挂着一丝讥讽的微笑。这应该就是这间房子的主人吧？不过从第一眼开始，我就对他产生了一种说不出原因的厌恶感。

　　从表面看来，这应该是一个纨绔子弟的寝室。唯一与这寝室的气氛不协调的是墙上挂着一个新型的剂量仪，这是核物理实验室中常用的探测仪器，它可以用数字显示出辐射源的辐射强度，我实在不明白挂在这里有什么用途。

　　身后的房门被推开了，一个人轻轻地走进来。我转过身，看见这是一个年约50岁的华人，头发已经斑白，广额高鼻，两眼深陷，炯炯有神。他身材不高，动作轻盈缓慢，一望而知是一个长期习惯于脑力劳动的人。

　　"请原谅我没有敲门，我不知道你已经复原了。"他很有礼貌地说。从他那柔和的音调及浓重的福建口音里，我听出他就是昨天向我问话的人，也就是我的救命恩人。

　　"谢谢您的救护。"我说。在没有弄清自己的处境以前，我决定不暴露自己的身份，"我是一个旅客，在乘船赴X港的途中失足落水的。请问，

越是难以做到的，我越是要做到！

童恩正

这是什么地方？"

"这里原来是一个无名小岛，后来因为我长期住在这儿，就有人随便用我的名字命了名，叫它'马太博士岛'。"他一面回答着，一面击了两下掌，"到外面坐坐吧，我们可以详细谈谈。这岛上的客人并不是很多呢。"

一个身穿白帆布上衣的仆人迟钝地走了进来。从他那黑硬的头发和橄榄色皮肤上，我看出他是一个马来人。

"请准备一点咖啡。"马太吩咐道。仆人鞠躬，默默退了出去。

马太向我解释道："他叫阿芒，跟随我多年了。这可怜的人是一个哑巴，现在岛上只有我们两个人。原来我还有一个助手，名叫罗约瑟，这寝室就是他的。三个月前，他休假去了。"

我们走出房门，外面原来是一道用绿色的藤萝和美丽的热带花卉环绕起来的走廊。走廊另一端，还有两间套房。马太告诉我，外面一间是他的书房，里面一间是他的寝室。

走廊前面正对海洋，走廊后面，另有一栋白色的平房，屋顶上，几种不同类型的无线电天线向四面八方伸开灵敏的触角。平房后面，也就是小岛的另一端，有一栋一半建筑在海里的钢筋混凝土建筑，从里面引出了几根高压输电线。这一切就是这个方圆不过几公里的小岛上的全部建筑了。

在如此偏僻而荒凉的小岛上，见到如此现代化的设备，真是太出乎我意料了。

马太似乎看到了我眼色中的困惑，介绍道："我是一个物理学家。白色的房屋是我的实验室，那后面是自动化的潮汐发电站。它不需要人管理，利用海水的涨落发电，可以供给我实验和生活的用电。"

我们在走廊旁边的帆布椅上坐下来。从这里望出去，一幅美丽的珊瑚岛景色展示在我面前：小岛前面，是一个圆形的、平静的礁湖，海水低浅清澈，湖底铺着一层白色的细沙。阳光照耀下，礁湖闪闪发光，倒映着南方天空的蔚蓝和深邃，如同一面翡翠的镜子。湖的四周，一圈环形礁围绕着它。环形礁上长着一排迎风招展的椰子树，它们那高大的剪影衬托在蓝天白云之上，显得分外美观。环形礁外面，就是浩瀚无涯的大海了，一排排巨浪奔腾而来，撞在珊瑚礁上，溅起细雨般的浪花。整个珊瑚岛，就像嵌在一条雪白的、由碎浪组成的带子当中。在这里，一切都显得这样平和，这样静谧。

然而，当我品尝着阿芒送来的咖啡，欣赏着这大自然的美景时，却从心底涌起了很多疑团："这位温文尔雅的马太博士究竟是个什么人？他为什么要隐居在这与世隔绝的地方？他研究的项目是什么？是谁供给他科学研究和生活上的需要？他又在为谁服务？"于是，在闲谈中，我委婉又明确地提出了这些问题。

马太凄然一笑，似乎有很多隐衷，停顿了一下才说："如果你能答应一个条件，那就是当你离开这里以后，不要把我讲过的话告诉任何人，而当成一桩在有生之年应该保守的秘密，那我可以满足你的好奇心。"

我庄严地做了保证。

"不知道你是否还记得十年前发生的一件事？当时，有一个名叫胡明理的华裔工程师，因为在X国发明了一种新型激光测距仪而建立了功勋。当X国政府正要授给他奖章和奖金时，他却因为这种测距仪的具体应用而和官方发生争执，然后就突然失踪了。我就是……"

"您就是胡明理？"我惊呼起来。是的，虽然十年前我还是个中学生，但当时那轰动一时的新闻却还能记得。声名显赫，公开和X国政府发生争执，以后又神秘地从社会上消失，这曾经引起资本主义社会新闻界的各种推测。想不到在这里，我却无意中发现了这个人的下落。

"是的，"马太的脸上，又出现了那种苦笑，这是一种在精神生活中经受过很大的刺激，经历过许多危机，内心世界十分复杂的人才能发出的那种苦笑，"我就是那个不幸的人！"

于是，他用一种轻微的、带着压抑却不乏激情的声调，讲述了他前半生的故事。

马太出生于一个原来定居在日本的华侨家庭。他读小学的时候，有个教师是曾经参加过第二次世界大战的残疾军人。这个教师的家人都死在原子弹轰击下的广岛，他本人也在战场九死一生，最后虽然侥幸活了下来，也只剩下一只手臂。因此，他痛恨战争，不断地向学生灌输战争残酷可怕的思想。这种教育，在年幼的马太心灵中，打上了深深的烙印。马太中学毕业以后，转到了X国，攻读晶体物理学，并且在激光的研究中展现了杰出的才能。毕业以后，立即被聘请到一个研究机关工作，成绩卓著。其实，在发明激光测距仪以前，他已经有好几项发明了。

这时，马太已经是一个中年人了，小学教师的话仍然深深印在他的脑海之中，使他对战争的憎恶依然如故。他不关心政治，也没有考虑过自己工作的直接后果，他认为自己是在为造福人类的崇高科学事业服务，这就是一切。优裕的生活和不习惯社交活动，使他从不注意外界的变迁。

激光测距仪试制成功以后，X国政府为了使他更好地卖力，准备公开嘉奖。在这个时候，他的上司才给他看了几份国防部备忘录的副本，其中一份材料谈到激光测距仪只要略加改制，就可以成为飞机上的投弹仪和坦克上的瞄准仪。另外几份材料则提到他过去的几项发明，它们已经全部用到了军事上，并且取得了很好的效果。

原来如此！原来别人尊重他、倚重他，仅仅是因为他的工作全是为战争服务的！

即使是一枚炸弹在胡明理眼前爆炸，也不会更让他震惊了。

他只觉得双眼发黑，半晌说不出话来。等到回过神以后，他就怒吼起来，大声抗议。他说自己受了骗，要X国政府向他道歉，销毁一切利用他的发明而制成的武器。他匆匆赶到X国首都，从一个部门到另一个部门，从一个办公室到另一个办公室，激动地陈述多年以前小学教师向他讲过的道理。可是，开始还有人宽容地听他讲，以后就没有人愿意再听他的话了，而用各种借口将他赶了出来。当他最后一次到达国防部，发现等待他的不是原先约定的官员，而是几个精神病院的医生时，深深感到自己受到了新的侮辱。从此以后，就放弃了和这些人讲理的念头。

但是，今后该怎么办呢？一些报纸上已经披露了他的消息，把他描写成为一个心理变态者、精神病患者，讽刺嘲弄，无所不用其极。他愤怒万分，亲自接待了几批记者，想要阐明事情的真相，但是他的话却被精心地歪曲了，以致看了报道的人对原来的描述更加相信。胡明理虽然在激光方面是个专家，但在社会经验方面却十分幼稚。他把资本主义社会的舆论看得过于认真，这种迫害攻击使他产生了一种愤世嫉俗的念头。他不但不愿再在X国生活，而且也不愿再在这种社会中生活。他幻想寻找一种世外桃源，让他忘却这丑恶的功利主义的人间……正当他矛盾彷徨、不知所措的时候，他的一个名叫布莱恩的朋友专程从欧洲赶来慰问他，对他关怀备至，使他感到十分慰藉。布莱恩原是他大学的同学，现任欧洲洛非尔电子公司副经理。这是一家规模很大，在好几个国家都建有股份公司的企业。

布莱恩十分同情胡明理的遭遇，高度评价胡明理的崇高理想。他痛斥X国社会腐败，领导人都是一群战争贩子。他表示他本人也是一个和平主义者，一贯致力于和平事业，所以才在洛非尔公司工作。这家公司是纯粹的私人企业，不与任何外国政府发生关系。它的经营目的并非牟利，而是为了造福人类、消灭战争。最后，他建议胡明理接受洛非尔公司的邀请，献身于它所进行的拯救人类的崇高事业。

胡明理完全相信了布莱恩的话，于是他又向布莱恩倾诉了自己的厌世情绪。想不到，这一点再次得到了布莱恩的同情。

"尊重他人的感情，保护他人的理想，这正是洛非尔公司的宗旨。"他说，"只要你愿意参加我们的工作，我们可以选择一个远离人世的地方，为你修建一座实验室，让你专心献身神圣的科学，不再受世俗的干扰。"

胡明理同意了他的建议。于是，在布莱恩的巧妙安排下，他从X国的社会中消失了。半年以后，洛非尔公司果然在太平洋中购买了一座无名的珊瑚岛，并且在岛上建设了发电站和设备完善的实验室。胡明理化名马太，秘密地来到岛上。开始时，只有他和阿芒住在这里，以后他又把罗约瑟——一个老朋友的儿子培养成自己的助手。

十年以来，布莱恩确实遵守了自己的诺言。除了按时运送生活资料的水上飞机以外，没有任何人来扰乱这里的平静；除了马太自己选择的科研项目以外，洛非尔公司也没有向他提出过任何具体的要求。

马太讲完以后，我一时没有出声，而是在紧张地回忆着。因为洛非尔公司的名字我有点熟悉，它最近就在一条新闻报道中出现过。最后，我终于记起了这条新闻的内容：它引用了大量材料，证明洛非尔公司是受某大国暗中操纵的、接受了某大国大量投资的一家跨国公司。

我和马太是初次见面，不能把问题谈得太明确，因此只委婉地暗示道："马太博士，您没有考察过洛非尔公司的政治背景吗？好像最近报纸上登载，它和某大国有点关系呀！"

马太愤然地说："我从不看报纸。如果报上这样讲，那一定是造谣！我相信布莱恩的话。"

我不能再讲下去了，只好换一个题目问道："洛非尔公司在您身上投下这样大的资本，难道不需要什么报酬吗？"

"当然不是，"马太回答，"在这段时期中，我有一些小小的发明，全是和平用途的，公司获得了专利权。就是从做生意的角度来说，他们也是合算的。"

我沉默了,思考着怎样来表达我的思想。作为一个从小就在资本主义社会生活的人,我能了解这颗正直的心灵所经受的折磨和痛苦。他是一个被这种不合理的社会所欺骗、所迫害的畸形人。他找不到正确的道路,他幻想像古代的修道士一样,能在这缥缈的太平洋上逃避现实生活。但是,现实生活是逃避得了的吗?

"马太博士,战争只是一种社会现象,而产生这种现象的根源,却是人剥削人的社会制度。"我尽可能温和地说,"因此对于战争,也要做具体的分析。有正义的战争,有非正义的战争。而且要最终消灭一切战争,也只有通过革命战争的手段,首先改造不合理的社会。不加分析地憎恶战争,并不是解决问题的方法啊!"

"瞧你把问题说得多么复杂!"马太天真地盯着我,"我不懂这些道理,也不希望懂得。我只希望利用我的余生,做一点对人类有益的事。"

看着这一张朴实的脸,我的心里充满了复杂的感情,连我自己也分不清是惋惜,是同情,还是担忧?从马太简单的叙述中,我本能地感到事情绝不会像他所想的那么单纯,布莱恩也绝不会像他所描述的那么善良,这里面有问题,甚至有阴谋。可惜我一时无法猜透它,更无法使马太相信我。像他这种科学家,往往是用自然科学的道理来衡量社会的,他相信的是事实,而不是言辞。

无论如何,我是有提醒他的义务的。于是我说:"您是一位科学家,我想我用不着提醒您,某一项科学原理或某一台科学仪器,事先要决定它是使用于战争还是和平,是极为困难的。您怎么能保证,您的发明通过洛非尔公司转售以后,不会直接或间接地为战争服务呢?"

"这一点布莱恩是向我保证过的,洛非尔公司的产品主要供民用。即使有个别国家和他们订有合同,那也是制造保卫和平的防御工具。"马太很放心地说。

什么"保卫和平的防御工具"？这简直是文字游戏了。我忍不住追问道，"这不就是武器吗？"

"嗯，是的。"马太很不情愿地回答。

"用武器来保卫和平？这不又和您反对一切武器的观念矛盾了吗？"

马太皱着眉思考了一阵，最后无可奈何地摇摇头："我无法和你辩论。当年有个记者曾经说过，在这方面我是一个低能儿，看来他是对的。"

"博士，请原谅我的直率……"

马太摇着手："不必道歉，科学的语言就是直率的。"

我企图岔开这个话题："马太博士，您那个杀死鲨鱼的武器，是不是一种新型的激光？"

这句话似乎又刺痛了他："武器？我这小岛上不存在武器！"他站起身来，"你安心休息几天吧！不久，布莱恩将和罗约瑟一道来，你可以坐他们的飞机走。"

当他离开我的时候，我发现他的背微微地弯了下去，脚步也很沉重。

四、阿基米德的幻想

就这样，我开始了在这个孤岛上单调的生活。马太博士很忙，整天把自己关在实验室里。据他说，他的一项发明正进入最后总结阶段。我看得出来，上次的谈话给他留下了深刻的印象，因此即使我们偶尔见了面，他也不愿意再和我谈论任何政治问题。而阿芒，除了白天照顾我们的生活外，晚上就坐在礁石上用笛子吹奏一些古老而忧郁的曲子。笛声使我想起月光下银色的海滩，微风中摇摆的棕榈树，以及正在粼粼波光中飘荡的白帆。

我知道，这是个寂寞的灵魂正在倾诉他对故国的怀念。看来，这个人冷漠的外表下隐藏着一颗热烈的心。

在马太的书房里，有一个设备很完善的医药柜。我的伤势本来就很轻，经过两三天的治疗后就基本复原了。但是当我到书房里去换药时，我又一次惊叹洛非尔公司为马太提供的设备的完善。这里除了丰富的书籍以外，还有一台一般只有大型科研中心才有的电子资料储存设备。全世界各地每天出版的报纸、杂志、图书等登载的技术资料，通过各国资料中心的无线电传真装置，都能被这种资料机自动接收下来，储存在电子计算机的记忆系统里。使用者只要一按电钮，他所需要的说明、公式或图表就可以准确地出现在荧光屏上。这样，马太博士虽然蛰居荒岛，仍与全世界的科技界保持着紧密联系，随时能感触到科学发展跳动的脉搏。无怪他的工作，能不断取得新的进展。

在岛后一个很隐蔽的海湾里，马太博士停有一艘摩托艇。闲来无事，我就驾着小艇到海上钓鱼。在珊瑚礁畔，我曾经几次发现了鲨鱼，这时我就会回忆起那天的惊险遭遇。从常识判断，鲨鱼是被激光杀死的。但这究竟是什么激光机，能发出功率如此强大的光束呢？

一天下午，我睡了午觉起来，听见外面有人敲门。开门一看，原来是马太。他仍然穿着白色的工作服，一副绿色的遮光眼镜推到额头上，脸色疲惫而兴奋。不用开口，我就知道他的研究工作已经取得了最终圆满的结局。他现在正处于一种胜利的喜悦之中，而喜悦，总是需要别人来分享的。

我们坐定以后，就开始闲谈。马太并没谈及现在的工作，只是回忆着他多年实验室生活的一些逸闻。他的记忆力很强，描绘也很生动，使我很感兴趣。看来，他是想用闲谈来休息他的脑筋。

阿芒送来了下午的茶点。今天放在托盘上的却是一个盖着奶油花的生日蛋糕，上面插着十支红蜡烛。此外，还有一瓶葡萄酒。

"今天是您的生日？"我问。

"啊，不是。"马太笑了，站起来和阿芒握手，"阿芒是很能体贴人的，每当我完成了一项新的发明，阿芒就要为我做一个蛋糕。今天是我在这岛上完成第十项发明的日子了。"

他斟了三杯酒，递了一杯给我，另一杯敬给了阿芒："亲爱的阿芒，我们两个人在这岛上相依为命，我的一切发明都有你一份辛劳。我今天愿意当着客人的面，表达我的感激。"

我们干了杯，阿芒没有出声，从他那表情丰富的眼神里可以看出他对马太的尊敬和热爱。他双手叉在胸前，深深鞠躬，然后退了下去。我们继续谈话。当马太叙述了一次实验室放射性元素逸出的事故以后，我指着墙上的剂量仪，用开玩笑的口吻说："这些预防措施，都是您接受教训的结果吧？"

马太笑了："我的寝室并没有这种仪器，不过罗约瑟有点神经质……等一等……"他突然中止了谈话，急步走到剂量仪前面。我跟过去一看，发现房间里的辐射强度比正常情况略有增加。这是我过去忽略了的，但是这一现象并没有逃过马太敏锐的观察。

"你没有带什么有放射性的东西吧？"他狐疑地问。

我记起了床下的高压原子电池。现在我对马太已经有了一定的了解，就把电池取出来给他看，并且告诉他这是我一个老师的发明，是他托我带到X港去的。

马太仔细地观察了电池，并询问了结构情况，对赵谦教授的发明做出了很高的评价，并且感叹道："这个电池如果与我的激光掘进机连在一起，马上就可以使世界上的采矿、隧道、地下工程施工进入一个崭新的阶段。这将为人类创造多大的福利啊！"

"什么激光掘进机？"

马太愕然望着我，他知道自己失言了，但这个人又是没有撒谎的习惯。他考虑了一会儿，断然说道："这就是我最新的发明。如果你感兴趣，我试制出来让你看看。"

我知道，几天来一直在我脑海中盘旋的谜将要揭晓谜底了。

我当然是感兴趣的。

马太兴致勃勃地把我引进了一间实验室。在这间实验室里，除了常见的振荡器、示波器、计算机外，最触目的是房子中央的一座半环形操纵台：一道乳白色的荧光屏占了操纵台中间一块很大的面积，下面是一排排的仪表、指示灯和按钮。紧连着操纵台前面的天花板上，伸下一座像潜望镜似的仪器，仪器的另一端，显然是伸到屋顶上去了。

操纵台旁边的不锈钢架上，放着一具激光器。马太将我领到机器旁边，打开外壳，开始讲解起来。

总的来看，这台激光器仍然属于固体连续激光器的范围。但是它的工作物质却不是一般的晶体或玻璃，而是一种新型的塑料。马太在光学共振腔部分进行了极为新颖的改进，使它输出的能量比一般激光器增加了若干个数量级。此外，马太还成功地解决了高能光束的聚焦问题，使它的传输距离也扩大了若干倍。

"我是为采掘工业设计这台机器的，所以叫它掘进机。"马太说，"任何坚硬的金属和岩石，在这种激光的照射下都将直接汽化。以后，人类凿穿地下岩层，就将比快刀切奶油还要容易。"

"但是，这种机器只能变换能量、输出能量、集中能量，而不能创造能量。因此，在实用中，它必须有高电压的电源，有笨重的附加设备。现在有了你的高压原子电池，这个问题也就解决了。"

"您就是用它杀死鲨鱼的？"

"是的。"

"您当时在海滩上吗？"

马太打开了控制台的开关："我当时就坐在这里……"

巨大的荧光屏开始发亮，我突然像移身到了珊瑚礁畔，海水扑到了我的脚边，我的前后左右都是突凸的礁石。我不自觉地往旁躲闪了一下，防止海潮溅湿了我的衣裳，可是我马上又觉察自己仍然是在实验室里，只不过眼前出现了海岸完全逼真的景色。

我领悟了："激光全息电视？"

马太笑笑："这是我的另一项发明。那天我正在做实验时，发现了你在海中漂荡，接着，看见了你遭遇的危险。因为情况太危急，我不得不用激光器把鲨鱼杀死。"

"激光是怎么照射到那边去的呢？"

马太指指像潜望镜的那具仪器："通过这套折光系统，我可以准确地把光束投射到岛周围的任何一处海面。"

"那我们怎么对话呢？"

"这就更简单了，我在岛上装置了一套声音收发系统。"

我看着这台新颖的激光器，不觉想起了一个古老的传说。两千多年以前，当罗马舰队进逼古希腊雅典城下时，希腊科学家阿基米德曾经试图用黄铜片做成许多六角形的镜子，集中太阳光线来焚毁敌人的舰队。想不到，阿基米德曾经幻想过的这种热光机，今天却在我的眼前成了现实。

"阿基米德的幻想！"我情不自禁发出了感叹。

"不，这不是阿基米德的幻想！"马太无疑是熟悉这个传说的，"他当年幻想的是杀人的热光武器，而我所创造的却是造福人类的工具。"

我说："马太博士，我决不劝您把激光器改成武器，但是我却不能同意您对武器所持的态度。譬如说，您是不是认为，您把我从鲨鱼嘴里救出来是一种人道的行为呢？"

"这……当然是的。"马太嗫嚅着。

"如果您不把激光器当成武器使用，您能救我吗？"

马太没有回答。

"由此可见，问题不在于武器就等于罪恶，而在于谁掌握武器，利用武器去达到什么目的。您说对吗？"

马太摇摇头："无论如何，人不是鲨鱼。我可以杀死一条鲨鱼，绝不会去杀死一个人。没有我的发明，这世界上的杀人武器就已经够多的了。"

我痛心地说："博士，总有一天您会明白，您的善良的愿望和现实之间，存在着很大的矛盾。"

"也许你是对的。可是我已经老了，现在改变生活的道路已经太迟了。"马太有点伤感地说，"不过近十年来，我自信在提高人们的和平生活方面，还是尽了一点努力。我改进了激光手术刀，发明了一种激光焊接机。在空间放电方面，也做了一些研究工作。"

"什么空间放电？"我忽然产生了一种联想。

"那是我研究远程无线输电的副产物。我发明了一种强力的微波振荡器，它可以产生一束极窄的无线电波，从而在远距离的目标上造成电火花。其实，我并没有发现它的实际用途，不过洛非尔公司对此倒很感兴趣。"

"天哪！"我失声惊呼，"我的'晨星号'恰巧是被闪电击落的！"

"什么'晨星号'？"马太瞪着我，"你不是……"

一直到这时，我才把我的真实来历告诉了他。我谈到了赵谦教授的遭遇和他的遗愿，谈到了警官的推测和"晨星号"的失事。

马太特别详细地询问了当时我飞行的高度、气候情况和闪电的形状。

"当时在附近海面上，只有某大国的舰队在活动，'晨星号'失事后，他们又曾派出直升机来搜寻我。考虑到外间传说的洛非尔公司与他们的特殊关系，我认为这里面是大有文章的。"我最后补充说。

"不，这不可能！"马太踉跄几步，颓然跌坐在椅子上。我见他突然脸色苍白，痛苦地用手扪住胸口，不由得吃了一惊："您怎么啦？"

"心脏病，没关系，多年啦。"马太低声说，"书房医药柜里有特效药，请叫阿芒来给我注射。"

我如果事先知道他的身体状况，一定不会把话讲得这样直率。我很懊悔。

不过，等到阿芒为他注射了药，又将他扶回寝室休息时，我还是想到了一个重要的问题："博士，布莱恩知不知道激光掘进机已经造成了？"

"他只知道我在设计，不知道样机已经完成。"

"罗约瑟呢？"

马太想了一下："也不知道，总装工作是近两个月来我独立完成的。"

"那么，在事情真相没有弄清楚之前，你是否可以不让他们看到这台机器？"

"这是可以的！"马太爽快地答应了，"明天就把它搬到我的寝室去吧。不过这台机器很重，我和阿芒力量不够，你也要来帮帮忙才行。"

五、碧海遗恨

这以后几天，马太对我非常亲切，经常询问起祖国发展的新情况。在

交谈中，我发现他与外界社会隔膜的程度非常惊人。其实他手边掌握有各种先进通信工具，但是在别人的怂恿和自己的偏见之下，除了技术资料，他却从不接触任何其他的消息。他好像为自己修筑了一道无形的高墙，将马太博士岛与整个世界的社会生活完全隔绝起来。这时，我才体会到布莱恩用心的诡秘。他诱导马太性格中悲观厌世的一面，并且不惜代价帮助他实现了这一理想，其目的就是将马太塑造成现在这种单纯的科学的工具，为他们不可告人的目的服务。

一天黄昏，我和马太坐在走廊上乘凉，欣赏着太平洋上辉煌的落日。正谈得投机，远处海面上出现了一艘军舰的轮廓。它径直朝小岛开来，在离岸两公里的地方下了锚。我认出来，这就是最近在附近演习的某大国舰队中的P级导弹驱逐舰。

马太举起望远镜，也看清了某大国的旗帜。他皱着眉说："军舰！军舰到这儿来干什么？"

我忽然闪现了一个念头："马太博士，是不是布莱恩和罗约瑟来了？"

马太摇摇头说："不会吧？他们怎么会坐外国的军舰呢？"

我坚持道："不论怎样，你可千万别将我的真实身份告诉任何人！"

"这个自然。"

我们看见从军舰上升起了一架直升机，无疑是有人要来拜访这个小岛了。我相信我的话对马太还是起了作用的，他对很多问题一定也有了考虑。因为他突然回过头来，要我带着高压原子电池躲进他的寝室，没有他的召唤不要出来。不过透过玻璃窗，我仍然可以看到外面发生的事情。

直升机降落在礁湖旁边。舱门打开以后，第一个跳下来的是一个身穿花格衬衫的青年，我已经看熟了住房案头的照片，毫不迟疑地肯定他就是罗约瑟。第二个出现的是一个瘦高的欧洲人，戴着金边眼镜，满脸彬彬有礼的笑容，举止中带有一点斯拉夫人的气质，我想他应该就是布莱恩了。

出人意料的是，从机舱中还下来了一名海军军官和六名水兵，这究竟是怎么一回事呢？

一群人慢慢走了过来，夕阳在他们前方投下了长长的阴影。

一片紧张的气氛，笼罩着这恬静的小岛。

马太把布莱恩等人迎进了书房，六个水兵毫无表情地站在门外。

我轻步走到通向书房的门旁，从隙缝里窥探着外面的动静。

"请允许我介绍一下，"布莱恩指着军官说，"这位就是著名的马太博士，这位是海军上校沙布诺夫。"

身材高大，体格魁梧，身穿一套浆洗笔挺的白色海军制服的沙布诺夫，看起来就像一头北极熊，虽然满面笑容，但掩盖不住一种跋扈之色。他很有礼貌地和马太博士握手，用娴熟的英语说："认识您极为荣幸。"

"诸位请坐！"马太淡淡地说。

"老朋友，我们又有一年没有见面了，真想念你。"布莱恩亲切地说，"你的脸色不大好，是不是工作太累了？"

"老师，您真该休息了。"罗约瑟插了嘴，"这次布莱恩先生为我安排的休假可真棒，日本东京银座的夜总会，夏威夷火奴鲁鲁的海滨浴场，摩纳哥蒙特卡罗大赌场……这才叫生活嘛！"

"休假，这是青年人的事嘛。"马太说，"你们怎么会乘军舰来的呢？"

布莱恩哈哈一笑说："这完全是凑巧，因为沙布诺夫上校的舰上装有本公司出产的一台仪器，他邀请我们去检查一下，所以就顺便过来了。"

"仪器？是不是空间放电仪？"马太表面还是那样平静，声调里却带着一种压抑不住的激动。我开始为他担心了。

一阵沉默。罗约瑟的椅子不安地动了一下。

"什么空间放电仪？"布莱恩佯作不解地问。

"就是击落'晨星号'的那一种！"

马太曾经讲过，科学的语言就是直率的，他从不会兜圈子，所以现在仍然把自己的猜想直截了当地捅了出来，但是这一毫无策略的行动，却取得了意想不到的结果：马太的这句话，无疑是击中了布莱恩的要害。他不知道马太究竟掌握了多少内幕，也不清楚马太消息的来源，因此足足有十几秒钟之久，他还是张口结舌，想不出一句合适的答复来。

沙布诺夫知道现在推诿是没有用的。他清了清喉咙，代替布莱恩回答说："博士，我们和洛非尔公司订有合同，委托他们制造各种……仪器，这其中，自然可能有您的发明。"

马太仍然盯着布莱恩说："那么，你对我所作的诺言……"

布莱恩急急声辩道："这些仪器都是防御工具，不是武器！这是和我们的和平宗旨并不矛盾的。"

马太没有继续追问，而是用一种疲乏的声调说："谈谈'晨星号'吧，我只对技术问题感兴趣。"

"对了，您真不愧为一个伟大的科学家！"沙布诺夫眉飞色舞了，"十天前，一个贩毒犯在我国作案后，抢劫了一架飞机企图逃走。我的军舰刚好在这一带活动，就奉命用'死神的火焰'将它击落。"

"什么'死神的火焰'？"马太问。

布莱恩解释道："那就是利用你发明的远程放电原理制成的防御工具，不过通过这次实践，我们发现这种武……不，这种工具并没有前途。它很难瞄准，容易受干扰，威力也不如想象的那么大。这样，我们准备向沙布诺夫上校提供另一种防御工具的方案。老朋友，这就是我们来找你的原因了。"

"你们要我干什么？"马太似乎还是随随便便地问。天已经暗了，他随手打开了台灯，并且把灯罩转动了一下，使自己的脸藏在阴影中。

"我知道你的强力激光器已经设计完成，公司准备投入生产。我们正在欧洲某地的深山中为你建设一座更完备的实验室，想请你去主持一下……"

马太低头不语，我知道这是悔恨在噬咬着他的心。一直到现在，他才认清了布莱恩的真面目，他才觉悟到自己又被人欺骗蒙蔽了十年。他已经在生活中铸了大错，他生平所信奉的什么善良、友谊、信任，就像建筑在沙滩上的塔楼一样，片刻间都倒塌了。

布莱恩过低地估计了马太分辨是非的能力，十年中对马太的玩弄使他陶醉于自己的胜利之中。他现在又将马太的沉默误认为同意，于是更加得意了："我真高兴我们之间又取得了新的和解。罗约瑟先生已经表示愿意和我们进一步合作，答应把设计资料交给我们……"

听了布莱恩的话，马太愤怒地瞪了罗约瑟一眼，站起身来，气得浑身发抖，用一种嘶哑的、咬牙切齿的声调说："你们这群强盗！你们说尽了天下的好话，干尽了天下的坏事！你们可以欺骗我一个人，可是你们骗不了千千万万的人！我活到今天才看透你们的豺狼面目，这已经太迟了。可是只要我还有一口气，你们就休想拿走我的激光器！"

罗约瑟赶紧走上来搀扶他："老师，您不要生气。科学就是一种商品，顾客拿商品去做什么，我们是不负责任的。"

马太愤怒地一把推开他："卑鄙！你玷污了科学！他们用多少钱收买了你的灵魂？"

罗约瑟低下头，猥琐地躲在一旁，再也不敢正视马太喷火的目光。

布莱恩和沙布诺夫交换了一下眼色，沙布诺夫掏出口笛吹了一声，那六个水兵立刻出现在门口。

布莱恩用一种和缓的、甚至是甜蜜的声音说："老朋友，你不要误会，这一切都是为了你的神圣的工作，也是为了崇高的和平事业。我们对于这个小岛的保密性已经不能放心，因此决定今晚就把它炸掉。你还是收拾一下行李，随我们走吧！"

马太在那一排水兵阴沉的脸上扫了一眼，知道他们是想用武力劫持自己。他义愤填膺，胸腔剧烈地起伏着，用一种发自肺腑的声音叫了一声："你们怎么这样狠毒……"他还想再说点什么，衰弱的心脏却已经不能支持了。他踉跄地倒退了一步，狠狠地看了敌人一眼，那眼光充满了千般遗憾、万般仇恨，以致连老奸巨猾的布莱恩和骄横自信的沙布诺夫都感到了惶恐。在一片死寂中，马太撒开双手，沉重地倒在地上。

沙布诺夫最先镇静下来。他俯下身去，很快检查了一下马太，然后掏出一块白手帕来拭拭手，满不在乎地说："他已经不行了！"

目睹了这一幕悲剧，我感到热血沸腾，肝胆俱裂。我抓紧了门钮，准备不顾一切地冲出去为他报仇，可是沙布诺夫的一句话却又使我冷静了一点。

"真遗憾，我们没有弄到高压原子电池，"他对布莱恩说，"否则，我们马上可以生产适用的死光机了。"

现在，我终于知道了这件事的前因后果：从赵谦教授的暗杀到眼前马太博士的死亡，都是某大国想制造死光武器阴谋的一个部分！尽管借罗约瑟的帮助，他们可以掌握激光器的设计方案，但他们却不知道马太已经造出了样机，更不知道高压原子电池就在这间房子里。我现在冲出去，牺牲自己是小事，但让他们得到这两件产品那关系就太大了。这样，我就咬紧牙关，强行克制住自己，仍然没有行动。

我相信我是在激动中无意弄出了一点声响，离寝室门最近的布莱恩忽然警惕地朝这边看了一眼，走了过来。这时我真紧张得遍体流汗，心房狂跳。我绝望地四面张望，想找一件防身武器，可是这房里连一根木棍也没有。我多么希望手边有一颗炸弹，让我和这宝贵的机器，和这些狠毒的野兽同归于尽！

布莱恩的手已经握住门钮了，他和我现在仅仅是一板之隔。

我微微弯下身子，全身的肌肉绷得十分紧张，决心和他一死相拼。就在这千钧一发之际，一声绝叫却使布莱恩回转了身去。

这是阿芒。他刚拿了一托盘玻璃杯和一瓶酒进来，一见自己的主人倒在地上，就从喉咙深处发出一声只有哑巴才能发出的那种伤心透顶的喊叫。他奋不顾身地向布莱恩扑了过去，一拳把他击倒。直到这时，水兵们才回过神来，手忙脚乱地抓住了阿芒，把他的手反剪到身后。

罗约瑟上前扶起布莱恩，他的半边脸都肿了，嘴角流着血。可能这是他生平第一次挨揍。

"设计图纸在哪里？"他粗声粗气地问。

"在……在实验室的保险箱里。"罗约瑟畏缩地回答。

这时，有个水兵跑来报告：刚收到舰上呼叫，情况有变，让快速离岛。沙布诺夫听完，马上对罗约瑟说："快去取！"又指着阿芒向水兵命令道，"干掉这家伙！立即安放爆炸器，定时在一小时以后起爆！"

罗约瑟指了指躺在地上的马太："那么……他呢？"

沙布诺夫狞笑一声说："我们放的是核爆炸装置，它可以使马太博士岛永远从地图上消失。原子的烈火将为他举行一次隆重的葬礼，而海洋深处也将是他最后的坟墓！"

水兵们把阿芒拖了出去，片刻之后，门外传来一声震耳的枪响，宣告了这个忠心的仆人的结局。

听到枪声，罗约瑟颤抖了一下，就像挨了一鞭似的，低着头走了。

布莱恩用手帕捂住脸，坐在一把椅子上，狠狠往地上啐了一口："真倒霉！"

沙布诺夫走到他身边，拍拍他的肩膀，得意地狂笑了："我说伊万（这大概是他的真名），你干得可真漂亮！你具有政治家的气魄和资本家的精明！瞧你十年前投下的种子，现在结出了多么丰硕的果实！只要我们制成了死光机，就可以随心所欲地击落敌人的卫星、导弹、飞机，击沉敌人的军舰，消灭敌人的坦克。到那时候，我们不但要做地球的主人，而且要做宇宙的主人！我们将以实际行动证明我们是无愧于我们伟大祖先的光荣后代！现在振作起来吧，让我们赶快去检查一下实验室，不要遗漏了什么东西。"

布莱恩站起来，随着沙布诺夫走了。

我再也不能等了，立刻跑了出来，将马太抱进寝室，安放在床上。我发现他并没有停止呼吸，心脏还在微弱地跳动，于是从药柜里取出特效药，为他做了注射。这时，我心中悲愤交集，注意力完全集中在抢救病人上，完全忘记了正在面临迫在眉睫的危险。

我听见沙布诺夫和他的部下离开了实验室，知道他们已经拿到设计图了。接着，岛上的电灯全熄了，我知道他们已经破坏了发电站。接着，直升机起飞，他们已经离开了这个命运已定的小岛。

明亮的月光从窗口射进来，四周万籁俱寂。在这座小岛的某一处地方，计时器正在嘀嗒作响，一分一秒地计算着爆炸的时刻。而在海湾里，一艘小艇正在水面荡漾，可以载我逃生。

但是，我不能离开这个孤苦无助的病人。在这种时刻搬动他，就等于加速他的死亡！我只有静静地坐在床边，等待着最后时刻的到来。我的心中没有恐惧，只有深深的遗憾——没有见到伟大的祖国，没有实现赵教授生前志愿的遗憾。

突然，马太呻吟了一声，微微睁开了眼睛。他看看我，紧紧握住我的手，老泪纵横，半晌说不出话来。

"他们走了？"好久一会儿，他才吃力地问。

我点点头。

"设计图……"

我难过地又点点头。

"军舰……开走没有？"

"还没有。"

马太的眼睛突然睁得大大的。在一种超人的努力之下，他挣扎着坐了起来，指着放在屋角的激光器："快……快把它推到窗口去！"

"博士，你不能再激动，你的身体……"我焦急地说。

"这不是我个人生死的问题，"马太气喘吁吁地说，"如果他们拿走了设计图，将是千万人的生死问题！"

我不能再违拗他了。三天前，我、马太和阿芒费了九牛二虎之力，才把机器拆卸开，分三次运到寝室里来。而现在，出于一种拼命的热情，我一个人就把它推到了窗前。

我把马太扶到了机器旁边，他熟练地接通了高压原子电池，将激光器的强度调整到最大。在强力的电流作用下激光器射出的红光更加亮得刺目。它像一柄复仇的利剑，划破了寂寥的夜空。

远处海面上，军舰开始启旋航行，它的身影逐渐消失在水面的雾气之中，可是这致命的光束已经在后面追逐着它，它是无法逃脱毁灭的命运了。

激光的第一次扫射，就把礁湖边上的一排椰子树齐腰斩断，它们"哗"一声断裂下来。第二次扫射时，马太的手颤抖了一下，光束接触了海面，于是海水爆裂着，一大片蒸汽翻腾而起，遮蔽了月光。最后，马太终于把光束对准了军舰，我先看见光芒一闪，接着就是一声剧烈的爆炸，军舰在浓烟和火焰的包围中下沉了……马太放开按钮，身子便朝旁边歪倒，我连忙把他扶起。这次复仇已经消耗了他身体的最后一点力气，他的呼吸愈来愈微弱，脉搏已经难以觉察。月光下，他的脸色惨白得就像一张白纸。他的嘴唇嚅动着，拼命想把充塞心头的千言万语告诉我，告诉一切后来的人。

"我错了！"他缓慢地说，"不把这群鲨鱼消灭，世界上就不可能有正义，不可能有和平……"

他还想说下去，可是死亡已经来临。我看见他的头一下子低垂到了胸前……

半个月内，这是死在我面前的第二个科学家！

我含着眼泪把他平放在床上，用一床白被单盖住他的遗体。

然后，我想起了我也许还有一二十分钟的时间可以逃生，于是我抱起高压原子电池，拼命朝海湾跑去。那激光器实在是太重了，我实在无法搬走它。

摩托艇仍然停泊在岸旁，我跳了进去，解开缆索，开动马达，尽快地向大海驶去。摩托艇怒吼着，拖着长长的白浪滑过水面……就在我离开珊瑚岛四五公里的时候，身后响起了天崩地裂的爆炸声，冲击波几乎使小艇直立起来。我尽力保持住艇身的平衡，然后回过头去，看见一股白色的水柱从海面矗起，高入云霄，一朵黑色的蘑菇状的浓烟形成了它的顶盖。片刻以后，水落雾散，浪花如雨。当沸腾的海面最终恢复平静时，只剩下一轮明月照在渺无边际的水面上。这个悲剧性的马太博士岛，就从世界上永远地消逝了。

充满了仇恨，也充满了信心，我驾驶着小艇向着祖国的方向飞驰，准备迎接新的斗争生活。

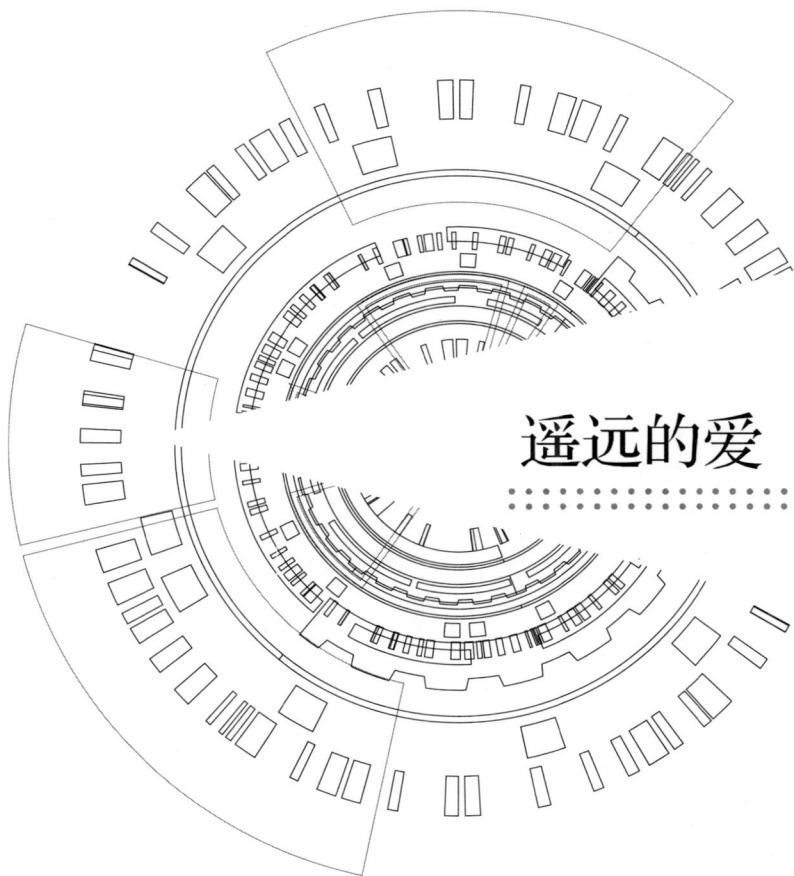

遥远的爱

我坐在建筑在海面平台上的海洋实验室里，它位于东经126°，北纬27°的太平洋上。我的周围全是各种电子仪器、雷达屏幕和声呐装置。四壁宽大的玻璃窗使我有广阔的视野。这是一个美好而平静的黄昏，西方玫瑰色的晚霞正慢慢地暗淡下去，太平洋上粼粼的波影也逐渐消失。天空中，灿烂的群星开始出现，一如往昔地用它们那清澈的光辉照亮了大地和海洋。在北方，我可以看到熟悉的、可爱的天琴星座的四边形轮廓。

今天是8月20日，每一年的这个夜晚，我都要孤独地坐在这间实验室里，向着天琴星座的方向发出一个无线电报，它只有简单的四个字："永不相忘。"我没有收到过答复，我也不期待答复。可是四十年来，我从来没有改变过这个习惯。

我不知道我已经坐了多久，夜已经很深了吧，波涛在我脚下喃喃低语，好像倾诉着人世的沧桑。老年人总是喜欢回忆过去。在这个寂静的夜晚，往事又开始在我头脑里萦回。我想起那神秘的UFO，那隐藏在海底的水晶宫。我想起了一个天仙般美貌的姑娘的身影，我想起了和她在一起度过的短暂而难忘的日子。我仿佛闻到了她头发中散发出的海洋的芳香，我仿佛感觉到她灼热的眼泪滴落在我的手上。这一切使我衰弱的身体里又充满了温馨，使我枯干的老眼里又感到了湿润。

这已经是很久很久以前发生的事情了……

一、The Close Encounter of the Third Kind Begins

尽管当代的小学生都已经知道那困扰了人类达一百年之久的UFO（即 Unidentified Flying Object，意为"来历不明的飞行体"，也有人称它为 Flying Saucer，意即"飞碟"）的真相，可是在四十年以前，也就是20世纪80年代，人们对此还是一无所知的，这种圆盘状的发光的飞行物，经常出现在地球的上空，世界上最快的飞机也追不上它，一切灵敏的雷达也探索不到它。1871年，美国得克萨斯州的《凡尼森每日新闻报》初次报道了它，自此以后，不但可靠的目击者数以万计，而且还有大量的利用电子计算机和光度计精密测定过的UFO的照片证明了这种神秘现象的存在。在确凿的事实面前，伟大的科学家爱因斯坦在20世纪50年代就曾经讲过："他们大概的确看到了些什么，但是我管不着那是什么。"

爱因斯坦生前来不及研究的问题，到了20世纪80年代终于由一个全球科学界的联合组织"UFO国际研究中心"承担下来了。经过几年的辛勤工作以后，科学家们得出了一致的意见：首先，UFO不是自然现象，也不是地球上的人类创造的，它应该是其他星球上派向地球的使者；其次，虽然这种飞行体的踪迹遍及各地，但是追踪它们的归宿，似乎都集中在东经126°、北纬27°地区，也就是说，在靠近我国东海的太平洋海域。根据回声探测仪探测的结果，这里有一条离海面深度达12000米的海底裂缝。那么，UFO的秘密是否就隐藏在这幽深的海洋下面呢？

一艘专为这个目的而设计的深海小型潜艇很快地建成了。我当时已经在UFO国际研究中心工作，就主动申请承担了这项艰险的任务。

UFO的操纵者究竟是什么"人"？他们对人类究竟是恶意还是善意？在深海底下究竟还有哪些新的危险？这都是一些未知数。因此对于执行这项任务可能遭遇的危险，我是有充分的思想准备的。我当时正是30岁，父母都已去世，孑身一人。我没有结婚，没有女朋友，甚至没有谈过恋爱。我在研究中心被公认是优秀的科研人员，朋友们都说我外貌也很英俊，因此我经常成为青年姑娘追逐的对象。但是也许我在这方面是天生的冷漠吧，我从来没有对异性产生过兴趣。我只爱大海，爱它的粗犷，爱它的变幻，爱它的神秘。因此这一次下海探险，我认为自己是最合适的，也是责无旁贷的。

科学家们将人类与UFO的近距离接触分成了三类：第一类接触是目击，第二类接触是找到了UFO留下的实据，第三类接触就是直接与UFO打交道了。因此在我下潜的前夕，研究中心就向全世界发出了事先约定的英文通知：The close encounter of the third kind begins（第三类近距离接触开始了）。

二、UFO，你在哪里？

8月10日，这是我下潜的日子。

潜艇离开了母舰，没入了太平洋的碧波之中。在我的耳边，还回响着各国科学家热烈的祝愿和告别声。我肩负着全人类交给我的重任，开始了这前途未卜的征途。

从舷窗里望出去，透过碧蓝的海水，我可以看到鱼群游动，这里有鳊鱼、带鱼、鲣鱼、金枪鱼、蝴蝶鱼，一群群，一队队，轻盈自在，姿态万千。自动驾驶仪操纵着潜艇继续下沉，光线逐渐暗弱，海水变成了深蓝色，环游的鱼儿减少了。我偶尔看到了一两只大的乌贼鱼用很快的速度游过。深度计上发光的数字不停地跳动，我降到了1000米以下，舷窗外一片黑暗，寂静有如长夜。但是在漆黑的海水中，有时却可以看到一点点的绿光在移动，如同夜空中的万点繁星，我知道这是会发光的灯笼鱼、星光鱼和鮟鱇。等到深度超过5000米以后，我就很少见到生命的迹象了。

我的潜艇到达了水深7000米的海底，在电子计算机控制的海底地形图上自动地算出了我的位置。我是停留在一处海底平原边缘，在我的前方，有一条5000米深的裂沟，这才是我最终的目的地。

我打开了前部的探照灯，一道雪亮的光线冲破了厚黑的水幕。在褐色的泥沙之上，我看见有栖息在深海底的海星、海绵、海扇等生物在活动。就在我的正前方，有一道锯齿形的悬岩，它那黑黝黝的缺口在昏暗的光线下显得特别阴森，就像一头张着大口的海底巨兽，想要吞噬一切敢于投身进去的人。虽然我在进行这次探险之前已经做好一切思想准备，但是这时仍然感到精神紧张，我的心中似乎产生了一种不祥的预感。

我静静地在舱内坐了几分钟，用一个科学工作者应有的献身精神来激励我自己，让我的头脑恢复冷静。然后我再次检查了仪器设备，通过水声装置向母舰汇报了情况。在得到指挥舱的命令以后，立即驾驶着潜艇开进了海沟。由于海沟是南北走向的，所以我也采取了由南向北的航线。

为了谨慎，我放慢了下潜的速度。在我的左舷，是一堵凹凸不平的岩壁，而在我的右舷，则是比墨汁还要浓黑的海水。幸而灵敏的声呐导航系统保障了我的潜艇不致与外物碰撞，即使海底有一个山洞，我的小巧的潜艇也能钻进去。

　　我终于顺利地降到了沟底。这里全是嶙峋的礁石，如獠牙外露，如利刃凸起，狰狞可怖。按照原订的计划，我应当在沟底往返游弋，探明周围的地形和水流情况，艇上装置的电子仪器将自动记录这UFO的基地可能存在的电波、辐射、磁场、温度等异常的现象。我仅仅是一个侦察兵，搜集初步的资料为以后大规模的考察做准备。

　　开始时一切似乎都还顺利，我的潜艇成功地经受了水压的考验，行驶十分正常。但是一小时以后，当我驶到一处特别陡峭的岩壁下面时，艇身开始剧烈地颠簸起来，从仪器上可以看出，这里海水的流速突然加快了。我试图使潜艇上升，脱出这股水流的范围，但为时已晚。潜艇瞬息之间就被卷进了漩涡，摆脱了操纵，旋转着，翻滚着，像激流中的一片小树叶一样，径直向那必然毁灭的前途冲去。

　　由于多年科学的训练和潜水生活的实践，即使在这生死关头，我也没有惊慌失措。我知道遇上了深海的潜流，它可能是由于水流入海底的岩石缝而引起的，所以流速特别大，任何已知的船艇的动力都无法与之抗衡。过去国外几艘深海核潜艇的突然失事，造成艇毁人亡的悲惨事故，据分析都是遇上了这种毁灭性的潜流。我随着艇身翻滚着，在头昏目眩的过程中，迅速地报出了仪器的读数，让母舰上指挥舱的同事们能知道这股潜流的方向、速度和深度，这样在以后的探险中就能避开它。报告完毕以后，我在耳机中听到大家焦急的嘱咐声，但是我还来不及回答，一次猛烈的碰撞就使联系中断了。

　　我估计我的潜艇是撞上了一块突起的礁石，并且嵌在它的裂缝当中了。因为当我感到一次剧烈的震动以后，艇身就停止了活动。用特殊的合金钢制造的艇身虽然没有破裂，但是却扭曲了；艇内的设备几乎完全失效，仪器板破裂。我戴着头盔，并且被保险栓紧紧地系在座椅上，可是仍然被撞得口鼻流血，进入了半昏迷状态。

唯一的奇迹是装在舱顶的自动闪光警报器，还在继续工作，它正根据我在下潜前给它的指令，不断地用强烈的脉冲光划破黑暗，向周围发出任何一个航海者都熟悉的灯光信号："UFO，你在哪里？UFO，你在哪里……"

鲜血染红了我的潜水服，我的头越来越沉重，呼吸也越来越困难了，看来供氧的设备也出了故障。我知道我是没有任何遇救的可能的。舱外是一股每秒钟十余米的激流，它的力量足以毁灭人类现有的任何潜水器。海水的压力大到一万二千个大气压，任何人也无法打开舱门。我的潜艇又深深地嵌进了岩缝，要想将它吊出水面也是不可能的。

脉冲光仍然在我头顶闪烁着，亮……暗……亮……暗……

"UFO，你在哪里？"这是留在我头脑中的最后一个意识。

三、沉睡中的公主

当我苏醒过来的时候，我惊异地发觉自己处于奇异而精妙的新环境之中，正躺在一间圆穹形顶的房间里。房屋是用一种乳白色的发光材料制成的，所以室内虽然不见灯光，却相当明亮。房里没有门窗，却有"床""椅""桌"等陈设。我之所以要在这些名词上打上引号，是因为它们的形状与我们传统观念中的家具完全不同。它们只有供人使用的平面的那一块，而没有支撑的脚，这也就是说，不论桌面，还是椅面，包括我睡的床面，都是悬浮在空中的。这种明显违反自然法则的现象，使我盯着它们看了很久，最后还是无法解释。

一块墙壁斜开了，露出了一扇门，一个人形的怪物走了进来。当时我脑中闪过的第一个念头，就是我已经与地球外的超智慧生物，与UFO的主宰者相遇了。

他约有2米高，全身是暗蓝色，缀满了一排一排的光点。他的躯干略成一个中间粗两头圆的流线型，在上部的顶端，相当于我们头部的位置，有并列的两个圆形的晶体，可能这就是眼睛。他也有四肢，不过手上却只有三根指头。

我相信他对我并无恶意，因为他拿着一个托盘，托盘中放着一些我所熟悉的食物：牛奶和压缩营养饼干。

"你是谁？"我问道。

我的声音听起来很正常，不像我在加压的海底实验室中听惯的那种尖锐的高音。这使我意识到这间房子尽管是密封的，但是没有加压，空气的成分和陆上相同，是氧和氮的混合，而不像我们在海底实验室中采用的氧和氦的混合。

这个人没有回答我。他把托盘放在桌上，桌子就移动到我面前停下了。然后他退了回去，房门自动开启，随即又在他身后关闭了。

我这时因为身体仍然感到很难受，并不想吃什么东西，但是我也不愿意躺下休息，因为我必须了解我究竟在什么地方，是什么人救了我。

这个人进出时并没有触动任何开关，因此我推测房门是由光线或声音控制的。看来这种神秘的地方并不是经常有外人闯入的，那么它也不一定有识别装置。我要了解这里的情况，只有设法出去看看。于是我挣扎着站了起来，走到门边，果然，房门无声无息地打开了。

我的前面是一条弯曲的走廊。我相信走廊的两旁一定还有成排的房间，但是由于房门和墙壁结合得天衣无缝，所以我看不出来。走廊里阒无人迹，就连刚才送食物给我的那个人，也不知道上哪儿去了。

　　我轻轻地沿着走廊走下去，最后来到它的顶端。我一直走到了横墙的面前，希望这里有一道门。结果还是不出我所料，就在我正要碰到这堵墙时，一道门又出现在我的眼前。

　　我来到一间长方形的大厅里。不，说得确切一些，是一间科学的殿堂里。我是一个受过高等教育的科研人员，见过世界上最先进的科学设备，可是在这里，我却像一个无知的孩子一样，目瞪口呆，丧失了理解的能力。

　　在我正对面，整个一堵高大的墙壁，实际上就是一个巨大的荧光屏。在那上面，在嵌满群星的黑色天鹅绒似的天空背景之上，浮动着地球圆形的轮廓。它的表面反射着熠熠阳光，呈现出一种明亮的蔚蓝色。我可以看到大气的回旋和云彩的流动。球面上有绿色和棕色的斑块，显示出海洋和沙漠的分布。我曾经多次见过人造卫星拍的地球的照片，所以一眼就可以断定这就是地球的实际摄像。

　　在我的左右两侧的墙下，布满了大大小小的屏幕，各种形状的电脉冲发出绿色的光。仪器的数字在跳动，五颜六色的灯光在闪烁。我仅仅可以想象，这可能是一种极为复杂的监视设备的自动操纵台。

　　然而，更加令我难以相信自己的眼睛的还是大厅中央的景象。

　　在大厅的中部，在高出地面的一座椭圆形的平台上，有一个五边形的玻璃盖。在玻璃盖下面，在洁白的绒垫之上，睡着一位年轻的姑娘。

　　我情不自禁地向前走去，来到台侧，想把她看清楚一点。

　　天哪，即使在图画中，我也没有见过如此美丽的姑娘。这是一种在神话中、在人类幻觉中才能出现的美丽。

　　她的栗色头发很有光泽，浓密而自然地呈现波曲，长长地垂在双肩上。她的脸就像汉白玉雕成的，洁白而高贵。她的前额饱满光滑，鼻梁挺直俊秀。嘴唇小巧鲜红，就像嵌在白玉中的一颗玛瑙珠。她的睫毛很长，如同黑色的蝴蝶花瓣似的覆盖在紧闭的眼帘上。她身穿一件不知道用什么质料制成的长袍，墨绿色的底子上泛着微微的星光。她的体态苗条，手足纤细，整个身躯构成了一道连续的完美无缺的曲线。

从她的气色来看，她应该是一个活人；可是她又没有呼吸，没有一点生命的迹象。她是什么人？她为什么要沉睡在这深深的海底？我不由得想起了《天方夜谭》中那受魔咒禁锢的公主。难道我真的遇到了这种情景吗？

就在这时，奇迹发生了。在这台子下面，响起了某种机器"嗡嗡"的声音，接着，玻璃盖里的空气由无色变成绿色，又从绿色变成红色，姑娘就像一个仙女一样，睡在彩色的祥云的包围之中。等到最后所有的颜色重又消失时，玻璃盖自动移开，姑娘伸手揉揉眼睛，就像大梦初醒一样，优雅地坐了起来。

她的眼睛，就像我刚潜入浅海时看到的海水一样，碧蓝而清澈。她平静地凝视着我，脸上有一种智慧的、大彻大悟的镇定，丝毫也不见惊慌或怀疑的表情。

现在我可以将她看得更清楚了。我发现除了她令人目眩的美丽以外，我很难判断她的年龄。从她的外貌来看，她最多不过二十多岁；可是她那种罕见的沉着和严肃，又是只有十分老成的人才能具备的。我甚至连她所属的种族都无法断定。她既不是西方人，也不是东方人。她可以说兼有西方女性的线条和轮廓，以及东方女性的温柔和细腻。

由于惊奇过度，一切问题似乎都在我喉咙里凝固了。最后还是她先开口："你到这儿来干什么？"

她讲的是中文，声音十分圆润悦耳。

我回答说："我是UFO国际研究中心的科研人员，来寻找经常出现在地球上空的来历不明的飞行体的。"

她对我的答复似乎一点也不感到意外，只是微微点点头，好像自言自语地说："你们终于来了。"

四、TX-Ⅱ星球的使者

她站起身来，做了一个手势要我跟她走。她的步履轻盈，动作有一种叫人难以描述的节奏感。

我们来到了一间陈设得十分富丽的休息室。这个环境使我感到又回到了人间。壁上挂着大幅欧洲的风景油画，桌上列着各种中国的古玩雕刻，地上铺着厚厚的波斯地毯，沿着墙脚是一排种在花盆里的鲜艳的花卉。当然，这时的各种形式新颖的家具，仍然和我最初看到的一样，全是浮在空中的。

我们坐定以后，我原来见到过的那个人又出现了，这次他仍然送来了一盘食物。陌生的姑娘就像很久没有见过他似的，亲昵地拍拍他的手，问道："老哈利，你还正常吧？"

那人没有出声，不过亮晶晶的眼睛闪了两下光，表示他一切都正常。

我看着这一对奇怪的伴侣，心中疑团更多了。但是姑娘似乎没有急着讲话的意图，她先请我吃东西，我谢绝以后，她就自己略微吃了一点。

我耐心地等到她吃完，等到哈利收拾了空盘，才提出了一个在我头脑中盘旋已久的问题："请问，我现在是在什么地方？"

她简短地回答："在深海底下。"

我又问道："我记得我是在深水潜艇出了事故以后昏迷过去的，我是怎样遇救的呢？"

姑娘说："我自己也刚醒来，所以还不清楚。不过地球上发生的一切事我们这里都有录像，你自己看吧。"

她伸手在座椅旁边按了一个电钮，于是在我面前约4平方米面积的空气中突然出现了一道长方形的银色的框子，框子中间的光线迅速地暗淡下去，一幕海底发生的情景又重现在我的眼前。

我看见我的潜艇被嵌在一块礁石的隙缝中，闪光灯不断发出"UFO，你在哪里"的信号。接着，另外一艘比较大的潜艇出现了，它的动力似乎惊人地强大，足以战胜水流的冲击。从它那宽阔的舷窗中，我认出来驾驶员就是哈利。这艘潜艇向我的潜艇靠拢，从它的侧面伸出一根约有2米粗的吸管，附着在我的潜艇的舷壁上。哈利循着这根吸管来到我的舱外，用高温枪熔化了舱壁，他从这里钻进我的潜艇，把失去知觉的我抱了出来，退到自己的潜艇里。

哈利驾驶着这艘潜艇高速行驶，很快地来到了一处平坦的岩壁下面，这里有一张钢制的水密门，它随着潜艇的灯光信号自动开启，当潜艇驶进这水底的洞穴以后，钢门又关闭了。这时洞穴里的水位下降，最后，潜水器就停在一级干涸的平台上。

哈利抱着我出了潜艇，穿过几重门户，就到了我最初休息的那间房子。他很体贴地为我取下头盔，然后把我平放在床上休息。

银色的屏幕消失了，在我的面前，仍然是一无所有的空间。之后我才知道，这是一种崭新的光学信息处理的方法，它能将形象记录下来，以后直接在空气中立体显影。

我知道了我遇救的经过，但是这并没有平息我的好奇心，反而激起了我更多的问题："那么，这座海下科学宫是谁建造的？你是什么人？哈利又是什么人？你们为什么要待在这里？UFO也是你们发射的吗？"

姑娘说："哈利不是生物，他是一个机器人，不过是一种高级的有理性的机器人。至于我，可以说是与你同类的人，也可以说不是人。"

"你……这是什么意思?"

姑娘并没有理睬我的激动,不慌不忙地继续往下说:"我的外形、内部结构和细胞组织虽然都和人类相同,但是我并不是父母所生,而是基玛利用现代你们已经初步有所了解的遗传工程的原理培育的。"

"基玛又是什么呢?"

"基玛是一颗名叫TX-Ⅱ的星球上的高级生物。如果用地球上的天文术语说,TX-Ⅱ是天琴座一颗F_5型恒星周围的行星,距离地球一百万光年。基玛的智慧和他们掌握的科学知识,比地球上的人类不知道要超出多少倍。在一万二千年以前,基玛曾经派出由九艘宇宙飞船组成的考察队,拜访过地球。他们发现那时地球上的人类还处于原始的蒙昧时期,无法理解基玛来到地球的意义,因此他们就在这深海底下修建一座科学观测站,定时派出无人驾驶的抗重力磁性飞船,观察地球上各种自然现象的变化,不断地向TX-Ⅱ发回资料。这种科学考察飞船,在最近一百年以来已经被人类注意到了,这就是你们所谓的UFO,或者也称为飞碟。整个这座观测站,平日就由哈利照管。可靠的老哈利,他在这里忠实地服务,处理各种意外的情况,已经有一万二千年之久了。"

"那么,基玛为什么要创造你呢?"

"因为科学仪器只能观察自然现象,而对于人类进化过程中的社会现象、人类的文化和心理,这些仪器都无能为力了。这样,基玛就根据人类细胞中的DNA的特征,在实验室中培养了我。不过我的外貌虽然与人类相同,但是我的脑细胞却是参照基玛脑细胞的结构改良了的,所以我的聪明智慧要比人类强得多。"

我吃惊了:"难道你已经生了一万二千年?"

姑娘摇摇头:"不。我既然是一个生物,当然要受自然规律的限制。不过我的生命的分配,却是根据我的任务而有科学规律的分配的。我每次入睡以后，床上的自动仪器会发出一种微妙的生物电流，于是我的细胞的新陈代谢作用就完全停止了，我的生命进入了凝固的状态，就像被储存起来一样。当我睡过一段规定的时期，定时原子钟（它是利用各种半衰期不同的放射性同位素来计算时间的）关闭仪器，我又苏醒过来，到人世间去生活两三个月，观察人类社会的进程，向TX-Ⅱ发出报告，再回到这里来入睡。

"你每次入睡的时间是多长呢？"

"由于人类社会发展的速度是逐渐加快的，所以我到人世去的间隙也逐渐缩短。开始是每隔两千年去一次，以后是一千年，再以后是五百年。从16世纪开始，我每次只睡五十年，而到了20世纪，我是每隔十年就要上去一次了。"

我心中粗略地计算了一下，如果用这种方法，她看到人类全部文明发展的历史，也不过用了五年的时间而已。

"基玛这样做的目的何在呢？难道有朝一日他们还想回来征服地球吗？"

姑娘的眉毛微微一扬："征服？这种野蛮的词汇老早就从基玛的语言中消失了。TX-Ⅱ对待像地球这样发展比较迟缓的星球，就像其他更加先进的星球对待TX-Ⅱ本身一样，只有团结关怀和爱护。基玛研究地球，是为了在适当的时候用自己的先进的科学文化来帮助地球。"

"照你这样说来，宇宙间的高级智慧生物，都有无私的品德了？难道宇宙间也有一致的道德观念吗？"

"可以这样说吧。就像宇宙间有共同的自然规律一样，各个星球上智慧生物的意识的发展、社会的组织形态，大致也是遵循着一个由低级到高级，由简单到复杂，由不合理到逐步完善的规律向前进步的。当任何一个有智慧生物存在的星球上科学发展到一定的阶段，当它的生产力水平因此而产生一个质的飞跃时，一个没有压迫、没有暴政的新型社会就会通过革命的形式出现。在这种社会中，智慧生物的道德观念，也必然是崇高的、无私的。人类目前正在向这个阶段发展，而基玛则早已经达到这种理想的境界了。"

我换了一个话题："你刚才说基玛要在适当的时候再来帮助地球，这是什么意思呢？"

"基玛从来不愿意把自己的意志强加于人。所谓适当的时候，就是人类本身科学的发展要具备接受基玛的先进科学的基础，此外，人类还要有一种接受帮助的要求。为了尊重人类社会自身发展的规律，我和哈利都要遵守一条严格的禁令，这就是绝不能用我们掌握的科学工具去干扰人类的事务。如果这一次不是你主动发出和我们联系的信号，哈利也不会出来见你的。"停了一会儿，她又深情地说，"使自己成为地球人类和基玛之间的一座友谊的桥梁，是我的意愿和快乐。"

姑娘的一席话极大地打开了我的视野，使我从更广泛的角度联想到了科学、社会和道德等问题之间的辩证关系。而她末后的一句话，更使我感动不已。

我发现，此时她那美艳绝伦的脸上出现了一种崇高而圣洁的光芒。我想到她虽然是科学方法培育出来的，但是她终究是一个人，具有自然的情感和欲望。作为一个如此智慧的姑娘，她肯定幻想过生活的情趣和爱情的欢乐。

当我再开口的时候，我的声调中有一种从未有过的柔和："你叫什么名字，能告诉我吗？"

"我叫琼-101，"她回答说，"101是培养我胚胎的试管的编号。"

我说："我就按照地球上的习惯叫你琼吧。我叫齐默。"

她笑了："那么我也叫你一个字——默。"

我也笑了。

"琼，我的任务就是代表地球人类和你们联系，现在请你和我一道回去，向全世界介绍一下基玛和TX-Ⅱ的情况，好吗？"

琼摇摇头："不行。这样做就等于我介入了地球人类社会的活动，这是违反原则的。根据基玛给我的指示，当地球人类发现这座科学观测站的时候，我在地球上的任务就算完成了。我应当立即结束这里的工作，带上哈利乘坐磁力飞船飞走，向基玛提出进一步帮助地球的建议。"

"你要走了？"我的内心有一种说不出的失望，"还回来吗？"

琼又笑了，这一次我感到她笑得有点惆怅："恐怕没有这种机会了，我们这两个星球之间的距离是太遥远，太遥远了。"

"你准备什么时候出发呢？"

"十天以后。"

"那么你允许我在这里再住十天，让我多学习一点知识，可以吗？"

琼考虑了一下，同意了。

于是，我立即利用观测站的通信装置，向一直停留在海面并且设法抢救我的母舰发出一个电报："已平安地与UFO取得联系，十天后返回基地。"

当我的同事们接到这个电报以后的兴奋、惊奇和期待，我是可以想象的。

五、逝去的梦

现在回想起来，我和琼相处的这十天，真像一场奇妙的、逝去的梦。

首先，这是一场未来的梦。

琼送了很多储存着信息的晶体给我。这里记载了大量的图表和公式。

它的内容不但涉及数学、物理、化学、天文学、地学、生物学等基础科学在概念上的重大突破，而且也有能源、计算机、空间科学、遥感、激光等应用技术方面的崭新设想和发明。人类各行各业的专家，要全部掌握这笔财富，也要花费一两代人的时间。而当我们一旦能利用这些知识时，人类的科学文明，就将进入一个新的时代。

为了便于我们以后的研究，琼将一些关键的图表公式在屏幕上显示出来，利用我能理解的数学语言，向我进行一些解释和揭示，就像一个成人向小孩子讲解通俗的科学知识一样。她的语言是那样准确、精练，对于各个学科的内容了解得那样深刻、全面，使我感到自己在基玛的高度文明前面，真是显得太无知了。

我好像是在琼的带领之下，纵身游泳在科学的大海之中，它的广阔无涯使我目眩心醉，不辨四方。它使我提前进入了未来，看到了人类文明的前方。这种珍贵的享受，是任何人在现实生活中都难以想象的。

其次，这是一场过去的梦。

琼曾经将地球人类历史上一些重大史实的录像放映给我看。这不但使我目睹了近一万二千年以来地球人类历史发展的概况，而且使我附带解决了迄今地球上的科学家尚无法解释的古迹和传说之谜。

基玛是乘坐光子火箭来地球的，但是这种火箭只能停留在离地球十万公里以外的空间，因为如果太靠近地球，它那威力强大的发动机中喷出的能量就会把地球上的生命毁灭殆尽。基玛从火箭上改乘航天飞机降落到地面，他们最早的机场，是在南美秘鲁的纳斯卡高原上。当年为了导航的目的，曾经从太平洋海岸直达纳斯卡高原修建了长达数百公里的地面标志线，在机场上，还修有明亮的石块砌成的跑道。这些遗迹多年来一直使人困惑不解，现在我总算知道了它的来历。

基玛曾经在大西洋中的一块陆地上建筑了一座科学城作为他们的营

地，这座城市的辉煌和壮观使少数有机会参观过它的旧石器时代的原始人感到神奇莫测，因此在古希腊神话中保留了这段往事的痕迹，古希腊哲学家柏拉图的著作中也提到过这种神秘的陆地。当基玛离去时，为了消除他们的踪迹，就制造了一次人为的地震，使这块陆地陷入海中。在几十年以前，人们终于用仪器测出了这块大陆的存在，这就是有名的亚特兰蒂斯大陆，不过关于它那高度文明的遗迹的创造者和它突然陷落的原因，迄今为止人类还是不知道的。

在第四纪的更新世时期（约从三百万年以前到一万二千年前），世界上很大一部分地区都被冰层所覆盖。但是到了一万二千年前，这些坚冰却突然融化了，它产生的水竟使全世界的水位上升了200米，在各民族的神话中留下了洪水泛滥的传说。但是造成这种冰川融化的原因，科学家们一直找不到解释。现在才知道这仅仅是由于基玛离去时，光子火箭的尾部向着地球，它那炽热的温度使地球气温陡然上升而引起的。这时，每一艘光子火箭从地球上看去就像一个大太阳，无疑引起了原始人极大的惊惧。中国传说中古代有十个太阳，以后被英雄后羿射下九个，看来就是这样起源的。

然后我看到了人类文明史的全部过程。古代埃及的十万名奴隶在炎炎烈日下修建金字塔，巴比伦国王在神庙前宣读《汉谟拉比法典》，古印度孔雀王朝的阿育王在华氏城举行隆重的佛教庆典，中国秦代的数十万刑徒在皮鞭抽打下建造万里长城，还有罗马斯巴达克斯率领的奴隶起义军与克拉苏的大决战。十字军战士的铁蹄践踏着小亚细亚的平原，成吉思汗的骑兵饮马蓝色的多瑙河畔。海风吹拂着哥伦布探索新大陆的帆船，革命的红旗在硝烟弥漫的巴士底狱的城楼上飘荡。时光风驰电掣地在我的眼前流过，多少叱咤风云的英雄，多少可歌可泣的事迹！尽管历史上曾经有过那么多的鲜血，那么多的不幸，可是全人类终于克服了重重的艰难困苦，发展到了今天的文明。作为地球上的一个普通成员，我还是有理由感到自豪的。

最后，这是一场现实的梦。

和琼十天的朝夕相处，唤醒了我心中一种生疏的感情——爱情。我爱上她了，而且是疯狂地爱上了她。

每天早晨，当我起床以后，她的笑靥就像朝阳一样照亮了我的心。在工作时间，我的耳边不停地响着她那音乐似的话语，听着那些概括着科学结晶的词句从那美丽的小嘴中吐露出来，本身就是一种很大的享受。每日三餐，我们都在一块儿吃，由忠实的哈利伺候着。她亲自为我拣菜，劝我多吃一点，态度是那样温柔，充满着体贴和贤淑。

海底的长夜是寂寞的。我们经常在一起玩牌、下棋（我是每场必输的），同时漫无目的地闲谈。这时琼丰富的见闻，惊人的记忆力，风趣隽永的语言，真是令人倾倒。记得古希腊一位哲人说过，美貌和智慧，是不能在一个女人身上共存的。但是对于琼来说，这两者有机地结合，几乎到了完满的程度。

过去我从来没有尝到过失眠的滋味，而现在我却每晚辗转不能入睡。只要一闭上眼睛，我的眼前就会出现琼的微笑。我祈祷着早晨快点来临，因为只要电子钟指向7点，我就可以看到真实的琼了。

不过，尽管我的感情是如此炽热，但是我却只能将它深深地藏在心底，不敢在琼的面前有丝毫暴露，因为在我对琼的爱慕中，还夹杂有崇拜的成分，我们两个人的条件是太不相称的。此外我也不能忘记我的工作，我要利用在这里的机会，尽可能地为人类多学习一点东西。琼终究是一种智慧高超的生物，她的理智是不可动摇的，这一万二千年孤寂的生活，就是一个极好的证明。我不知道她是否有爱情，是否承认别人的爱情。要是我不恰当的表态惹恼了她，那我将永远不能原谅我自己。

但是我还是有一种感觉，有一种幻想，我觉得琼起码是不讨厌我的。

自从我俩熟悉以后，她的脸上似乎没有消失过笑容。每天晚上她向我说晚安时总微微有一点依恋，而早晨看到我时脸上那种真诚的喜悦，往往使我心中怦然而动。难道这仅仅是礼貌，是友谊吗？

神话般的环境，神话般的幸福，使我不像在现实中过日子，而是在一种虚无缥缈的幻境中生活。然而梦终究有醒转的时候，十天的时间不知不觉已经过去，我离开的日子临近了。

根据计划，琼将派遣哈利驾驶潜艇在8月20日早晨8点将我送到海面，在那里母舰仍然在等待着我。她自己将在十二个小时以后，也就是晚上8点乘坐磁力飞船起飞。这座海底观测站和它附属的一切设备，就作为基玛的礼物送给地球人类了。

六、离别

在我离开的头一天晚上，哈利为我们准备了一顿丰盛的晚餐，还有一瓶1720年法国酿造的葡萄酒。琼和我面对面地坐着，静静地享用我们在一起的最后的晚餐。

尽管桌上的菜都是哈利根据世界有名的菜谱烹调出来的，它们的色、香、味都很考究；尽管法国名贵的陈酒香醇诱人，但是我看到坐在我面前的琼的可爱形象，想到我们离别在即，不禁食不下咽。琼今天也异常沉默，闷闷地用叉子拨着盘子里的食物，基本上没有吃什么。

最后，我叹了一口气，放下刀叉。

琼抬起眼来看了我一下，低声说："你就要走了，多吃一点吧。"

我摇摇头："吃不下。"

琼还是那么低声："为什么？"

我说："心里难受。"

琼说："是我款待你不周到吗？"

我说："不是。琼，恰恰相反，你……"

她伸出一只手打断了我的话："默，请不要说些没有意义的话吧。"

这句话使我激动了，我忘记了谨慎，站起身来走到她的面前，大声地说："你是一个比我们聪明得多的人，你懂得一切科学的知识；你观察了人类社会发展的全部过程，你也懂得历史。你什么都知道，可是你却不知道理解一个人的感情，因为可能你自己没有这种感情。我要告诉你，我爱你，爱你，爱你！这就是我痛苦的原因，你懂吗？"

琼慢慢地抬起头来，等到我可以看清她的脸庞时，我发现她那双大大的眼睛里充满了痛苦和迷惘。她轻轻地，但却清晰地说："我懂，因为我也爱你。"

这出人意料的回答使我呆了片刻，然后我狂喜地呼喊了一声，在下一瞬间，我已经紧紧地把她拥抱在怀里了。

琼没有抗拒，她柔软的身躯战栗着，如同在微风中抖动的透明珠丝。我吻着她的嘴唇，吻着她的头发，吻着她的脸，在最高的欢乐之中，我丧失了思维，忘怀了一切，我只能在她耳边重复地说："我爱你，我爱你！"

琼闭上了眼睛，像梦呓似的说："默，我是多么幸福啊！"

我不知道我们互相拥抱着在那里站了多久，但是身后一点轻微的声响，却使我们回过头去，原来是哈利进来收拾餐具了。

可怜的老哈利，他头脑中安装的高级识别机可以使他逻辑正确地判断一切事物，做出正确的判断和处理。一万二千年来，他独自照料这观测站，维修各种复杂的仪器，包括他自己的原件更新在内，从来没有出过差错，而现在他看到自己的女主人的反常行动，却真的不知道该怎么办了。他那亮晶晶的眼睛一下看着我，一下看着琼，他的手时而抬起，时而放下，完全是一副手足无措的样子。我和琼对视了一眼，忍不住都哈哈大笑起来，一直笑得我们两个人同时都滚在沙发上。

哈利连餐具也不收拾了，悄悄地退了出去。聪明的家伙，这一次他又做出了正确的选择。

我终于稍微冷静了一点。我把琼扶起来，让她靠在我的身上，然后说："琼，别离开地球了，让我们一同回人世去吧！你是一个人，你有享受一切美好生活的权利。"

琼过了很久才回答我："默，这是不可能的。我的生命只有一个目的，那就是完成基玛对地球考察的任务。"

我说："难道你就别无所求吗？"

琼说："自从你在我的生活中出现以后，我想过很多很多的事，我是多么希望我们能彼此相爱，能幸福地在一起。可是比起整个宇宙间科学的合作，比起地球的未来和发展，个人的爱情终究是渺小的。我已经牺牲过很多的东西，这一次我仍然要做牺牲。"

我的心碎了。我紧紧地抱着她，不顾一切地说："不，不，我不放你走！"

琼像哄孩子似的抚摸着我的头发："默，别这样，你知道这是不可能的事。"

我执拗地说："那么，我跟你走，我们一起到TX-Ⅱ上面去生活。"

琼苦笑了："这更不可能。你忘记了那是另外一个星球，另外一种生态，你是不能适应那种环境的。何况你和我一样，对人类社会，对科学事业，有你应尽的一份责任，你怎么能离开这里呢？"

我不能再说什么了，我知道她是正确的。我用最大的毅力抑制了快要流出来的眼泪："琼，愿你能知道我对你的爱有多么深刻，愿你能知道我的痛苦有多么剧烈！"

琼的嘴唇哆嗦着："默，你要相信由于我的生命要比你延续得长一些，所以我的爱情，我的痛苦，也要比你延续得长一些，也更加难以忍受一些。"

这句话像利刃似的伤了我的心，我竟孩子似的哭出声来。

我们就这样互相依偎着坐在那里，彼此感觉着对方心房的跳动和急促呼吸。因为想要讲的话太多了，反而一句话都说不出来。其实，此时此刻我们又何必讲话呢？我们的思想不是已经融合为一体了吗？

时间一秒钟又一秒钟、一分钟又一分钟地，就像深山的泉水一样悄悄流逝了。在我们远远的上方，朝霞已经映红了东方的天空，我出发的时候到了。

电子钟又指向了7点。琼就像从梦中惊醒似的，喃喃地说："默，你该走了。"

我托起她的脸来，正视着她的眼睛："跟我说一声再见吧！"

琼凄凉地说："不，应该说永别了。"

于是，一滴珍珠似的眼泪，从她的眼睛中流出，像露水般沾在她那宛如扇子的睫毛上，然后滴落在我的手上。这滴眼泪像火炭似的灼痛了我，因为我知道琼的理智和我克制的能力是何等坚强，她若不是伤心到了极点，是不会流泪的。

我怀着刻骨铭心的痛苦祈求道："琼，亲爱的琼，不要忘记我！"

琼回答说："我不会忘记你的。请你原谅我最后一次的软弱，我……我不能送你了。"

她离开了我的怀抱，轻盈地向后退去。我张开双手站在那里，欲哭无声，肝胆俱裂。在泪眼模糊之中，我看见墙壁在她身后移开，她那倩影最后一次向我挥手，就像幻影一样消失了。

我不知道应该怎么办，甚至不知道我是不是还活着。我相信我是晕眩了一下，因为我感到有人用坚强的手托住了我，把我抱出了房间。这是忠实的哈利，他来执行护送我的任务了。

我乘坐哈利的潜艇顺利地升上了海面。一路上我都处于麻木的状态，既不能集中我的思想，也没有注意周围的环境。等到潜艇浮出了水面，哈利把我放在一艘塑料小艇上，就潜下去了。

清凉的海风，明亮的阳光，使我清醒过来。我举目一望，发现母舰就在离我不到50公里的地方。同事们看见我发出的信号，很快就派出汽艇，将我接了回去。

我与UFO遭遇的消息已经在全世界传开了，各国科学界的代表、新闻记者正云集在太平洋上，他们热烈地欢迎我的归来。我向研究中心汇报了我在海底的见闻，展示了我带回的全部资料。唯一没有提到的是我与琼的爱情，因为我觉得这是属于我个人的神圣秘密。

七、永不相忘

40年前的8月20日的夜晚，太平洋上星光灿烂，这是一个适于远航的日子。

在东经126°、北纬27°附近的海域上，千百条舰船排成了整齐的行列。五色缤纷的信号弹，不断地射向天空，如同节日的焰火。明亮的探照灯的光柱，将海洋和天空照得雪亮。当人们从我的报告中知道了UFO将于今夜离去的消息时，各国的舰船都用最高的速度向这里集中，形成了人类历史上最盛大的一次海上聚会。

我靠在母舰的驾驶室旁，注视着这银色的大海。我的心不断地呼喊着琼的名字，我在期待着与她的最后诀别。

船上的计时器"嗒嗒"作响，扩音器从8点差十秒时开始传出了报数的声音，十，九……四，三，二，一！语音刚落，在船舰前面的空旷的海面上，忽然涌起喷泉似的浪花，于是所有的探照灯都指向了这个方向。顷刻之间，一个巨大的、圆形的飞行器无声无息地从水面升起，一瞬间它就跃升了1000米的高度，在那里，它暂时悬停了一下。

这是一艘用灰色的金属制造的飞船，它的平面像一个圆盘，无怪人们最初叫它"飞碟"。圆盘的中央部分呈一半球形突起，顶部伸出复杂的无线电天线。它周围的一排舷窗，此刻已被灯光照亮。下部是四个类似喷气发动机的装置，但是从里面喷出的不是火焰，而是一种绿幽幽的光芒。这种磁力飞船是用一种能够消除地球引力的材料造成的，所以它越出地球引力场所需的动力极小。基玛不但用这种材料造飞船，也用于日常生活。我在观测站所见到的各种悬浮的家具，均依据同一原理。

飞船在空中静止了一两分钟，然后从它的舱壁上出现了闪光的大字："再见！"这是琼在向地球告别了。

空中传来震耳欲聋的轰鸣声。五百架由世界各国驾驶员驾驶的高空喷气式飞机，开亮了机翼和机身上的全部夜航灯，好像一群绚丽的光点一样，组成"欢送"两个字，列队从UFO上空飞过。这是地球上的人类以最隆重的仪式在欢送飞向遥远的星球的友好使者。

UFO开始起航了，就在它进行一次新的跃升的最后一瞬间，我看见它的舱壁上的字换成了四个："永不相忘！"

"永不相忘！"我身边的人都在念着。

人们以为这仅仅是基玛对地球表达的友谊，于是全体欢呼起来，只是我体会得到它更隐蔽的含义，只有我明了发出这个信号的人无法描述的悲哀。我以为自己已经流干的眼泪，不知不觉又"簌簌"地流了下来。

UFO以人们意想不到的速度，超越了最快的喷气机群，径直向着茫茫的夜空，向着无垠的宇宙飞走了。它带走了地球向宇宙发出的信息，也带走了我的青春，我的爱情，我的欢乐。

由于我顺利地完成了任务，为人类的科学事业做出了贡献，国际科学界给了我很高的荣誉。以后为了更好地研究琼留下的海底观测站，国际研究中心又在海面上修建了一座海洋实验室，我主动请求到这里来主持工作，因为我知道只有继承琼的事业，才是对我们的爱情的最好怀念。

岁月如流，四十年的时间一眨眼就过去了。经过全世界科学家的共同努力，对于基玛送给人类的科学资料的研究已经取得了重要的成效，为人类带来了很大的福利，这使我感到十分欣慰。但是世界上却没有人知道，为了这一伟大的科学事业，我和琼付出了什么样的代价，做出了什么样的牺牲。

随着时间的推移，我内心的痛苦已经变成了一种深沉的惆怅。它虽然不像过去那么酷烈，却绵绵不断，永无尽期。我没有再谈过恋爱，也没有结婚。每年的8月20日，我都要一个人静静地在这里坐一个晚上，怀念着我亲爱的琼，向TX-Ⅱ的方向发出"永不相忘"的电讯。我是不可能得到任何答复的，因为我知道在整整一百多年中，琼都凝固着自己的生命，沉睡在以接近光速运动的飞船中，她是无法知道我的问候的。但是我也知道，在我的生命停止以后很久很久，这些电讯终究会到达目的地。在这浩瀚的宇宙之中，会有一颗温暖的心在等待着它，理解着它。

啊，永恒的宇宙，永恒的生命，永恒的爱情……

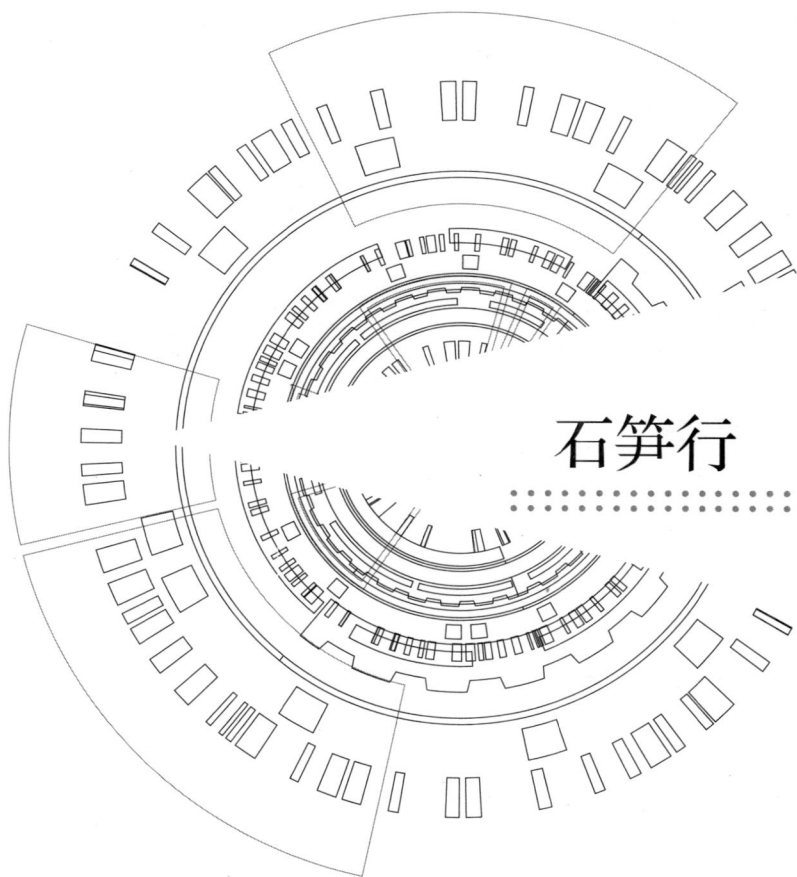

石笋行

君不见，益州城西门，

陌上石笋双高蹲。

古来相传是海眼，

苔藓蚀尽波涛痕。

雨多往往得瑟瑟，

此事恍惚难明论。

恐是昔时卿相墓，

立石为表今仍存。

……

嗟尔石笋擅虚名，

后来未识犹骏奔。

安得壮士掷天外，

使人不疑见本根。

杜甫《石笋行^①》

石笋，这是成都市历史的遗迹，是过去的象征。

星际之间高级智慧生物的联系，这是科学的设想，是未来的象征。

---

① "行"是古代诗歌的一种体裁。

然而在我最近的一项工作中，这两者却不可思议地结合起来了。

现在，我按照这件事发生的顺序，把这个故事告诉你们。让我先从石笋的来历讲起。

石笋的发现

成都，古老而又富有文化传统的成都！在它两千多年的历史中，留下了多少名胜古迹，记下了多少诗人的吟咏。而这两者之间，又往往是互为因果的：附会着动人传说的古迹往往能激发诗人的灵感；而诗人的华章，又更加使这些古迹名扬天下。难怪有人将成都称为"古迹之城，诗人之城"。

在这种以古迹作为题材的诗歌中，最著名的，恐怕就是唐代大诗人杜甫所写的《石笋行》了。

石笋是成都西城最古老的一处遗迹。在晋代（公元5世纪左右）的一部历史书籍《华阳国志》中，就有了记载，据说当时成都共有石笋"三株"。到了唐代（公元8世纪左右），石笋只剩下了两株。根据杜甫亲眼看到的情况，他的描绘是："成都子城①西金容坊有石二株，挺然耸峭，高丈余。"谁都知道，成都所在的川西平原，是由岷江、沱江及其支流冲积而成的平原，绝对没有自然的巨石。这样，高耸的石笋就成了人们神奇附和的对象。在唐代，民间流传最广的说法是石笋底下有"海眼"，如果有人搬动了石笋，那么洪水就会从"海眼"中冲出来，毁灭整个成都。杜甫是不

---

① 古代成都城分大城和少城（子城）两部分。大城在东，子城在西。

相信这种无稽之谈的，所以他写了这一首《石笋行》，推测石笋可能是古代卿相坟墓前面的标记，他希望有壮士能将它掷到天外去，来破除这个迷信。但是，雨后往往从石笋下面冲出一些碧珠（瑟瑟），杜甫也认为难以解释。

根据另一部名叫《道教灵验记》的古书记载，唐代末年，有一个名叫刘胜的太尉，"好奇尚异"，想叫工人凿下一块石笋来做石砚，"椎琢之际，电闪雷鸣，工人倒地不起，如此者三，公知其灵物，乃已之，以粗铁链将二石笋相连。至今所刻之迹在焉。"

到了宋代，石笋似乎就不见了。当时有一个文人名叫何培度。他曾经专门去调查过石笋的下落，但是没有结果。在他所写的《成都记》中，有这样的记载："子美（杜甫字子美）《石笋行》云：在成都西门陌上。……今遍问故老于西门外，竟无有也。"

自此以后，再也没有人看到石笋。除了历史记载以外，现在只剩下成都西门的一条"石笋街"，叫人回忆起这古代的遗迹。

我之所以对石笋的情况如此清楚，是因为我曾经写过一篇名叫《成都石笋考》的论文。在这篇文章里，我根据中华人民共和国成立以后我们在川西平原发掘周代蜀国大墓的规律，发现蜀国的统治者确实有在墓前竖立大石的习惯。加上《华阳国志》又说："蜀有五丁力士能移山，举万钧[1]。每王薨[2]，辄立大石，长三丈，重千钧，为墓志。今石笋是也。"这样，我就完全同意杜甫的推测，肯定石笋就是古代蜀国王公贵族墓前的"墓志"，也就是纪念碑的意思。雨后冲出来的碧珠（瑟瑟），我认为是墓里随葬的装饰品。至于五丁力士，不过是指蜀国的广大奴隶，他们从邛崃山中将巨石开采出来，运到成都，这工程是十分浩大的。天长日久，他们的劳动成果成了神

---

① 钧是古代重量单位，一钧等于15公斤。

② 薨，古代诸侯或大官死了叫薨。

话，他们自己也就成了神话中的人物了。论文发表以后，学术界也都认为这是一个合理的推测。我自以为石笋之谜，已经可以说是解决了。

1987年4月4日，我记得是个星期日，我在书房里和一位老朋友闲谈。他姓贾，是我的同行，也是搞考古工作的，是研究部的主任。老贾平日不修边幅——这是考古学家的通病。戴深度近视眼镜，瘦削的脸颊，门齿有点外露，经常是胡子拉碴的，不分冬夏都穿着一件褪了色的蓝布工作服，看样子更像一个老师傅，而不像一个老学者。其实他是一个极有野外发掘经验的实干家，又是国内屈指可数的研究战国文字的专家。当时我们的话题，又扯到了石笋。这是因为老贾刚从青川县发掘了一座西汉墓回来，在墓中出土了一批竹简，据估计，是一部早已佚失的古书。老贾曾经在野外粗略地看过一遍，发现其中提到了石笋的传说。听到这里，我当然十分高兴，希望他尽快让我看看这宝贵的资料。老贾说技术室刚好把竹简的照片印了一套出来，他回去就叫人送来给我过目。

事情就像编小说似的凑巧，我们刚谈到这里，外面就有人敲门，我把门打开，一个头发蓬松、脸色黝黑、敦笃结实的小伙子就冲了进来。他穿了一件染满尘土的卡其布中山装，不过这衣服的穿法就像别人穿夹克衫一般，领口大敞着，那上面两颗纽扣是从来不扣的。此人是我过去的学生小叶，现在和老贾在同一个单位工作。

最近成都市重新规划，在西城进行街道建设，这一带恰好就是杜甫诗中"子城"的所在地，文物很多，所以文物考古部门派出了一些干部，常驻工地，准备配合基建工程，随时处理发现的文物古迹。我知道近来小叶一直在参加这项工作。不过他星期日急如星火地来找我，是为了什么？

都当了几年的干部了，可是这年轻人急躁的脾气似乎依然如故。他人还没有坐定，就兴奋地叫起来，那嗓音震得人耳朵发响："老师，我们找到石笋了！"

我没有回答，皱起了眉头。凡是我的学生都知道这是一种警告，意思是说："别先下结论，证据呢？"

"老师，我……我的意思是说，这极可能是石笋。"小叶改口了，在他写毕业论文时，曾经多次接受过这种警告，"不过地点、形状确实都和记载相符合。"

老贾开口道："什么时候发现的？"

小叶这才看清老贾在座："啊，贾主任，您也在这里。我们是昨天发现的，弄了一天才把周围的土清理干净。"

"哦，怪不得我都不清楚。谈谈情况吧！"老贾说。

小叶搔搔头："我们只找到一座，是横倒在土里的。我觉得周围的现象有点反常，你们最好能去看看。"

现场之谜

我们很快赶到了现场。

这里原来是石笋街的中段。新规划中的两条大街正好在这里相交，所以周围100多米的旧民房都被拆除了，准备修一座漂亮的街心花园。"石笋"就是在清理地基时发现的。它被埋在2米深的土里，底下压着秦汉时代的文化层①。小叶的工作效率很高，现在周围20米的土都用推土机推开了，

---

① "文化层"是考古学上的术语，指由于古代人类活动而留下来的痕迹、遗物和有机物所形成的堆积层。

所以"石笋"已经全部暴露出来，躺在土坑的底部。它实际上是一根粗大的石柱，不过一端尖锐，一端齐平，长约6米，直径1.5米，看样子确实像一根庞大的石笋，杜甫说它"高丈余"，可能是指露出地面的部分。

我们下到土坑的底部，蹲在"石笋"旁边仔细观察了一番。首先，使我感到惊讶的是它的表面光滑得令人难以置信。在我二十年的考古生涯中，尽管古代劳动人民的智慧和创造力不止一次地使我感到惊讶，但是这一次我仍然无法想象这种表面是如何加工出来的。其次，它的石质致密，呈灰白色，看上去有点像花岗岩，这又是罕见的现象。因为在蜀国的时代，人们使用的工具都是青铜器，不能加工坚硬的石头，所以我们过去发现的"墓志"都是红砂石做的，像这种坚硬的石头，确实是头一次见到。我用询问的眼光看看老贾，他摇摇头，表示也无法解释。

小叶把我领到"石笋"的另一侧，指着一个被凿坏的洞给我们看。这个洞位于靠近底端约2米的地方，长约30厘米，宽10厘米，形状很不规则，看来就是唐代那位刘太尉干的事。从位置看，刚好是它当年露出地面的部分。现在我可以同意小叶的判断了，这的确是古代的石笋。

洞里面塞满了积土。我做了一个手势，根据野外工作的默契，小叶立刻知道了我的意思。他拿来一柄手铲，很快地将洞里的积土掏出来。看来这个洞深超过10厘米。土掏干净以后，小叶伸手进去摸了一下。就在这时，只听见他大叫一声，就像劈头挨了一棒似的摔倒在地。

我和老贾吓了一大跳，赶紧上去将他扶起来，幸好他还没有受到其他的伤害，只是脸色苍白，浑身颤抖。我们问他是怎么一回事，他也说不清楚，只说自己触了电。我们在周围检查了一下，没有发现任何电源。

我怀疑问题还是出在石笋上。因此弯下腰去，再一次检查了那个凿开的洞。土掏完以后，在它的底部，露出了黑色的里层，闪着一种金属的光泽。难道石笋是双层？只有外面是石质的，里面是金属的？

我试探着将手伸进去，老贾和小叶担心地望着我。我先摸摸石壁，没有什么感觉。再将手往里伸，一接触到黑色的里层，顿时一种强烈的电击感传遍了我的全身。我不由得"哎呀"一声，幸好小叶扶住了我，才没有跌倒。

我们几个人满腹疑团，面面相觑。这石笋究竟是怎么一回事呢？这种神秘的力量究竟从何而来呢？

还有一个问题，如果这真是杜甫诗中的石笋（我对此已经不再怀疑了），那么、另外一座又在哪里？既然刘太尉曾经用铁链将它们相连接，那么彼此间的距离就不会太远。还是小叶打破了沉默："老师，你再来看看这里。"这是一块直径5米左右的凹地，虽然刚刚从地底下暴露出来，但是平整、光滑，看上去就像表面涂了一层釉质似的。但是等我用手铲吃力地撬开它旁边的一块泥土，从剖面去观察时，我发现这不是涂抹的什么东西，而是直接由高温烧成的。看来这块地面曾经历过极高的温度，以致表面的土壤、砂石都熔化了，以后就凝结成了一整块。在离表层5厘米以下，还看得出一些半熔化的砂石。甚至连30厘米以下的土，都被烧成了砖红色。没有3000℃以上的高温，哪能将土壤烧成这样子？而古代的人们又是怎样获得这种高温的？他们究竟在这里烧过什么东西？

在凹地的周围，我发现了一些大小不一、形状也不规则的绿色的釉珠。原来在这一带，密布着一些秦汉时代的绿色的釉陶片，其中有一些似乎是被烧化了，又被一股巨大的力量喷射到空中，落下来后，在沙土中凝固成了这种东西。

我看了一下罗盘，这块凹地和横倒的石笋在正南北线上。无论从方向，还是从距离来看，如果另外一根石笋确实曾经存在过的话，它就应当竖立在这块凹地的位置上。要是情况真是如此，它又到哪里去了呢？这样大的石柱，即使破坏了，也该留下点痕迹吧？

我只感到这现场充满了难解的谜。我过去自以为解决了石笋之谜，但是，当石笋真正出现在我眼前时，它却引出了更多的谜。

无论如何，这些问题并不是现在我所能解答的。小叶征求我们的意见，下一步该怎么办，老贾和我商量以后，决定先将石笋竖立在原来的位置上，再请各方面的专家来共同研究。根据我们多年的经验，任何文物古迹，只有在尽可能恢复原来状态的情况下去研究它，才是最有效的。小叶与星期日还在加班的建筑工人一起，商量了复原的方法。在一辆大吊车的帮助下，一个小时以后，石笋就稳稳当当地直立起来了。

分手的时候，老贾戏谑地对我说："以后的事，与考古无关，这是你们这些科学幻想小说作家发挥灵感的时候了。"

讲句很不好意思的话，我虽然是一个大学讲师，但是在业余时间，却爱写点科学幻想小说。如果我的业余爱好是种花、养鸟、下棋，甚至养蟋蟀，在旁人看来都是正常的；如果我仅仅写点小说，这也是可以理解的；小说之前还要加上"科学幻想"四个字，似乎就有点"那个"了。在同行的朋友中，我经常地成为善意的嘲笑对象。

我只有笑而不答。在离开土坑之前，我最后看了石笋一眼，此刻它那灰色的身影映在夕阳的余晖之中，真有点"挺然耸峭"的味道，不像古代的遗迹，倒有点像一枚即将破空飞去的火箭。

虽然这印象在我的脑中仅仅是一闪而过，但是当时我并不知道，正因为我在这个星期日的下午缺少了一点科学幻想，我已经错过了可能是人类科学史上最大的一次发现，铸成了工作中的大错！

石笋的失踪

我回到家时已经很累，浑身灰尘。我洗了一个澡，随便吃了点晚饭。刚刚放下碗，老贾已派人送来了一叠新发现的竹简的照片。这个人的作风是绝对科学的：说一不二，一丝不苟。

我把自己关在书房里，开始研究照片。看来老贾在野外已经做了初步的整理工作。竹简是按顺序排列摄影，虽然经过了两千多年，墨写的古隶① 倒还清晰可辨。

略一浏览，我就知道这确实是一部早已佚失的书，名叫《汉流星行事占验》。记载西汉历史的《汉书》在《艺文志》②部分记有《汉流星行事占验》八卷，将它列入"天文"一项，并且说："天文者，序二十八宿，步五星日月，以纪吉凶之象。"正因为中国古代的天文学家是将天文现象和人世祸福紧密联系在一起的，所以他们的观察就特别细致。《汉流星行事占验》是一部根据流星的方向、颜色来判断吉凶的书，所以也保留了汉代以前很多流星的记载，在天文学上无疑有重要的价值。不过我最感兴趣的，却是下面这几句话：

成都石笋，其数有十，周懿王时流星堕地所化。

二百年亡其一。人不可触，触之不祥。耆老相传云：

---

① 古隶是西汉时流行的一种字体。

② 《艺文志》就是当时的图书目录。

石笋来自天河，去至天河也。

整整有几分钟之久，我坐在桌前，只感到浮想联翩，整理不出一个头绪来。石笋是"流星堕地所化"，我想起了它那光滑的外壳和流线型的形状。"人不可触，触之不祥"，我想起唐代刘太尉叫工人去凿取它时，"电闪雷鸣，工人倒地不起"，还有我和小叶都体验到了的那种强烈的触电感。石笋本有十座，"二百年亡其一"，而根据记载，公元5世纪时还有三座，公元8世纪时有两座，现在只剩下了一座。当然，从唐代到现在并不止两百年，这又是什么缘故？石笋"来自天河，去至天河"，我想起了那高温灼烧过的地面……

一种最大胆、最不可思议的设想突然攫住了我。我喘了一口气，暗中告诫自己，不，这不可能，千万不能往那方面去想。朋友们的嘲笑是对的，我是科学幻想入迷了，而且别人还会说这不但不是科学，甚至不是科学幻想，这是胡思乱想。我会受到世人讥笑的。

但是这种念头一经出现，就顽固地在我头脑中盘旋不去。它像夏天里一只讨厌的蚊子，赶走了又飞回来，赶走了又飞回来……

我上床时已经快12点了。我终于决定明天约几位搞自然科学的朋友去看看石笋，这并不是要证明什么假设，仅仅是满足一下我的好奇心。带着这种自我安慰的心情，我入睡了。

我被小叶吵醒的时候，天还没有大亮。他那捶门（不是敲门）的声音，恐怕把我们这幢楼房的居民全都惊动了。我以为是哪里失火了，赶快披衣去开门。

小叶冲了进来，衣服只扣了一颗纽扣，头发是直竖着的。他一看见我，张口就说："老师，石笋不见了！"

"什么？！"我怀疑自己听错了。

"石笋不见了，失踪了！"

"怎么会失踪的？"

"不知道。"

"什么时候发生的事？"

"不知道。是一个上早班的建筑工人告诉我的。他发现昨天竖起来的石笋不见了。我跑到现场一看，果真不见了。我通知贾主任以后，拔腿就赶到您这儿来了。"

我到达石笋街时，老贾已经在那里等我。虽然时间还早，工地上已经聚集了很多人，七嘴八舌，都在议论这旷古未见的怪事。老贾找了几位建筑工人当纠察，不许闲人走下坑去。

其实只要站在坑边一瞧，事情就清清楚楚的了。石笋已经无影无踪，原来竖立它的地面，已经凹了下去，泥石全烧化了，成了一层釉质，就像另一座失踪的石笋留下的痕迹一样。

那么，昨天晚上这附近有没有发生异常的现象呢？周围的居民很快就提供了情况：虽然离石笋最近的几座民房都在100米以外，但是凌晨2点左右，这一带的居民都感觉到了地面的震动，窗外闪起了一片白光，然后听到一阵"轰轰"的声音。有的居民以为发生了地震，奔到屋外，他们看到了一个飞行体尾部喷出了火花，腾空而去。

银河茫茫

当我和老贾、小叶再一次谈起石笋的时候，已经是两个月以后的事

了。在两个月中，老贾又接受了一项紧急任务，出去抢救一座古墓，前几天才回来。而我和小叶则夜以继日地守在曾经保存过石笋的现场，和工人一道用细网筛筛选从石笋旁边推开的浮土；这种浮土堆就像一座小山似的，要一筐一筐地仔细检查，真有点大海捞针的味道。但是我知道如果找不到这个证据，那么我们对石笋研究的结论就永远会留下一个缺陷。这真是一场拼意志、拼耐力的工作，我们每天在炎炎的烈日下，在尘土飞扬之中，一筐又一筐地筛着土，把最后剩下的小石块、碎砖全捡出来，用放大镜一块一块地检验。也算是皇天不负有心人吧，经过一个多月单调而繁重的劳动，我们终于找到了我想要找的东西，并且很快就收到了化验的结果，这结果与我事先的推测是符合的。现在我们终于可以说，真正解决石笋之谜的一切证据，都已经搜集齐全了。

老贾回到成都的当晚，就跑到我这儿来打听我们的工作有什么新的进展，刚好小叶也在我家商量写科学报告的事，因此我将各方面汇集来的情况做了一次介绍。

我们都坐在书房外的凉台上，宁静的夜空如同一面黑色的天鹅绒的天幕，覆盖着我们这个孤独的地球，覆盖着我们这些在占有的时间和空间两方面都十分渺小的人类。闪烁的星星，就像嵌在天幕上的一颗颗晶莹的钻石。若隐若现的银河，仿佛是被从天幕背后射来的神秘的光芒所照亮的微微波动的飘带。凉台上放着的几盆茉莉花，散发着沁人心脾的幽香。于是，我开始叙述了："所谓成都的石笋，不过是从宇宙空间向地球发射的十台自动观测器。看来确实是每隔两百年自动飞回去一台，将它搜集的资料带到某一颗星球上的高级智慧生物那里去。每飞走一台，就留下一块烧坏的地面，还有熔化以后又被喷射气流冲开的绿釉陶粒，这就成了杜甫误会的碧珠。在公元8世纪的中期，杜甫还亲眼看到最后剩下的两台，在这以前，已经飞走了八台，这就是说，它们已经在地球上经历了一千六百年。从8世纪初期往前推一千六百年，大约是公元前900年，正是西周懿王的时代。这与《汉流星行事占验》的记载是相符合的。

"这种自动观测器，实际上是装在一枚自动火箭上的。这种火箭里层是金属，外层是某种耐高温的材料，这是抵抗火箭穿过地球大气产生的高热所必需的。由于它的颜色、质地都像石头，所以人们一直误认'石笋'是石质的。关于这一点本来极难证明，但是感谢那位刘太尉，他叫人凿坏了一枚火箭的外壳。只是由于金属机体带有电荷，才避免了进一步的破坏。这种电击的滋味，我和小叶都尝过了。我想，当年凿下的碎屑，一定还保留在石笋附近的泥土中，所以我们干了一个多月的笨活，硬是把几块残片找了出来。经过化验，证明这是一种有机硅的材料，目前我们地球上的科学技术水平还难以复制。它可以耐高温，却比较脆，所以用普通的钢凿可以凿下来。"

小叶说："当老师最初向我谈到这一推测时，我根本不相信。其中一个原因，就是从唐代到现在已经一千多年，为什么最后一枚火箭延至现在才飞走呢？"

我接着讲下去："我承认这也是使我最迷惑不解的一点。但是当我回忆我们发现石笋的情况时，有一点很重要，那就是当时石笋是横躺着的。看起来，这种火箭里面有一台水平控制仪，只有当火箭与地面垂直时，它才能发射。我们将它竖立起来，这就帮了它一个大忙，而让我们失去了一个最好的研究宇宙信息的机会。"

"看起来，我们真该多读点科学幻想小说。这种事有谁想得到呢？"小叶开了一句玩笑。

回忆起发现石笋的那天，老贾确实提到过科学幻想小说，大家笑了一阵。

老贾把话拉回到正题："如果发射火箭的生物有这样高的智慧，难道他们不会采取什么预防措施，使火箭不致倾倒？因为只要发生了这种事，火箭就飞不回去，他们的努力也就白费了。"

我回答说："当火箭降落时，自动仪器一定保持直立，这没有问题。但是你忘了吗？刘太尉在凿坏石笋以后，曾经'以粗铁链将二笋相连'，这样，当其中一枚火箭起飞时，就牵动了另外一枚。虽然铁链很快就被拉断了，但是这猛烈的力量已经足以使它倾倒下去，这当然是火箭设计者原来估计不到的。从时间上推算，这一次发射，大约是在公元10世纪初，那是五代十国的时代，四川正是前蜀王建割据称王，情况混乱，所以历史上没有留下记载。石笋倒下以后，很快就被尘土封没。到了宋代，人们自然就找不到它的痕迹了。"

"那天下午我们将它竖立起来以后，为什么它没有当场飞走，而要等到夜深人静呢？难道自动仪器也会故作神秘吗？"老贾又问。

"据火箭专家的意见，这么重一枚火箭的起飞，也并不是一件简单的事。特别是隔了这么长的时间，仪器的调整，某些部件的预热、润滑，机件的测试，都是需要一定时间的。"

"这真是不可思议！"老贾摇摇头。

"这一点你是无法怀疑的，"我笑了，"4月5日凌晨2点，全世界的雷达站都观察到了一枚火箭在成都地区升空的情景。这两个月来，国外科学单位议论纷纷，一直在猜测我们为什么会在大城市里发射火箭。由于研究工作没有结束，我们的新闻报道一直保持沉默。此外，我们还化验了火箭发射地点的泥土，发现其中的放射性很强，证明了这种火箭，至少是在地球大气层这一段旅途中，启动的是原子发动机。还有那被火箭尾喷管喷出的高温烧化的泥土，这不是可以说，'证据确凿'了吗？三天以后，科学院就将在成都举行一次盛大的科学报告会，正式向全世界宣布这一惊人的消息！"

"我不是怀疑这个。我只是想，在这万点繁星之中，是哪个星球上的人在做这种观察？他们是什么样子？他们的思想又是怎样的？两千年的时间，对他们而言，仅仅是一个观察周期，那么他们计算时间的单位又是怎样的？谜，这宇宙间充满了多少未知之谜啊！"老贾望着夜空，他的眼中有一种迷惘和惶惑的神色。多少个世纪以来，当人类想到宇宙，想到永恒，想到人生的有涯和时间的无涯等难以解答的问题时，通常都是要露出这种神色来的。

当我再开口说话时，这种情绪似乎也感染了我。我的声音变轻了。我似乎是在讲给旁人听，也像是讲给这幽静的夜空听："迄今为止，我们都是用爱因斯坦的相对论来理解时间和空间的关系。但是我们当前所理解的时间和空间，是不是就足以概括宇宙的全部真实呢？是不是在另外一个世界里，或者用科学的名词来说，在'超太空'里，还存在着另外一种时空观念？譬如说地球上的两千年，可能只相当于他们的一个多月；若干光年的距离，可能在很短的时间内就可以超越。现在科学家正在研究的'时空场共振理论'，至少已经证明这种现象是可能存在的。说不定正在观察地球的智慧生物，就是这样来超越时间和空间的。宇宙间的奥秘太多了，有谁知道呢？"

沉默。大家都怀着肃穆而又期待的心情，遥望太空。

银河茫茫……

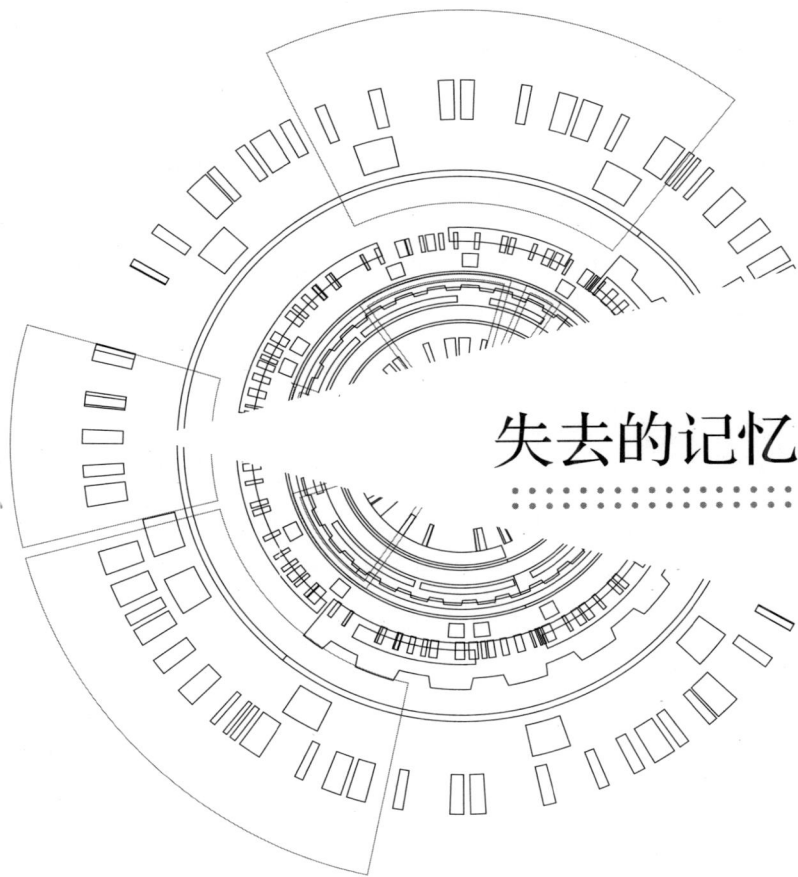

失去的记忆

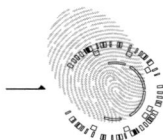

电话铃响了，我从梦中惊醒。在这寂静的深夜里，紧张的、连续的铃声给人带来一种不祥的预感。我抓起了电话听筒，里面响起了一个低沉的男子的声音："张杰同志吗？我是第三人民医院的值班医生。钱达明教授今晚的情况不是很好，请您马上来一趟。"

　　我最近日夜担心的事情终于发生了。我跳起身来，用抓着听筒的手就拨了直升机出租站的号码。订好飞机票以后，才手忙脚乱地穿衣服。

　　十分钟以后，一架小巧的喷气式直升机无声无息地停在门外。我跨进座舱，向司机报了地名，飞机立刻垂直升起，径直向第三人民医院飞去。

　　一轮皎洁的明月高悬天际，夜航的同温层火箭飞机像拖着长长火舌的彗星似的一闪而过，使星空变得更加绚丽多彩。在我下面，城市红绿的灯光闪闪烁烁，高大的建筑物耸入云霄，光华四射，使人想起神话传说中的仙宫。然而现在我却无心欣赏这种人工和自然交织而成的美景，在这短暂的几分钟航程里，往事如同潮水一般涌上了我的心头。

　　我认识钱达明教授，还是在十年前读大学的时候。当时他已经是一名国内知名的学者，一个原子物理研究机关的领导人。有一次我听了他的一个精彩的学术报告（学校邀请他为我们低年级同学作的一次报告），他讲得十分激动人心，特别是他那种对待科学的崇高热情，曾经使我十分感动，这在很大程度上促使我后来选择了原子物理学专业。大学毕业以后，我进入了他主持的研究所，在他的指导下工作了五年。

最近三年来，钱教授在领导我们设计一种新型的原子反应堆。其中最关键的几个项目是由他自己负责的。然而就在全部工作快要结束的时候，他因为高血压发作不得不进入医院。一个多月以来，病情不见好转，今天晚上我突然接到了医院的电话，心中就格外忐忑不安了。

直升机在医院的屋顶平台上降落了。我快步跑到钱教授的病房里，从医生严肃的脸上，我看出钱教授的病情是不轻的。

"你来得正好，钱老焦急地要看看你。"一个医生对我说，"他是一小时以前发的病，经过急救才醒来，但是他的手足已经麻木了。你不要和他多说话。"

我走到钱教授的病床前。不，这不像一张病床。在床边的书架上堆满了参考书和新到的期刊，茶几上放着计算机、铅笔和散乱的稿纸，这一切辛勤工作的迹象，告诉人们，这里的主人是怎样顽强地在和病魔做斗争的。

钱教授虽然脸色苍白，神情疲惫不堪，但是看到我以后，仍然慈祥地笑了。

"你来了，小张。今天所里工作怎么样？"

看到他病得这么严重还惦记着所里的工作，我心中很难过。我说："钱老，您应该好好休息。我们的工作都进行得很好，请您暂时不要操心了。"

"啊，谈不上操心。我已经休息得够多了。"他说。站在旁边的一个胖胖的护士不满地插嘴了："您哪儿休息得多？昨天夜里您还工作到11点呢。"

教授负疚地笑了一笑："几十年的习惯了，睡觉之前总要做点事，一下子改不掉。唉，小张，这种闲躺着的日子真难受。有人说人类生活的要素是空气、阳光和水，照我看来，似乎还应当加上一项，那就是工作。"

"钱老，您要安心养病，将来工作的机会还多得很，您何必着急呢？"尽管这些已经说过不止一次了，可是我仍然忍不住要劝他。

"我非要抓紧一点不可了。小张，"他说，"现在我的手足已经瘫痪了，医生说我随时都有再次发病的危险。可是我不愿太早去见阎王爷，我还要设计我的原子反应堆……"

钱教授生性是幽默的。可是现在看到这个坚强的人在死亡面前还满不在乎地开玩笑，我的心里感到特别辛酸。

"昨天晚上，我把所有的资料又翻阅了一遍，最后解决了反应堆设计中存在的问题。可惜我还来不及把它们写下来，病就发作了。我念给你听，你记住吧，小张。"

一个医生走上来，打断了他的话："钱老，您现在不能考虑这些，您休息吧。"

"医生同志，您不要像对待一般的老人那样来对待我。我知道，我的病是很少有痊愈的可能了，只要它再发作一次，就可能剥夺去我全部的工作能力，我得抓紧时间啦！"钱教授说着，面容逐渐严肃起来，"人民把我培养成了一个科学家，我要把自己最后的一份精力贡献给祖国的科学事业。现在我的心脏还在跳动，我怎么能放弃工作呢？好了，小张，你坐过来吧。"

于是钱教授闭上眼睛，用他那罕见的记忆力，念出了一连串的公式和计算数字。在我的印象中，这些计算是很富有创造性的，它是钱教授几十年经验的结晶。

钱教授的声音越来越低了，我不得不把头凑过去，以便听清楚他所说的话。在这几分钟里，钱教授短短的白发，眼角边细长的皱纹，说话时上下跳动的喉结，我都看得很清楚，并且在我的心中留下了一些不连贯的印象。

他终于说完了。可是他也意识到说得太快了一点，以致我来不及记录下来，因此又补充道："我把几个公式再念一遍，你写下来吧。"

我刚刚摸出笔来，钱教授的身体突然抽搐了一下，就失去了知觉。医生们立刻围了上来。为了不妨碍他们的工作，我自觉地退出了病房。

我在走廊中惶惑徘徊，经过了我生命中最难受的几十分钟。最后，病房门开了，走出来一个医生，神情严肃地对我说："他的生命是没有危险了，但是他的全身已经瘫痪，不能说话了。"

"啊？！"

二

研究所里的设计工作将近结束的时候，钱教授的丰富经验是我们格外需要的。当同志们要我尽快地把钱教授说的那些公式叙述出来的时候，我发觉我仅仅能够想得起一个梗概，而细节，特别是其中最关键的几个公式，我已经记不起来了。虽然这事没有人责备我。因为要听一遍就记住这样复杂的计算，那是任何人也做不到的，就是在当时，匆忙的情况下，我没有笔录，也是可以原谅的。但是我感到十分难受，因为这一切都是钱教授的劳动成果。他在丧失健康的最后一刹那间，怀着对工作的无比热忱留传给了我，而我却没有办法来实现它了。

研究所重新组织了人力，继续对钱达明教授所开展的工作进行研究。不久以后，已经没有人再对我提到那些被遗忘的公式。然而我却没有绝望，我想我也许还有最后的一线希望，能把它们回忆起来。因此，一有闲暇，我就苦苦地思索着，体验着俗话所说的"绞尽脑汁"的痛苦。

我时常到钱达明教授家里去看望他。这个一贯朝气蓬勃的老人，现在的景况十分凄惨。他已经被无情的疾病束缚在床上，完全不能动弹，也不能出声。只有那一双依然明亮的眼睛，还闪动着旧日热情的光芒。看到一个这样渴望生活的人被病魔折磨成这个样子，那是任何人也不能不感到心酸的。可能是我的出现使他回忆起了实验室的工作吧，每当他看到我的时候，他的双眼就要流露出一种无法形容的痛苦。在这种时候，想起我是怎样辜负了他的期望，我就感到特别内疚，而重新回忆起那些公式的愿望也就更加强烈了。

在这个时候，我是多么需要使自己脑力健康起来。我对于记忆的生理情况是毫不了解的，我简单地认为只要脑力加强，记忆力就会加强，因此，我就在同志们中间征求各种补脑的方法。我们机关的资料员老王向我提出一个新建议，说蒸一只乌龟吃可以补脑。我下了决心要去试一试。

第二天，我到了生物研究所。他们正养了一批乌龟，愿意让一只给我。正当我用绳子捆拿的时候，从里面走出一个身材瘦小的老人来。他有着一副十分严肃的面容，一双小眼睛在紧皱的浓眉下显得十分锐利。他看见我笨手笨脚地捆乌龟，盯了我一眼，突然问道："你要乌龟干什么？"

"做补脑的药。增强记忆！"在他的逼视下，我就像中学生上了考场一样，突然慌乱起来了。

"增强记忆！你的记忆力差吗？"

"不是，我需要回忆一桩事情，可是却怎么也想不起来了。"

"你需要回忆什么事情呢？"他又问道。

我以为这个陌生人啰啰唆唆问下去仅仅是为了满足一下好奇心，因此也不愿意多说下去。这时，帮助我找乌龟的一个年轻同志却附在我耳边说："详细和他谈谈吧。他是陈昆大夫，大脑生理专家。"于是，我把事情的经过说了一遍。

陈大夫歪着头，毫不经心地听我说话。最后，他微微眯起眼睛，脸上出现了一种嘲弄的神情。"吃乌龟来增强记忆，18世纪的方法！"他毫不留情地讽刺道，"你最好不要吃这只乌龟，而用它的壳来卜卦，做个现代化的巫师吧。"

我受了他的一顿奚落，不由得有些胸中窝火，因此回答说："只要我能搞好工作，就是用乌龟壳来卜卦也可以。"

"哟，你这小伙子责任心倒挺强啰！"他从衣袋里摸出一个笔记本，撕下一页来，很快地写了一下递给我，"这是我的工作单位，明天请来一趟吧，看看我们有没有比吃乌龟更好的办法。"

他说完以后，头也不回地走了。那个一直在听我们谈话的年轻同志看见我惶惑的脸色，便说道："你别看陈大夫火气挺足，这是他的脾气。其实，他心肠挺好的。他要主动帮助你，准有办法，你放心去吧。"

我看了看他留给我的地址，这是生物研究所附属的一个脑生理研究室。关于这个实验室奇迹似的工作，我曾经听到过很多难以置信的传说。因此，我就放掉了那只倒霉的乌龟，决定第二天去拜访陈大夫。

三

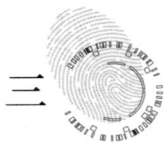

这个神秘的实验室设在市郊一条僻静的街道上，道旁的房屋全被高高的砖墙围着。法国梧桐的浓荫给人带来一种住宅区特有的安宁恬静的气氛。由于实验室外面没有什么显著的标志，我费了很多的时间才找到那个门牌号码。

当我见到陈昆大夫的时候，他正在动物饲养室里，全神贯注地观察一只关在铁笼里的猴子。那只猴子正在无忧无虑地玩一条蛇，这使我非常惊奇。因为谁都知道，猴子是最怕蛇的。

"陈大夫！"我在他身后轻轻喊道。

"嘘！等一等。"他头也不回，伸出两个指头警告地挥动一下，然后很快地在纸上记录起来。一直等到他写完了，才蓦地转过身来。

"巫师，你来了。"他说，"咱们到实验室去吧。"

我们穿过一座小巧精致的花园，向着一栋隐蔽在绿荫深处的白色房屋走去。陈大夫一面走一面说："我们想用一种最近才发明的方法帮助你恢复记忆。你不要紧张，要和我们密切合作，才能取得良好的结果。你不会受了一点点刺激就昏过去吧？"

"那要看什么样的刺激。"我说。

"精神方面的。"陈大夫怀疑地盯着我。

"我的精神很正常。"我回答。

"不，我想你的神经也应该是不同寻常地正常，因为你能够吃下一只乌龟。"这个老人似乎不放过任何一个讽刺人的机会。"你平日不多嘴吧？"他又担心地问。

"我想我是能够沉默的。"我坦白地说。

"那就好了。我做实验的时候，不喜欢人家东问西问的。"陈大夫说。

我们走进了实验室。照我看来，这里与其说是一间生理研究室，倒不如说是一间电子研究室。在填满了一间大屋子的仪器中，我看到了我所熟悉的电子计算机、阴极射线示波器、超声波发生器，以及某些带有磁带记录器或墨水描记器的电子接收机器。在房间的一角里，几个年轻人正围着一台电视显微镜在观察着什么。

"请准备好025号实验设备。"陈大夫简短地命令道，"我们为这位同志进行一次反馈刺激。"

我不知道陈大夫打算怎样帮我的忙，也不明白什么叫作"反馈刺激"。尽管脑子里疑团很多，但是一想到陈大夫嘲弄的语气，我就知道在这种时候去发问是不会讨好的。因此我只好把好奇心压下，默默地看着他们做准备。

陈大夫把我带到一把皮椅子上坐下来，用几个金属电极紧贴在我的头部。这些电极是用导线与一座复杂的机器连接起来的。当一切都准备妥当以后，他做了一个手势。一个助手按了电钮，遮光窗帘无声无息地滑了下来，实验室里变得一片昏暗。

"巫师，当你听到电铃声音的时候，你要集中注意力，回忆起那天晚上你刚刚踏进钱教授病房的情况。你能做到这一点吗？"黑暗中响起了陈大夫的声音。

"可以。"我简单地回答。

我听见有人拨动开关的声音，一部机器发出了轻微的"嗡嗡"的声响。这种单调的声音和黑暗的环境、舒适的座位加在一起，使我感到了一种慵倦。我似乎有了睡意，眼睛也不自觉地闭上了。事后我才知道，这是一种催眠的电流在起作用。

虽然在朦胧中，我还是警惕着铃声。我清楚地听到陈大夫在问他的助手："电压多少？"

"5伏特。"

"频率？"

"20。"

"刺激波宽？"

"1毫秒。"

"发信号！"

电铃响了，我把全部注意力集中在回忆那天的情境上。

"开始！"又是陈大夫的声音。

一个开关"啪"的一响，金属电极在我头上微微跳动了一下。在这一瞬间，我进入了生平最难忘怀的一个境界。我甚至无法形容这种奇妙的、不可想象的感受。亲爱的读者，如果不是我本人亲历了这种神话中才能出现的事情，那么无论谁在这里用笔描述这一切（即使他比我描述得更生动），我也不会相信的。

就在开关作响的同时，我亲身回到了一个月以前的那个夜晚，回到了钱达明教授的病房里。这不是回忆、梦境、催眠术之类的幻象，而是一种"真实"的境界。我的视觉、听觉、感觉神经都能得出这样一个结论：

……我推开房门，跑进病房，由于过于匆忙，一块没有钉牢的镶花地板在我的脚下轻轻地响了一声。在柔和的日光灯下，我看见了病床，堆满了书的书架、茶几，还有在微风中飘动的蓝色窗帘。我看见钱教授无力地躺在床上，他头垫得很高。医生们忧心忡忡地站在他的身旁。其中一个医生对我说："你来得正好，钱老焦急地要看看你。他是一小时以前发的病，经过急救才醒过来，但是他的手足已经瘫痪了。你不要和他多说话。"

从他那低沉的声音，我听出了这就是给我打电话的那个人。接着，钱教授埋怨疾病耽误了他的工作，而旁边那个胖胖的护士却批评他工作太多。最后，我坐到了他床前，听他为我背诵那些计算结果。

这是多么清晰！不但他的声音在我的耳边回响，就是他周围的环境也历历如在眼前。瞧，钱教授睡在白色的钢丝床上，床栏上有着"人医135"的红漆字样。茶几边缘放着一把小茶壶，上面有四个写得龙飞凤舞的草字"可以清心"。

钱教授叙述的声音愈来愈小了，我俯下身去，这时我清楚地看到了他的面容。这是一个疲惫的、老年人的面容。尽管是在病中，他那短短的白发仍然梳得十分整齐，眼角细长的鱼尾纹在他脸上刻下了几十年勤劳的痕迹，但同时，也使这位老人看起来十分慈祥。医院的睡衣是没有领子的，因此在他说话的时候，我看见他的喉结上下跳动着，好像正在吃力地吞咽着什么东西……

这一切就好像钱教授再一次为我叙述了他的计算。由于以前我曾经听过一次，而在以后我又多次思索过它们，所以不需要再做记录，现在我已经可以牢固地记住了。

当教授的声音停息的时候，我眼前的景象跟着模糊起来，耳边的人声也成了一片逐渐远去的"嘤嘤"的声音。我的意识混乱了，我在哪里？究竟发生了什么事情？我就像一个大梦初醒的人一样，意识到了自己的存在，然而却没有控制自己思维的能力。

……

机器的开关又"啪"地响了一声，奇迹也跟着结束了。我睁开眼睛，发觉我还是坐在那张皮椅上，哪儿也没去。一个工作人员按了电钮，实验室的窗帘慢慢地升了上去，耀眼的阳光从外面倾泻进来。

陈昆大夫微笑着站在我的面前，用一种镇静的目光看着我惶惑的神色。

四

"你全都想出来了吗？"陈大夫问我。

"全都想出来了。"

"有什么地方感觉不舒服没有？"

"没有。"

"那么，你可以走了。"陈大夫挥挥手说。

我说："陈大夫，请您原谅。在实验进行的过程中，我没有问问题来打搅您，现在我实在忍不住啦！您一直把我叫作'巫师'，可是照我看来，您才是一个最神秘的有魔法的巫师。您究竟是采用什么方法使我超越了时间和空间，回到那天晚上，回到那间病房里去的呢？"

陈大夫不耐烦地皱起了眉头："这是科学，没有什么魔法。"

"如果您不向我解释一下，我怎么知道它是科学呢？"我说。

"你真会缠人。今天我要为你浪费三个小时了。"陈大夫说，"简单说来，这是一种生物电流的'反馈刺激'。不过要把这一切解释清楚，我却要先从人类大脑的功能之一——记忆谈起。所谓记忆，广义地说，应该是高等动物神经系统在清醒状态下重复过去的反应痕迹的活动过程。我们知道，人类接触各种事物以后，由神经系统将种种感觉传送到大脑中，并且在脑细胞上留下痕迹。如果某种事物反复出现，那么就会在脑细胞上留下很深的痕迹，造成'稳定记忆'。在很长时间以后，我们还可以回忆这些印象；相反，如果事物出现的次数不多，那么在脑细胞上留下的痕迹就很浅，这叫作'新近记忆'。'新近记忆'是不能持久的，时过境迁以后，我们就会忘记这些事物。现在你可以明白，记忆和乌龟是不相干的两回事了吧？"

"大脑的哪一部分对于记忆有关系呢？"我实在怕他旧事重提，因此不好意思地回避了他的最后一句话。

陈大夫说："从试验结果来看，大脑皮质层颞叶部分对记忆功能是有特殊影响的。举例来说，猿猴被切除这一部分以后，就全部丧失了记忆，施行手术以后的猿猴甚至不能分辨食物和不能吃的东西。啊，对了！你刚来时看见的那只猴子，就是动过这种手术的。猴子原来是怕蛇的，但是现在它却丧失了恐惧的感觉。因此，用生物电流来刺激颞叶部分，就能使人增强记忆力，这种方式，叫作'诱发回忆'。"

我又问道："陈大夫，这种机器的实际用途在什么地方呢？像我这样的情况是非常少的呀！"

陈大夫说："这是一部帮助人类进行脑力劳动的机器。我们知道，人类的大脑皮层至少有150亿个细胞，它的记忆容量远远超过现代最完善的电子计算机，因此，它的工作潜力是非常巨大的。在这种机器的帮助下，我们能够使每个人做到'过目不忘'，这对于提高人们工作效率的意义是无可估量的。随便举个例子来说吧，一个人从小学到大学，要花费二十多年的时间去学习，而学习的主要内容不过是理解和记忆前人已经掌握了的经验和学识。在这种机器广泛使用以后，我们至少可以将人类受教育的时间缩短三分之二，你简单地计算一下吧，单是这一项就可以为人们节约出多少个劳动日？"

"陈大夫，刚才您说人类的每一种器官都能放出生物电流，根据同一原理，是不是可以用电流刺激来加强其他器官的活动呢？"我问。

陈大夫看了看表，毫不客气地说："你的问题可真不少！我希望这是最后一个了。关于生物电流对其他器官的刺激，主要是用在医疗方面。譬如说，我们用一种电流刺激心脏，可以治疗好几种心脏病。最近我们还发现，只要将健康人的肢体上导出的生物电流加以放大，再用它刺激某些瘫痪患者的肢体，就可以使这些已经麻痹的细胞重新获得生命力……"

我兴奋地从椅子上跳起来，忘记了礼貌，紧紧地握住了陈大夫的手："瘫痪？您可以治瘫痪？钱达明教授恰恰是全身瘫痪呀！"

陈大夫生气地皱起了眉头："你放开我，别这样激动，昨天你已经说得够清楚了。我原来是准备今天下午就给钱教授诊断的。可是你老要缠着我问……"

五

半年以后，正是秋高气爽的时节，虽然人行道旁的树木已经开始落

叶，可是阳光仍然温暖宜人。街心花园里丛菊盛开，使空气中飘荡着一片清香；白杨树的黄叶在太阳照耀下金光闪闪，显得格外美丽。黄昏临近了，街道上充满了放学回家的孩子们嬉戏的笑声。

一个脸色红润、神采奕奕的老人拄着一根手杖，缓缓地沿着街道走来。他不停地四处张望，脸上有着一种难以抑制的喜悦的神色。似乎周围的一切都是久别重逢，都能引起他莫大的兴趣。

当他走到街心花园旁边的时候，忽然做出了一种与他的年岁不大相称的动作。他猛地一下把手杖扔到道旁万年青丛里，然后像孩子干了什么淘气的事情又怕别人发觉一样，担心地向四处张望一下。当他确定周围没有人注意到他以后，他就握紧拳头，慢慢地小跑起来。一面跑，一面活动着手臂，似乎不大相信自己肌肉的灵活性似的。

"钱教授，您要参加下一届世界运动会吗？"从他的身后，传来了一声愉快的问候。

跑步的老人回头一看，尴尬地笑了："陈大夫，您刚下班吗？"

陈大夫欣喜地打量着钱教授——这个不久以前的瘫痪病人。

"进步真快，不但扔掉了手杖，还跑步呢。"他说，"他们都喜欢叫你'钱老'，我看你一点儿也不老呀！"

"这都得感谢你们。这是你们的生物电流创造的奇迹。我真没想到我这一辈子还能看到太阳。"钱教授真挚地说。

陈大夫皱起了浓眉："别啰啰唆唆谢个不停了。主要是你的意志坚强，才恢复得这样成功。其实，今天我倒是来谢你的。我们已经用你们反应堆里生产出来的放射性同位素做了几次试验，效果很好。以后你们能够按我们的需要生产放射性同位素，这对我们的工作是一个有力的支援呢。"

"这也算是科学界的大协作吧。"钱教授说。

两个老人都笑了，并肩向前走去。落叶在他们脚下"簌簌"作响。虽然时间已近黄昏了，可是在这种晴朗的日子里，夕阳依然像朝霞一样灿烂。

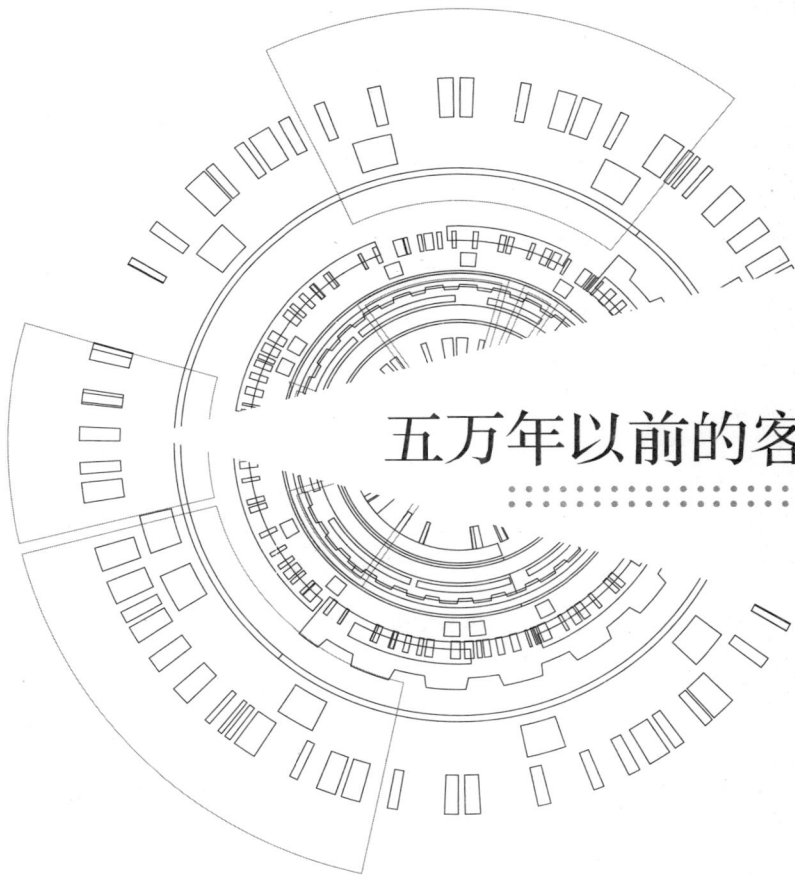

五万年以前的客人

············

一　天外来客

这是一片无边无际的亚热带森林。

森林中的夜晚是喧闹的。豹子在大声地咆哮，猫头鹰在凄厉地哀鸣，无数小虫用它们毫无间断的声音鸣叫着。

一只花斑的猛虎用无声无息的步伐在树林中跑过。突然，它停下来了。在月光照耀的林间空地上，一条吃得太饱的蟒蛇，正在憩睡，巨大的蛇身盘成一堆。

猛虎悄悄地移动了几步，然后小心地伏在地上。现在只要最后一次跳跃，蟒蛇就将成为它利爪下的猎物了。

然而，这一次跳跃并没有实现。天空中传来了一阵隐隐约约的"隆隆"声。猛虎警觉地竖起耳朵，不安地向四面张望着。动物自卫的本能告诉它，新的危机将要来临。

灾祸来得十分突然。东方的天空闪现了一片耀眼的红光，一个巨大的火球，以闪电般的速度向森林冲击过来，接着是一声剧烈的爆炸。

这事发生在公元1645年夏天。半年以后，在北京皇城中一间阴暗的屋子里，一个梳着辫子的官员，用十分工整的字体，在史书上做了以下的记载：

"顺治二年五月，有巨星自东陨落于粤。红光烛地，声如雷鸣……"

二　奇异的石头

　　郭小林在夏令营中已经六天了。由于今年的夏令营是设立在远离城市的森林中，因此这里的生活特别紧张和有趣。在这快乐的日子里，少先队员们参加了各种军事游戏，举行了游泳比赛和爬山竞赛，也开了篝火晚会。

　　今天是孩子们停留在野外的最后一天，准备举行一次"探险"旅行。这就是说，他们要带上干粮、罗盘，深入原始森林。谁都想抓紧这个机会替学校和少年博物馆采集植物标本。

　　在凉爽的早晨，太阳还没有升起的时候，大队就沿着林间的小路出发了。一位伐木工人做了他们的向导。郭小林以大队旗手的身份，背了个皮盒子，里面装的是指南针，走在队伍的最前面。

　　在行军途中，郭小林虽然也知道伐木工人是绝不会走错路的，但他还是不断地看着指南针，因为这是旅行家的规矩。"迷失方向是探险家的耻辱！"他十分庄严地向同学们解释。

　　中午，大队到达了目的地——一个伐木工人的工作区。

　　工人热情地欢迎了孩子们。吃过午饭以后，老师宣布让大家自由活动两个小时。郭小林出发前就向他的朋友挑战，他们要比赛谁采集的东西多。他一个人爬上了伐木工人木屋后的小山。伙伴们快乐的喧哗声很快就落在身后了。他在树林中钻了很久，然而没有找到什么值得保留的东西。

　　不知不觉地，郭小林越走越远了。最后，他爬上了一座山顶。这儿的风景真好，绿色的森林像海洋一样延伸到遥远的地平线，几条河流像镜子一样在闪光。

　　于是，郭小林又摸出了自己的指南针，准备再校对一下方向。可是一件奇怪的事发生了。

　　他清楚地记得，伐木工人的小木屋是向着北方的，可是指南针指示的，木屋却在西南方。

　　看样子，"探险家的耻辱"——迷失方向的事故已经发生。郭小林懊恼地摇动着指南针，磁针摇晃着摆动了一会儿，但是木屋还是在西南方。

　　一个少先队员是不应被这个小问题难住的。于是郭小林折了根树枝插在地下，从树枝的阴影看来，小屋的方向还是应该在北方。当然，用太阳来测定方向是不会错的。

　　现在可以肯定这是磁针出了毛病。郭小林曾经听老师说过，在某些大铁矿的附近，是可能出现这种现象的。他东张西望看了一会儿，发现就在山背后的树林中间，有一大片黑色的、光秃秃的地方。郭小林的好奇心又发作了：这是不是铁矿呢？

　　郭小林小心地走下山来，发现这儿原来是沼泽地——一片黑色的、发着臭味的烂泥水，像森林中一个黑色的湖泊。和周围阳光照耀、鸟语花香的森林一比，这地方显得死气沉沉：既没有一根青草装饰这黑色的地面，也没有一声鸟叫来冲破这儿的寂静，空气中散发着一种令人感到沉闷的气氛。

　　如果不是一件偶然的事引起郭小林注意的话，他应该是带着失望的心情往回走了（连一点有意义的东西也没找到）。就在离岸边几米的地方，他看见烂泥中有一块石头。

在烂泥中发现石头，这是很普通的事，但是令人奇怪的是，这块石头是浮在污泥水上的。郭小林知道，任何一块石头丢到这样的污泥水中都会一直沉到底的。

郭小林找来了一根长树枝，冒着陷进沼泽的危险，把这块石头拨到岸上来。这是一块灰褐色的石头，拿在手里却比木头还轻。

"这是什么东西？"

三 天乙星，谜星

严寒的深夜。整个北京似乎都已经入睡了。然而李明哲教授好像忘记了白天工作的劳累。他面对着桌子上的一份实验报告，陷入了沉思。

五个月以前，科学院收到了一个从广东寄来的包裹，里面装着一块石头。这是一个少先队员在野外发现的。学校教师的来信中说："在拾到这块石头以后，学生们为了确定它的性质，曾经用酒精灯烧过，也往上面倒过浓硫酸，然而用尽了一切办法，这块石头连颜色也没有变。这引起了大家的重视，于是就把它送到你们科学院来化验。

经过一系列的实验，他们向李明哲教授提供了这份几乎令人难以相信的、神话般的报告。正是这份报告，使李明哲教授回忆起了一段遥远的往事。

这是四十年前的事。那时，白发苍苍的老教授还是一个朝气蓬勃的大学四年级的学生。他在数学系念书，却对天文学，尤其是中国古代的天文学产生了浓厚的兴趣。在两千多年来中国的历史书籍中，保存了极为丰富的天文学史料。古代的天文学家们运用原始的仪器，一代又一代地注视着星空的变化。他们不但从实践中掌握了丰富的天文学知识，而且能将这些知识运用到农业、航海等生产活动中。年轻的李明哲曾经多次为我们祖先的智慧感到惊异和骄傲。为了使中国人民在天文学上有成就，能在世界天文学史上放出光彩，他立志献身于这门科学。因此他曾选择了一颗在当时广泛引起注意的星，作为自己的研究对象。

这颗星，中国史书上称它为"天乙星"。早在两千多年前，中国伟大的历史学家司马迁写的《史记》中就有过记载。以后各个朝代的史书中，关于它的记载更加详细。从记载上看，这颗星十分神秘，有很多无法解释的地方。譬如说，从它的亮度来看，它应当离地球很远，但是从它运动的轨道和速度来看，它又离地球很近。更奇怪的是，到了1645年，这颗星就突然消失了。国内外好几个学者对它进行研究以后，都得出了一个结论，说中国古代的天文学家关于这颗星的记载都是错误的。一位日本教授甚至称"天乙星"为"谜星"，并且预言，一切企图解开"谜星"之谜的努力，都是不会有结果的。但是，李明哲对自己祖先忠诚的科学态度和卓越的观察能力，有着坚定的信念。他没有被这些议论吓倒，而是深信"谜星"之谜终有被揭开的那一天。

经过了一段长时期艰苦的工作，在搜集了"天乙星"的全部资料并经过成千次的计算以后，李明哲在毕业论文中提出了自己的初步看法：这颗星的运动规律和一切星球不同，可能这颗星不是自然的星球，而是人造的。地球上的人虽然不能造它，但其他星球上的人却可能造它。在当时，这是一个十分大胆的推测，因为在四十年前，世界上既没有火箭，也缺少宇宙航行的知识，关于原子能和放射性同位素的研究也是刚刚开始。于是他的论文最终被人否定了。

大学生活已经逝去四十年了。然而今天晚上，李明哲又回忆起这段往事。他发觉发现这块石头的地点，在1645年曾有一块陨石降落过，这块石头是不是和陨石有关呢？1645年的陨石是不是又和"天乙星"的突然消失有关呢？一系列的联想在他脑中起伏。

四　探访

经过几个月紧张的学习，现在已经是举行期终考试的时候了。

放学以后，郭小林先到同学家借了几本书，然后很快地跑回家。

"你怎么现在才回来？"妈妈在楼梯口迎着他，"客人们已经等你一个多钟头了。"

"客人？"郭小林说，"是来找我复习功课的吗？"他跑进房门，立刻就愣住了。坐在房中的不是他的同学，而是三个大人。其中有一个是戴眼镜的老人。

"郭小林吗？"这位老人看出他羞涩的样子，"我们是科学院的。我叫李明哲，这两位是我的助手。"

"李明哲教授？"郭小林简直不相信自己的眼睛，站在自己面前的和蔼的老人就是有名的数学家李明哲教授。报纸上经常以很大的篇幅介绍他在天文学方面的成就。目前他正领导着一个研究机构，从事一种大型的人造卫星的设计工作。他怎么会从北京到广东来呢？

"去年夏天，我们曾收到过一块奇怪的石头，这是你在野外找到的，没有忘记吧？"

噢，原来是为了这块奇怪的石头。郭小林想了一会儿，便把自己发现那块石头的经过说了一遍。他发觉三个客人对他的介绍十分在意，因此便尽力说得详细一些，连一点细节也不敢忽略。

"太好了！"教授满意地笑着说，"如果我们到森林中去，你还可以找到那块地方吗？"

"能找到，因为那儿的方向我记得很清楚。什么时候去？"

"明天。"

"明天？不行呀！我还要考试呢。"郭小林说。

"我们会替你请假，让你补考。"教授安慰他，"这项工作有重要的意义，老师会同意的。"

"你们要去找什么呢？那块石头到底是什么东西？"郭小林问。

看了郭小林那种激动和好奇的眼光，教授笑了，说："刚才我听你妈妈说，你长大了想成为一个天文学家，是吗？"

"是的。"郭小林有点腼腆地承认。

"好极了！"教授笑眯眯地说，"一个优秀的天文学家，除了必须有丰富的知识以外，还要具有高度的忍耐力，要随时克制自己的急躁情绪，因为天空中的变化是极其缓慢的，对于一颗星的观测，有时需要几十年持久不懈的努力才能取得一点成绩。从现在开始，锻炼一下你的忍耐力吧。在去实地考察以前，我不能回答你的问题。没有根据的推测是违反科学的。再见了，小弟弟！今天好好休息吧！明天早晨8时，我们派车子来接你。"

第二天早晨8时，教授的汽车就以科学家特有的准确性，停在了郭小林的家门外。

汽车顺着光滑的柏油路向山区疾驶。在路上，郭小林虽然有很多问题想问教授，可是他想起了一个天文学家应具备的条件，为了锻炼自己的忍耐力，他没有开口。教授也没有谈到那块石头，只是问问他的学习情况。

三天后，汽车到达了森林地带，在那儿有一架"北京-102"型的直升机在等着他们。几小时以后，飞机就像一只大蜻蜓一样，轻轻地在伐木工人的住地降落了。

从这儿出发，郭小林毫不费力地领着教授他们找到了那块沼泽地。

"就在这儿！"郭小林指出了发现石头的地方。

教授严肃起来了。他对这地方的地形、周围的植物分布状况，做了详细的考察，从各个角度对这块沼泽地拍了相片。他的助手捧着一个很复杂的仪器到处走动，念着一些数字。从这两个年轻人兴奋得发红的脸上，郭小林知道他们已经有了很重要的收获了。

"我们要排干这儿的水，进行一次大规模的发掘。"调查结束以后，教授说，"现在首先要订出详细的计划。回去吧！"

在回去的路上，教授不停地在笔记本上计算着什么东西。他的两个助手在激动地低声交谈着，郭小林只听到他们的话中不断出现"不可思议""这个发现要震惊世界"等带着惊叹的句子。这时郭小林的好奇心已经强烈得没法遏制，"天文学家的忍耐力"终于彻底崩溃了。他鼓足勇气轻轻地问道："你们究竟发现了什么东西？"

教授思索了一下，回答他说："现在可以向你说明一下我们对这件事的推测。由于对这个问题的研究刚开始，所以在某些方面还只是一个假设……"

五　教授的话

　　去年夏天，科学院接到你的赠品后，我们立刻进行了一系列的物理和化学试验，企图确定它的性质。但是我们很快就发现了，这不是一块天然的石头，而是一种合金。它具有难以想象的坚硬性和耐高温性；尤其重要的是，这种合金具有极强的吸收各种辐射线的特性。然而，它的成分和构造，直到现在我们还没有弄清楚。这是一种智慧的创造，这种科学技术的成就，已经远远超出了我们现代的科学水平。这种合金是在另外一个星球，由另外一种生物制造的。

　　历史记载告诉我们，1645年，曾经有一块陨石坠落在这个地方。刚才我们的观察也证实了这点。由于陨石降落时所引起的爆炸和空气的震动，周围的树木都烧焦了，地面也由于巨大的冲击而形成一个大坑，后来注满了水，就成了那块沼泽。

　　三百多年来，人们都以为降落在这儿的是一块普通的陨石，可是由于这块合金的发现，我们才知道这不是一块陨石，而是一枚火箭。这是在别的星球上生活的、具有高智慧的生物向地球发射的一枚火箭。用这种合金制造火箭，不但轻便坚固，并且因为它具有吸收辐射线的能力，所以，可以防止宇宙射线和火箭本身原子能发动机所放射的有害射线对人体的伤害。我们毫不怀疑这枚火箭上已经使用了原子能发动机，因为高速度的、能够在星际航行的火箭，只有使用原子能发动机才行。

　　现在我们要来考察一下，这枚火箭是从哪一个星球上发射出来的。在这里，我要向你谈一点天文学方面的知识。在太阳系以外，有无数的恒星和行星。其中离地球最近的一颗恒星是半人马座的α星，它距离地球4光年。就是说，从这颗星到地球，用光的速度，每秒钟30万公里的速度来运动，也要走四年。即使使用原子能发动机的火箭，要走这样长的距离，几乎也是不可能。因此我们断定，这枚火箭不会是从太阳系以外的星球发射的。

在太阳系以内，离地球最近的一颗行星就是火星。这是一颗十分有趣的星，一百多年来，科学家曾经不止一次地为它的某些神秘现象所迷惑。譬如说，它表面上的运河网，它那与地球多少有些相似的自然条件以及它那两颗卫星所显示出来的一些反常现象，等等。在很长一段时间里，人们相信火星上是有高级生物居住的。最后，苏联科学家希克洛夫斯基教授，终于以大量的事实，证明火星上的确有高级生物，他们具有高度的科学水平，火星的两颗卫星就是他们放射的人造卫星。这种生物既然能够发射直径几公里大的人造卫星，自然也能够向地球发射火箭。因此，我们初步断定，这枚火箭是从火星上发射的。

不过，当我们对那块合金进行研究的时候，我们又发现了另一种奇怪的现象：从合金中某几种稀有金属的放射性同位素所提供的资料来看，这块合金至少已经有五万年的历史。也就是说，它是在五万年以前制造成的，而火箭也应当在五万年以前就发射出来了。

肯定火箭是五万年以前由火星上的生物发射以后，我们还要解决另外一个问题，这就是五万年以前发射的火箭，怎么会等到1645年才坠落到地球上来呢？我的推测是这样的：这枚火箭发射以后，在它遥远的航程上，经受住了一切考验，很顺利地到达了离地球很近的地方。可是就在这时，也许是机器发生了故障，也许是驾驶员操纵的失误，火箭突然失去了推进力，于是，它便由着自己的惯性而围绕着地球旋转，成为地球的一颗"人造卫星"。它不会掉到地面，因为它旋转时所产生的离心力刚好和地球的吸引力相等。坐在这枚火箭里的生物，已经能够用望远镜看到地球上云雾弥漫的美丽景象，但他们却永远无法到达这个目的地了。

在距离地球几万公里的高空是没有空气的，所以这枚火箭也不会遇到任何阻力，它只是用原来的速度一圈又一圈地围绕着地球旋转。就这样经过了五万年。在这段漫长的时期中，人类在进化着。大约两千年以前，中国古代的天文学家就发现了这颗与众不同的"星"。我曾将"天乙星"的运动规律与火星发射火箭到地球的运动规律，进行过一次初步的计算，这两个数据恰好是符合的。

这枚火箭，原来是可以永远运动下去的，但到了1645年，一次偶然的事件使它遭到了毁灭。我们知道，在宇宙空间里，有无数高速运动的小石头在飞行。这些小石头有时被地球吸住，以每秒钟100公里的速度飞进地球的大气里，因为和空气摩擦发生高热，便放出很强的光，这就是我们在夏天晚上时常看到的流星。从精确的数学计算中可以知道，1645年旧历五月，地球正好经过一个小石头最密集的空间，受到了一次最厉害的"流星雨"的袭击。在雨点一样的流星的冲击下，地球大气层以外运动的火箭，就被一颗流星碰上了。由于剧烈地碰撞，火箭脱离了自己的轨道，就像一颗普通的流星一样，坠落到我们的地球上来了。火箭掉下来以后，它上面储藏的原子能燃料发生了某些变化，使得那块沼泽里充满了对生物不利的辐射线，我们刚才用仪器测量的结果证明了这一点。因此在那个沼泽中，既没有一根水草，也没有一条爬虫。上次你的磁针失灵，也正是辐射线的影响。火箭的一块碎片被你无意中拾到了，其他的部分一定还保留在那个沼泽中间，经过发掘，我们一定可以找到的。

等到我们分析出这种合金的成分以后，我们就可以造出同样坚固的火箭外壳来，这种外壳还可具有吸收辐射线的性能。当然我们还可能在发掘中找到更多的东西。这一切都会帮助我们进一步掌握星际间航行的火箭技术。人类征服宇宙的宏伟计划将更快地实现了……

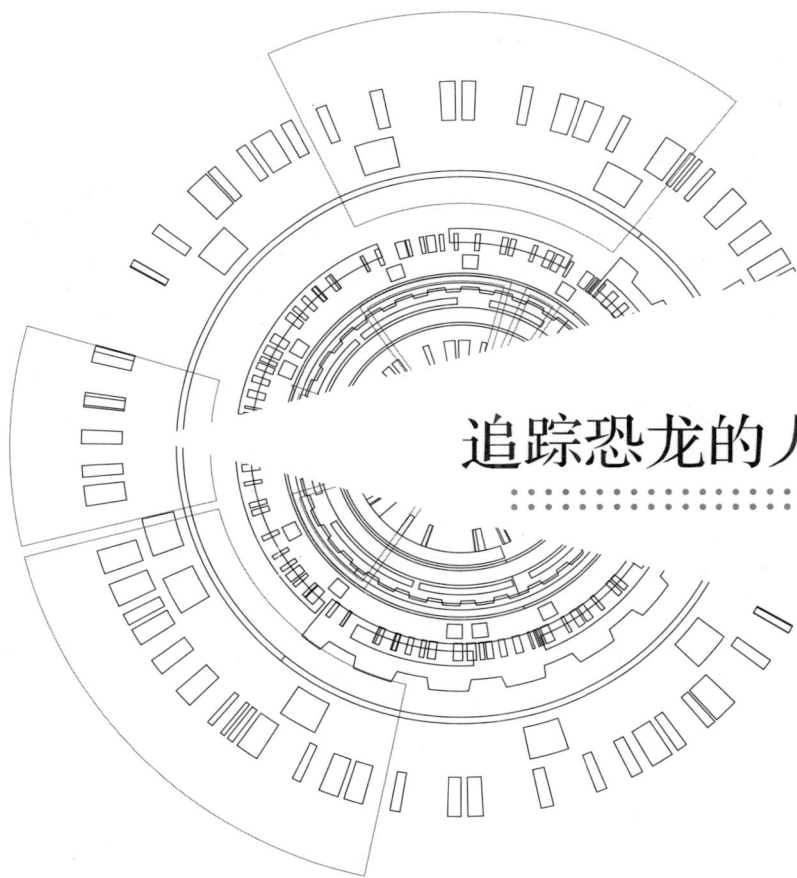

追踪恐龙的人

天是黑色的，地是黑色的，湖水也是黑色的。

雷声"隆隆"，锯齿形的闪电突然将大地照亮，于是周围茂密的、由蕨类植物构成的奇形怪状的森林就显现出来；而当雷电过去以后，一切又坠入更深的寂静、更深的黑暗之中。

一个小男孩牵着一个小女孩，站在湖边，惊异地望着这陌生的环境。

黑漆似的湖水波动起来，冒出了气泡，一个庞大的怪物突然出现了。它的头上有角，颈子粗短，雪白的牙齿像利刃似的发亮，一双小眼睛在暗中闪着蓝光。它那强壮的后脚划着水，长长的尾巴扑打着，用很快的速度冲上岸来。

小女孩吓得躲到大树后面去了，但是小男孩没有逃跑，没有哭泣。他记起了爸爸讲过的话："一个男子汉不能哭鼻子。"他抓起一根木棍，勇敢地朝怪物的头上打去……

在孩子的床头，爸爸和妈妈看见孩子呻吟着，冒着汗，被噩梦折磨着。

妈妈放下手中编织的毛线，有点埋怨地说："准是你刚才讲的恐龙的故事把他吓着了。"

爸爸把正在阅读的古生物杂志放在桌上，笑了笑："我的孩子，不会被吓着的。"

妈妈说："孩子还小，连小学都没有上，他知道什么恐龙？"

爸爸有点骄傲地拍拍孩子说："他知道的。"

妈妈俯下身去，轻轻为孩子拭去额上的汗，吻着他红红胖胖的双颊说："小翔乖乖，别做梦了！妈妈在这里，爸爸也在这里！"

孩子仍然喘着气，挥动着小手小脚，嘴里不停地嘟囔着："给你一棍……再给你一棍……"

二

冬天的下午，北风"呼呼"地吹着，天色阴沉，今年的第一场雪，已经"簌簌"地飘落下来了。

小学的礼堂里，气氛十分热烈。几百个孩子全聚集在这里，准备听校长作期中考试的动员报告。开会以前，男孩子们打闹着，起着哄；女孩子们笑着，尖叫着。世界上任何一所小学，在开这种大会以前，大概都是这么一种情景吧。

陈翔坐在最后一排，没有参加同学们的嬉戏。从小学一年级开始，他就是孤僻的、沉默的，从外表看来，这高高的孩子似乎要比他实际的年龄大一些，也成熟一些。因为个性倔强，有的老师不大喜欢他，认为他骄傲，但是他的班主任陆老师却认为这孩子聪明，有主见，只要好好教育，是会有出息的。

大会开始了，各个班的班主任都把自己班上的孩子们安顿下来，礼堂里立刻鸦雀无声了。于是校长走上讲台，开始讲话。

今天校长讲的是期中考试应该注意的事项，陈翔觉得他全知道，所以就没有耐心再听下去，而是无聊地东张西望。排在这个班旁边一行的是这个学期才入学的一年级学生。一个瘦瘦的、梳着一条独辫子的小姑娘，恰好就坐在陈翔旁边。陈翔一眼就把她认出来了，这是他们家隔壁的秦叔叔的女儿，他们很小时就在一块儿玩过的。不过现在陈翔的注意力被吸引了，不是因为遇见了熟人，而是因为她手中拿了一本小人书——《恐龙的故事》。

在学校里，陈翔是不喜欢和女孩子讲话的，特别是比他小的女孩子。但是他的眼睛，却离不开那画得十分精致的五彩的小人书。最后，他实在忍不住了，只好把身子凑过去，压低声音说："借给我看看！"

小姑娘抬起头来望着他。她的眼睛很大，很灵动，鼻子上有几点雀斑。过了一会儿，她才摇着头说："我不！"

陈翔不得不想其他的办法了："我给你一块橡皮擦子！"

想不到回答仍然是："我不！"

陈翔生气了，猛地转过身来，噘着嘴，狠狠地说："谁稀罕你的书！"

他觉得很委屈，觉得这小姑娘太不讲道理，他下定决心一辈子不再搭理她，不再看她的小人书。但是过了一会儿，他就感到有人用手拐子在碰他。他转过头去，原来就是这个小姑娘。

小姑娘怯生生地把书递了过来："给你看……你可要讲给我听！"

陈翔仍然绷着脸，可是却不由自主地伸手接过小人书。一翻开来，他就给迷住了。爸爸讲过的种种恐龙，这书里面全有。瞧，陆上的霸王龙，水中的蛇颈龙，天上飞的翼手龙，画得那么逼真，那么生动！陈翔终于忘记了不和这个小姑娘讲话的决心，低声一幅幅地讲给她听。小姑娘的眼睛滴溜溜转，一下子看看书，一下子看看兴奋得满脸发红的陈翔，不住地点着头，也不知道她是表示听得懂，还是听不懂。

小人书翻完了。陈翔恋恋不舍地把书还给了主人，不知不觉地叹了一口气。

"唉，我要能快点长大就好了！"

小姑娘又瞪着眼睛看着他问："你干吗要快点长大？"

"长大了我好去找恐龙，"陈翔认真地说，"在那高高的山上，在那密密的林子里，在那些从来没有人去过的地方，可能还会有恐龙的！"

小姑娘说："哟，这多好玩！我也要去！"

陈翔轻视地从鼻子里哼了一声："谁带小姑娘去？"

小姑娘执拗地说："我要去！"

"不带你去！"

"要去！"

"不带你去！"

"偏要去！"

两个孩子都认真了，忘记了周围的环境。等到陈翔刚刚嚷完一句"偏不带你去"，发现旁边的同学都在盯着自己时，已经太迟了。他抬头一看，原来陆老师正站在他的后面。

"陈翔，你自己不听报告，还要影响低年级同学也不听报告，"陆老师像平常一样，用柔和的声调说，"散会以后，你到办公室来！"

陈翔狠狠盯了那个小姑娘一眼，不再说话了。他觉得很懊恼，因为尽管陆老师的声调并没有什么变化，他仍然听得出来，陆老师是生气了。陈翔很爱陆老师，他并不愿意惹老师生气。小姑娘眼见自己和陈翔的争吵已经惹出事来，吓得快要哭出来了。

散会了，陈翔低着头，跟着陆老师来到了办公室。陆老师要他站在旁边，自己拿出厚厚一叠练习簿来批改。一直到其他老师和同学都回家去了，整个学校空荡荡的，全安静下来以后，她才抬起头来问道："讲吧，你今天是怎么一回事？"

于是，陈翔吞吞吐吐地把他和小姑娘之间发生的事讲了一遍。

有着几十年教育经验的陆老师，完全知道孩子的幻想是多么纯真，多么可贵，因此她并没有嘲笑陈翔，也没有硬下结论，只是把问题集中在当前需要解决的焦点上。

"你真的对研究恐龙感兴趣吗？"她问。

"真的！"陈翔点点头。

"在现在的地球上是不是还可能有恐龙？如果可能有，你又应该到什么地方去找？这都需要很多的科学知识才能解决啊。"

"我要学习科学知识嘛！"

陆老师静静地看了陈翔一会儿，才接着说："可是一个人如果自以为什么都懂了，不守纪律，不守秩序，又不虚心，他能真正学到科学知识吗？"

陈翔低下头去，不开口了。

陆老师接着说："陈翔，你自己说，你今天错了没有？"

陈翔扭着自己胸前的纽扣，还是不开口。

陆老师知道这孩子自尊心强，要他认错很不容易，但是她今天也下了决心，非要纠正他这个缺点不可。

"好吧，你站在这里好好想想，什么时候想通了，什么时候回去！"

陆老师拿起笔来继续批改作业，不再说话。办公室里除了屋角的大钟

"嘀嗒嘀嗒"报着时间以外，再也没有其他的声音。

陈翔把身体的重心轮流转移在两只脚上，内心十分矛盾。他知道自己错了，也应该认错，可要让他讲出口来，又觉得面子上很不好看。他就是这么拖着，挨着，希望陆老师能再和他谈谈，他好想个什么办法，转一个弯。可是陆老师就像忘记了他一样，只顾改作业，连头都不抬一下。

时间也不知道过了多久，陆老师面前的作业本已经改了一大半了。这时屋里的光线已经很暗，陆老师随手打开了台灯。在灯光下，陈翔发现陆老师头上的白发和额上的皱纹十分显眼。他回想起自从他进小学以后，陆老师已经教了他四年书。在这四年中，陆老师又为孩子们熬白了多少根头发啊！现在下班时间早就过了，可是由于他犯了错误，陆老师到现在还不能回家……

"陆老师，"陈翔终于说，"让我站在这儿，您先回家吧！"

陆老师一面改作业，一面说："你的问题还没有解决，我不能回家。"

陈翔说："是我犯了错误，又不是您犯错误。"

陆老师停了笔，叹息了一声："我也有错。"

陈翔奇怪地问："您有什么错呢？"

陆老师严肃地说："因为我教出一个不肯认错的学生！"

在陈翔以后的生活中，他也曾经听过各种各样的批评，可是这一句话的分量，却使他终生难忘。他只觉得自己像劈面挨了一鞭，眼泪一下就流了出来。他冲到陆老师面前，双手抓住陆老师的手，急急地说："陆老师，我……我错了！"

陆老师欣慰地笑了。她抚摸着陈翔的头，亲切地说："你能承认错误，就是进步。我相信你也会改正错误的。你回去以后，好好把错误的原因反思一下，明天在少先队的会议上听听同学们的意见。"

陈翔为难了："这……"

陆老师知道陈翔的心理，她补充说："你将来长大了想当一个科学家，对吗？"

"是的。"

陆老师接着说："可是一个真正的科学家，并不是那种只相信自己，不愿承认错误的人。科学家应该是最尊重科学真理，尊重客观事实的。"

陈翔点点头："我明白了。"

陆老师给他挂上书包，戴上帽子："快回去吧，爸爸妈妈都在等你呢。"

陈翔说："陆老师，您也该回家了。"

陆老师又坐下去，拿起笔来："我改完这几本作业就走。再见。"

陈翔向老师行了个礼："再见。"

当陈翔走出校门的时候，天已经快黑了，鹅毛般的雪花还在继续往下飘，街道上的行人寥寥无几。陈翔刚刚往前走了几步，就发现墙角有一个小小的黑影子。他走上去一看，原来是那个小姑娘。

陈翔粗声粗气地问："是你？你在这儿干什么？"

小姑娘打着寒噤，不停地踏着脚，声音小得几乎叫人听不清楚："我……我在等你。"

陈翔说："谁要你等？看你……还不快回去！"

小姑娘从冻得像红萝卜似的小手上，脱下两只红绒线编的半截手套，递给陈翔："给你……戴上。"

陈翔急了："谁戴你的手套？快走，回家去！你妈妈不打你一顿才怪！"

小姑娘迟疑了一会儿，又问道："你带我去吗？"陈翔说："到哪儿去？"

小姑娘认真地说："找恐龙呀！"

陈翔坚决地摇摇头："不带！"

小姑娘半晌没有开口，泪水在眼眶里打转，然后转身就走，不过刚刚走了几步，她又回过身来，跺着她的小脚，冲着陈翔挑战似的说："我偏要去！"

三

莽莽的群山，被茂密的山槐、栗树、栎树、白杨等林木点缀得一片青翠；山下，杂谷脑河的激流咆哮奔腾，在岩石上激起如雨的浪花。就在这依山傍水、风景如画的地方，陈翔参加了共青团主办的"青年古生物爱好者"夏令营，度过了他在中学时代最后一次，也是最有意义的一个暑假。

这里本来是一个旧石器时代遗址，年代距今大约十万年左右。中国科学院和其他几所高等院校的科学家在这里发掘，已经好几个季度了。今年夏天，他们接受了团省委的委托，开设了这个夏令营，让各个中学选拔二十名对古生物有兴趣的同学到这里来度假，一方面培养他们野外独立生活的能力；另一方面也让他们参加实际发掘，丰富科学知识。

在中学的课程中，陈翔最爱好的，是生物、历史和地理。与此同时，也许是童年时代的幻想留下的影响吧，他也很关心恐龙的研究，在课外还阅读了不少有关地质学和古生物学的书籍。幸运的是他的班主任严老师本人就是教生物的，在这方面也有广泛的知识，因此给了陈翔不少的帮助。

几年的中学生活，不但使陈翔增长了知识，而且使他发育成了一个健壮的青年。孩子的稚气，早已从他的身上消失。他的身材比他同年岁的人仍然稍微要高出一点，看上去似乎略显单薄，但是他那隆起的胸部和结实的肌肉，却告诉别人他是习惯于体育锻炼的。他的脸长得很俊秀，不过嘴唇却经常是抿得紧紧的，嘴角有两道明显的皱纹，显示出他坚强的性格。

当陈翔知道今年暑假要举办"青年古生物爱好者"夏令营，而带队的就是严老师时，他真是高兴极了，不但马上就找严老师报了名，而且立即兴致勃勃地开始了准备，查阅资料，收拾行装。在这次愉快的活动当中，只有在出发的时候发生的一件事，稍微影响了他的情绪。

专程来接"青年古生物爱好者"的旅行车的马达已经发动了，严老师带着大家上了车，这时陈翔才发现他的同伴只有19个人。因为有一个报了名的同学临时生了病，不能参加。就在车子刚要起程的最后一刻，从窗外传来一声清脆的叫喊："等一等！"

坐在门口的一个同学随手拉开了车门。只见一个背着登山包的姑娘，"嗖"的一声纵身上了车，而且转身就把车门关上了。

这个姑娘最多只有十四岁，一双灵动的大眼睛，鼻子上有几颗雀斑，两条小辫上扎着黑色的缎带。陈翔认识她，这就是他小学时的同学，现在也在本校二年级读书，不过这么多年来，他们从来没有讲过话。随着年龄的增长，陈翔不愿意和女孩子讲话的习惯不但没有改变，反而更强了。

但是此刻，小姑娘也没有余暇来注意他，因为严老师一看到她上车，眉头就皱起来了，十分严厉地问："你怎么又来了？谁允许你参加的？"

小姑娘耷拉着头，很老实地说："我听说有个同学病了，出了个空缺。"

严老师说："这不是空缺的问题。我已经向你讲过多次了，这项活动只有高年级同学才能参加，因为野外生活很艰苦。"

小姑娘回答："我不怕艰苦！"

严老师耐住性子解释道："适合你参加的活动还有很多嘛，游泳、登山、航模、无线电……你为什么非要参加这个呢？"

小姑娘用恳求的眼光看着他："严老师，我不是为了好玩，我是喜欢这门科学！"

凡是本校的同学都知道，严老师的作风，就如同他的姓一样，是"严"出了名的。但是这一次，也许是小姑娘的韧劲感动了他；也许是一个十四岁的小姑娘居然会喜欢古生物学，这太罕见了。严老师没有再坚持自己的意见，只是向驾驶员做了个手势，旅行车缓缓开动了。于是也算正式的，也算非正式的，小姑娘就这样加入了发掘队。

一看到车子离开了学校，被赶下去的危险已经消除，小姑娘轻松地"嘘"了一口气，朝车里的同学友好地笑笑，然后卸下登山包，走到陈翔旁边，挺大方地说："对不起，请让个座。"

陈翔把头朝着窗外。他往里挪动了一下，小姑娘就挨着他坐下了。这一来，陈翔感到很不自在。他尽量朝车壁靠拢，连半个身子也朝外转了过去。不过小姑娘好像并没有看到他这些表现。她还是那么自然，那么友好，说："我叫秦小文，我知道你叫陈翔。"

陈翔没有回答。

秦小文继续往下说："我们这次能找到恐龙吗？"

听到这句出人意料的话，陈翔蓦地转过身来了："谁说要去找恐龙？"

秦小文瞪着大眼看着他："你说的呀……那还是我们读小学的时候。"

陈翔吃惊了："你还记得？如果真的找恐龙，我是不会带你去的。"

秦小文把头一偏："谁稀罕你带？我是严老师批准参加的！可是你也用不着装出那副样子！"

"什么样子？"

秦小文的嘴一抿，头高高地昂起来，做了一副骄傲的姿态。这神情虽然夸张了些，但确实有几分像陈翔，于是全车的人，包括严老师在内，都"噗"的一声笑出声来。

这一笑，不但当场把陈翔羞了个大红脸，而且也决定了以后他和秦小文的关系。不论他是怎样冷淡，秦小文却总是那样自然；不论他是多么严肃，秦小文却总是那样嘲弄。他经常在全体同学面前，被秦小文弄得面红耳赤。他算是碰上真正的冤家对头了。在心底，他不止一次地责怪严老师，真不该把这个尖嘴利舌的丫头放上车来。

然而不管陈翔是怎样想的，发掘队的全体科学家却都喜欢秦小文。她聪明、伶俐，而又虚心好学。特别是发掘队的队长郑教授，干脆就不喊她的名字，而喊她作"小闺女"了。每天，人们都可以看到这位白发苍苍的老教授牵着"小闺女"的手，教她认化石，认岩石，有时还要戴上老花眼镜，在她的小本本上写出化石动物的拉丁文名字，再一个音节、一个音节地教她背熟。

发掘队的生活是非常紧张的。早晨5点钟起床，在从雪山上流下来的溪水中漱洗以后，吃一顿简单的早饭，6点钟就开始工作了。这是因为这川西高原山谷里的气候条件特殊，每天上午虽然是阳光普照，微风拂面，但是一过中午，风势就逐渐加强，最后刮得满天飞沙走石，山林上空只见一片黄蒙蒙的迷雾。在这种情况下，不但绘图、摄影无法进行，就连挖土也很不方便，因此发掘队只有在上午做室外工作，下午就是学习和整理标本的时间。

正在发掘的这个洞窟，是古代人们的一个理想居住地。它位于一道石灰岩的陡壁下面，洞口高约4米，朝着南方，洞深约6米。洞外对着河谷的是陡峭的斜坡，当年便于防御野兽的侵袭，而现在，由于发掘队一天又一天地把挖出来的废土石倒在上面，这斜坡已经朝外面延伸了出去，而且坡度也平缓多了。

就在夏令营的中学生参加工作期间，发掘已经有了很大的收获。他们在洞里发现了几具人类头骨化石，很多打制石器、用火的木炭灰烬遗迹，以及被当时的人猎取作为食物的纳玛象、犀牛、大角鹿、大熊猫等动物的化石。

在岩层中挖掘化石和在泥沙中挑选各种石器遗物，是十分细致的事，为了防止同学们粗心大意，严老师给他们定了一条纪律：负责挑选遗物的人，每挑选完一筐土以后，都要在工作手册上做一次记录；而负责往洞外倒土的同学，也要将每天倒土的数量记录下来。这样，收工时将两份记录核对一次，就可以保证不发生遗漏的情况。

发掘的方法，是每人负责一个2米见方的坑，用行话来讲，这叫"探坑"。今天的分工情况，是陈翔在靠近洞口的一个探坑工作，而蹲在坑沿负责为他出土的恰好就是秦小文。

经过一段时间的发掘，探坑差不多已经有1米深了。陈翔坐在小帆布凳子上，小心地用手铲刮着土。由于这里靠近洞口，文化层很复杂，他必须非常小心。郑教授曾经几次过来检查工作，但是显然对这个细致的青年人非常满意，一句话也没有说就走开了。

不过任何地方只要有了秦小文，总不会安静多久的。她看见陈翔一直埋头工作，根本不理睬她，就自己找出话题了："陈翔，听说你报考了古生物专业，而且是郑教授那所学校，是吗？"

陈翔不情愿地回答："是的。"

"你将来真的要去找恐龙吗？"

"只要它还存在，我就要找到它。"

"你知道我将来要学什么吗？我也要学古生物专业。"

陈翔脱口就回答了一句："女孩子，学什么古生物专业！"

这句话马上就引起反应了，秦小文提高了嗓子："你说说，女孩子为什么就不能学古生物？"

陈翔也不甘示弱地说："这可不比织毛线、跳橡筋绳。要学好古生物学，除了要有丰富的书本知识，还要有艰苦的野外实践！"

"哟，讲了半天，你还是瞧不起我们女孩子呀！"秦小文嚷了起来，"郑教授，郑教授！"

郑教授笑眯眯地过来了："什么事呀，小闺女？"

秦小文的话就像放鞭炮似的："郑教授，您来评评理。他说我不能学古生物学，他说我只会织毛线、跳橡筋绳，他还说我不耐艰苦……"

"能学，能学！"郑教授爱抚地拍拍她的头，"等你中学毕业了，我收你做学生！"

秦小文高兴了。她向陈翔扮了个鬼脸，这一下又把旁边的人逗笑了。

陈翔气愤地拿起工兵铲，几下就把坑底的浮土装进筐里，由于用力太猛，连衣裳纽扣也扯脱了一个。他猛地将竹筐递了过去："少废话，倒土！"

就像往日一样，一看到陈翔生气，秦小文更得意了。她冲着陈翔伸伸舌头，然后才用劲把筐子拖出洞去。

　　收工以后，陈翔作为夏令营同学选出来的组长，检查了每一个探坑的记录。其他的坑位都是正常的，唯独当他检查到自己这个坑位时，他发现自己记载的经过挑选过的废土和秦小文倒掉的废土之间差了一筐。也就是说，有一筐没有经过挑选的土，被他粗心大意地倒出去了。他再回忆了一下，发现他在和秦小文拌嘴的时候，是有一筐土忘记挑选了。这种错误，在发掘工作中是比较常见的，但也是最难挽回的。因为在堆积如山的废土堆中，有谁知道这一筐可能夹带着文化遗物的土是在什么地方呢？

　　不管怎样，出了错就认错，这已经成为陈翔生活的准则了。他立刻走到老师住的帐篷里去，坦坦白白地把这件事谈了。听完了他的话以后，平日和蔼可亲的郑教授面容立刻严肃起来；而本来就很严肃的严老师，反而显得比平日冷静。

　　"你是怎么想的呢？"沉默了一会儿以后，严老师才问陈翔。

　　陈翔嗫嚅着："我错了。"

　　严老师说："什么错？"

　　陈翔想了一下："粗心嘛。"

　　严老师追问道："你想过这种粗心可能给科学事业带来的损失吗？"

　　陈翔没有开口。但内心深处，他却不承认自己已经给科学事业带来了什么损害，反而觉得严老师今天是小题大做了。因为从经验上看，并不是每一筐土中都有化石或文化遗物的，在洞口部分（这里并不是当时人们活动的中心），这种比例大约是百分之一。换句话说，陈翔挖出的每一百筐土中，含有化石或文化遗物的可能仅仅有一筐土。再退一步说，即使倒掉的这一筐土中真正有什么东西，那也不能判断它就有重大的价值。一块打制的石片？一小块不成形状的化石？这怎么能说给科学事业带来了损失呢?

看到陈翔沉吟不语,严老师完全了解他的想法。他用一种和缓的口气说:"陈翔,我可以讲一个古人类学研究中真实的故事给你听。1931年,英国科学家李基认为非洲东部地区在从猿到人进化史上有重要的意义,所以他选择了坦桑尼亚的奥尔杜韦峡谷进行发掘。发掘工作一直坚持了28年,最后到1959年,李基才在这里找到了一个'粗壮南猿'的头骨化石,填补了人类进化史上的一处空白,为科学事业做出了重大的贡献。这个头骨出土时,已经破裂成四百块,有的碎片比指甲还小。如果当时李基在28年的艰苦劳动以后粗心了一下,将这些碎片当成废土倒掉了,你说这会出现什么样的后果呢?"

陈翔还是不大服气:"严老师,可是这种机会太少了,它可能是千分之一,甚至可能是万分之一。"

严老师从帆布床沿站起来,加重了语气,几乎是一个字、一个字地说:"陈翔,如果你想成为一个真正的科学家,你要记住,在科学上,不允许有千分之一或万分之一的疏忽,更不允许有为这种疏忽辩解的侥幸心理!"

陈翔震惊了。他沉默着。

一直没有讲话的郑教授开口了:"我看,现在只有一种补救的方法,明天我们把工作停下来,组织人力先把今天倒在洞口的废土全部筛选一次。否则新的土再堆上去,那就更弄不清楚了。"

陈翔知道,在田野发掘中,每一个工作日,都是很宝贵的。现在由于自己的过错而要影响全队的进度,这使他十分痛苦。因此尽管此后再没有人提到这件事,但在整个吃午饭的过程中,他一直在默默地想办法。

午饭以后,就是午睡的时间,当帐篷里的同学都睡下以后,陈翔悄悄地带了一柄铲子、一个竹筐,来到了洞窟外面。

　　在上午的发掘中陈翔已经注意到，由于秦小文力气小，所以她倒的土全部集中在洞口一侧，现在要重新筛选一次，范围还不算太大。如果他拼命干一下午，是可能将这一部分废土检查完的。这样才不至于影响工作，拖累其他的同学。于是他将腰带一紧，连一分钟也不浪费，开始一铲一铲地将土挖起来，仔细察看以后，再扔进竹筐里。不一会儿竹筐装满了，就将它拖到斜坡底下去倒掉。

　　随着时间的推移，风越刮越猛烈了。最后，陈翔耳朵里只听见一片呼啸的声音，像黄雾一样的尘土，一阵阵扑打在他脸上和手上，使他感到像针扎一样痛苦。他的眼睛很难睁开，嘴里全是一股呛人的咸味。但是陈翔仍然在坚持着。他站不稳了，就双膝跪在地上。挖一铲土，用身体挡住风，检查一下，扔进筐里；再挖一铲，再检查一次。干着，干着，他忽然感觉到旁边多了一个人，定睛一看，原来是秦小文。她用一块头巾包着头，拿着一柄大铲子，默默地，但是坚持着，按照陈翔的样子也在干着。

　　为了压倒风声，陈翔不得不大声喊叫："你来干什么？这么大的风，快回去！"

　　秦小文回喊道："你为什么不回去？"

　　陈翔："这是我出的差错！"

　　秦小文简单地说："也有我一份！"

　　陈翔没有办法了。他知道这个姑娘一旦下定了决心，是没有办法让她回头的。他只有更快地工作着，因为他知道，自己多挖一铲土，秦小文就可以少挖一铲土。

　　也许他们已经干了一个小时，也许是两小时，也许是三小时吧，在这天地一片混沌当中，是没有办法估计时间的。洞口的废土堆，已经被他们挖了一个大坑，用肉眼估计，今天秦小文出的土应当已经挖完了，但是陈翔还想多挖一点，这样做保险系数会更大一些，因为他想起了严老师的话，在科学事业中，是不允许有侥幸心理的。

慢慢地，陈翔感觉到体力支撑不住了。他身上的汗水似乎已经流干，眼前在冒着金星。他的手已经举不起沉重的铲子，于是他干脆用双手捧起土来检查，检查完以后再扔开。其实他已经用不着再花力气来扔土，因为只要他一松开手，大风就把它们刮得无影无踪了。

就在他用尽残余的力气，双手抓起一把土放到眼前时，他忽然看到了里面有一个黑色的纽扣。陈翔立刻回想起在送出那一筐没有经过检查的土时，自己掉了一个纽扣在里面。这样看来，他现在接触到的就是那一筐惹出无穷麻烦的土了。

陈翔干脆趴在地上，细细地把这一片土审视了一番。结果除了碎石以外，他还发现了一块十来厘米长的骨板化石。尽管这一小块化石不一定有什么价值，但是陈翔总算找到了漏掉的资料，挽回了损失，他一下午的辛苦并没有白费。这使他十分欣慰。

"我已经复查完了，就找到了这块化石，回去吧！"陈翔把化石在秦小文眼前一晃，随手装进了衣袋里。

秦小文挂着铲子，脸上露出了疲乏的笑容："唉，我真累坏了，我们到洞里喘口气再回去吧！"

两个人摇摇晃晃地走进了安静的洞窟，秦小文解下头巾，先把陈翔和自己身上的尘土扑打了一番，才找了块光滑的石头坐下。

陈翔又从衣袋里取出那块化石，一面用软刷刷去上面的尘土，一面感叹地说："郑教授和严老师全说对了，如果不返一次工，这块化石就从我们眼前滑过去了……这是什么？"

他突然站立起来，急步走到洞口，将化石对着光线，反复地看着。他的眼睛睁得大大的，就像不相信自己的判断一样。

"出了什么事？"秦小文好奇地跟了过去。

陈翔小心地将化石递给她，声音有些颤抖："你看！"

原来在化石的表面，有一幅当时的人们用尖锐的工具刻下的图案：一人一兽的图案。这个人是个女人，长长的头发披在两旁，下身围着兽皮。这兽的形状非常奇特，头上有角，拖着长尾巴，身体蹲坐在后脚上，前爪扬在空中。它的嘴很大，牙齿锋利。总的看来，它很像一头大蜥蜴，但令人难以置信的是如果和人的高矮相比较，这头野兽至少有七八米高。

"这不是恐龙吗？"秦小文忍不住也叫出声来。

是的，这庞然大物不可能是其他的动物，只可能是恐龙，从第一眼开始，陈翔就是这样想的，但是他不敢讲出口来，因为这太令人难以置信了，太违反科学常识了。

翻开任何一本古生物的书籍，那上面都毫不含糊地写着："恐龙生活的时代，大约是从两亿年以前到七千万年以前。到了白垩纪的晚期，由于宇宙射线、气候条件和植物群落的变化，由于新兴的哺乳动物的竞争，曾经统治过地球达一亿多年之久的恐龙，都逐渐灭亡了。有什么样的奇迹，有什么样的科学根据，能证明在生物史上早已灭绝了的动物，居然有可能在十万年以前还存在，而且成为当时的人类常见的动物，从而可以相当准确地将它的形状在骨板上刻下来呢？"

陈翔知道，在旧石器时代的遗物中，女性的雕像或刻画是常见的，因为在母系氏族时代，崇拜女性的神是普遍的社会现象。在这块骨板上，既然恐龙是和女神出现在一起的，那么可以断定，当时的人们也是将恐龙当成神来崇拜的。

在远远的帐篷处，晚饭的哨音已经吹响。同学们已经烧好了洗澡的热水，准备好了饭菜等着他们回去。其实，当同学们发现陈翔和秦小文冒着狂风在洞口筛选废土时，都要过来帮忙，不过严老师制止了他们，因为他觉得让陈翔受一次考验，对他今后是有好处的。

但是在这时，陈翔并不知道这些，也没有想到要回去。他已经忘记了劳累，忘记了饥饿，呆呆地坐在洞口出神。

天色已近黄昏，风势逐渐平息下去，一团一团的云雾，从峡谷里袅袅上升，岩石林木，半隐半现，显得更加神秘、幽远。陈翔好像看到了十万年前就在这个地点发生的一幕情景：一群披着兽皮的原始人，正围着洞口的篝火，烧烤着今天的猎物；白茫茫的雾气，遮掩了身后的山冈。突然，一声巨吼在山谷中激起回响，在山冈顶上出现了一头巨兽，它那黝黑的身躯虽然没入了云层之中，可是那闪电似的目光和雪白的獠牙，却正从天际向他们逼近。原始人号叫着，哭泣着，奔入藏身的洞穴，惊恐地匍匐在地上祈祷……童年时代幼稚的幻想，又在他的心底复苏了，所不同的是现在它已经初步建立在科学的依据上。千万年来大自然蕴藏的一个奥秘在强烈地吸引着他。就在这个神秘的黄昏，在这远古的祖先曾经活动过的地方，他暗自下定决心，要献身给这项科学事业。但是有谁知道，为了实现理想，他还要跋过多少座山，涉过多少条水，经历多少难以描述的艰难困苦呢？

四

"五城县（今四川中江县）……出龙骨。（故老相传）云，龙升其

山，值天门闭，不达，坠灭于此，后没地中，故掘取得龙骨。"

这是晋代人常璩著的阐述四川古代历史的《华阳国志》卷三中的一段话。陈翔将它摘录在笔记本上以后，揉一揉酸痛的眼睛，然后站起身来，在阅览室中来回踱着，急于要把自己混乱的思想理出一个头绪来。好在星期日的上午图书馆的人很少，他的行动还不至于妨碍别人。

自从四年前他在杂谷脑河畔的旧石器时代遗址中发现了有恐龙图像的骨板以后，他就提出了一个大胆的假设，那就是从全世界的范围来讲，恐龙确实是一种早已灭绝了的动物。但是在地形复杂，人迹稀少，自然条件多变的康藏高原上，却可能有一支恐龙在这与世隔绝的环境中生存下来。至少到了十万年以前，它们还曾经与居住在高原东部边缘的旧石器时代人类并存过。由于它们庞大的个体和凶猛的外貌，受到人们的敬畏，因此是被当成神来崇拜的。

作为一个中学生，他在当时自然不可能提出更多的证据，讲清更多的道理。但是经验丰富的郑教授，却从这个青年身上看出了一种严谨的钻研态度和创新精神，特别是他那种敢于向国外一切传统的理论提出挑战的勇气，更是难能可贵。因此，郑教授一面告诫他，在科学研究中孤证是不能说明问题的，他必须更多地充实自己，从各方面去搜集资料；另一方面，郑教授也鼓励他把这个题目列入将来进入大学以后继续研究的项目，他本人愿意担任辅导。

陈翔以很好的成绩，考进了大学的古生物专业，成为郑教授的学生。为了配合陈翔的研究，除了本专业的课程以外，郑教授又介绍他去历史系选修了中国古代史、民族学、古文字学等课程。

岁月如流，在大学里，陈翔已经经历了四个寒暑。在这四年当中，陈翔即使在寒暑假也没有放松自己，除了必要的政治活动和体育锻炼以外，他都是锲而不舍地在这图书馆里查阅资料。辛勤地耕耘必然带来丰硕的收获，现在，当陈翔在郑教授的指导下撰写《中国古代有关龙的传说及其起源》的毕业论文时，他已经能从地质、古生物、历史、考古各方面提供论据，广泛地利用各个学科取得的成就。郑教授曾经审阅过他的提纲，对它是十分满意的。

陈翔首先搜集了先秦典籍中各种有关龙的记载，尽管这些记载很简略，而且明显地带有夸张的成分，但是概括起来，当时人们想象中的龙的特征全是一致的，大头、四爪、长尾，全身覆盖鳞甲。这种龙并不会腾云驾雾，也不是像后世所传的居住在天上，而是与其他动物一样，藏身在深山里、沼泽旁，这就是《左传·襄公二十一年》记载的："深山大泽，实生龙蛇。"在对古代各个民族的传说加以分析以后，陈翔还发现了另外一个问题，流传龙的故事最多，最早崇拜龙或以龙为图腾的并不是居住在黄河流域的中原民族，而是最早居住在四川西部的一个少数民族——羌族的一支。一直到了铜器时代，龙的名称才见于华夏族（汉族的前身）的传说，而且随着时间的推移，它被附会了更多的神怪色彩，以致弄得面目全非了。

在考古学的材料中，情况也与此相似。在中原地区最早保存了龙的形象的是商代甲骨文中的龙字，这个字是象形字，尽管简单，但是它那大嘴、大头、长尾的特点，仍然一目了然。从西周到战国的几百年中，龙的形象并没有保留下来，周代铜器上有一种传统的"龙"纹，但是陈翔认为那实际上是"蛇"纹，这是研究者命名上的错误。如果周代确有龙纹，那么它的形状应当与传说相近，而不会成为蛇形，这是有汉代的资料作为旁证的。在汉代的石刻中，龙仍然是大头、利齿、鳞身、四爪、长尾，与其说像爬行的蛇，还不如说像四腿的兽。唐代以后，龙的形状逐渐变化，身躯加长，腿爪变细，颚部突出；到明清时，就完全变成了人们所熟知的四脚蛇的形状，而与它的原形迥然不同。

从地质学的资料来看，平均海拔在4000米以上，拥有着号称世界屋脊的喜马拉雅山的康藏高原，从地质上的元古代到早第三纪的始新世（约距今六亿多年前到四千多万年前），完全是一片汪洋大海，构成了古地中海的东端。在近一亿年的时代里，在沿海的树林和沼泽中，就是大量的恐龙的栖息场所。从距现在三千万年以前开始，康藏高原地区由于"板块运动"的作用开始上升，但是由于这里自然环境的特殊，竟有一支恐龙奇迹般地残存下来，至少到十万年以前，在川西高原地带，还可以发现它们的痕迹，这是有旧石器时代刻划骨板化石为证的。

十万年，这终究太长远了。这支恐龙的历史，是否还可以往后推移呢？陈翔大胆地指出，从古代历史的记载到考古学遗物上龙的图案，都证明了直到人类进入文明时代以后，在中国的西南地区，人们还可能与这种恐龙有过接触。这就是中国历史上关于龙的传说和崇拜的真正起源。1842年，当英国的古生物学家欧文创建恐龙的学名时，完全根据的是化石的材料，称之为"恐怖的蜥蜴"（Dinosaur），但是中国的"龙"字，却是我们的祖先亲眼看到了恐龙的实体而描绘下来的象形文字，所以它的含义是更准确的。

这支恐龙究竟是什么时候灭绝的？这是陈翔此刻正在考虑的一个问题。在四川的地方史记载中，他找到了很多有关龙的记载，像他刚才记下的《华阳国志》就是例子。为什么这个地区的人民对于龙这样熟悉呢？有没有可能这支恐龙生存的时代，近到了超出人们最大胆的想象的地步呢？如果是这样，他又应该到哪里去找确切的证据呢？

"陈翔，我知道在这里能找到你。"他身后响起了一个熟悉的声音。

陈翔回头一看，原来是郑教授。这位老人用一种关怀的眼光看着他，使陈翔感到十分亲切。

"郑老师，您找我有事吗？"他尊敬地问。

"今天下午，博物馆要将他们最近在金沙江畔发掘的文物进行一次预展，征求意见。我这里有两张入场券，你可以邀一个同学一起去。"郑教授说着，将两张入场券递给了他。

陈翔感激地说："谢谢您，郑老师，我正想去长长见识，听说他们收获很丰富。"

"好吧，下午两点我在博物馆等你们。"郑教授最后又补了一句，"要注意一下劳逸结合，别累坏了。"

陈翔笑了笑："您放心，我不累。"

他一直将郑教授送到图书馆门前才回来继续看书。午饭的时候到了，陈翔从书包里取出早晨准备好的两个夹着咸菜的冷馒头，边看书边啃起来。这是他过星期日的习惯，可以最大限度地延长学习的时间。

到了下午1点30分的时候，陈翔记起了看展览的事，为了不浪费一张入场券，他还得邀一个人去呢。这时阅览室总共才两三个人，而且都是外系的，他并不认识。于是他收拾了文具，准备回寝室去看看。

就在图书馆前面的林荫道上，他迎面碰见了秦小文。她已经实现了自己的诺言，在一年前考进了古生物专业，同样成了郑教授的学生。

中国有一句俗话，"黄毛丫头十八变"。对于一个女孩子来讲，从十四岁到十八岁，这个转变真是太大了。现在站在陈翔面前的，已经不是那个瘦瘦的、拖着两根小辫的小姑娘了，而是一个美丽丰满的少女。她的个性虽然仍然是那样热情、开朗，但是在待人接物中，却出现了一种羞涩庄重的新气质。

一年以来，虽然陈翔和她同在一个系，见面的机会比中学时代更多了，但是由于功课忙碌，加上两个人都存在的那种青年男女特有的矜持，除了见面时点点头以外，并没有过多的接触。使陈翔自己也难以置信的是，就是在这种情况下，他竟对秦小文产生了一种新的感情，一种他从来没有体验过的感情。每当黄昏人静，当他因为经过一天紧张的学习感到疲乏而在校园中漫步休息时，他的眼前就会浮现一个亭亭玉立的少女的倩影。陈翔认为这种杂念会妨碍自己的学习，所以总是企图把秦小文的形象从自己的头脑中驱赶出去。不管怎样，从小就习惯用意志力约束自己的陈翔，在这一点上却做得不那么成功，这使他感到十分烦恼。

今天，秦小文穿着一套白衬衣、白短裙、白皮鞋，衬着绿色的树荫，就像一朵碧波荡漾中的白莲，皎洁朴素，光彩照人。由于这突然的相逢，陈翔显得慌乱了。

还是秦小文主动地向他打了招呼："今天怎么破例了，走得这样早？"

陈翔急急忙忙地说："哦，我有点事。"

在秦小文长长的睫毛下面，调皮的眼光一闪，这种表情，倒是陈翔所熟悉的。

"你的事，那一定是很严肃的。"

"不，不，"陈翔解释道，"我有两张票……喂，你愿不愿意陪我去看？"

刚刚讲完这句话，陈翔就后悔了。瞧秦小文这一身整齐的装束，准是有其他的约会，自己这样鲁莽地提出要求，不碰钉子，也要引人讨厌的。这一下，陈翔窘得满脸通红，不知道该怎么办了。

幸好秦小文看来并没有生气，也没有再开玩笑，只是问道："什么票？看电影，还是听音乐？"

陈翔回答说："是博物馆新出土文物的预展。郑老师给的票。当然，如果你不感兴趣……"

秦小文笑了："我很感兴趣，听说展出了不少精致的铜器。"

陈翔的心这才踏实下来，看了看表："那我们就快走吧，郑老师在等我们呢。"

博物馆并不远，两个青年人决定走着去。在路上，陈翔真不知道应该向秦小文讲点什么，所以只是埋着头大步向前走。最后还是秦小文打破了沉默。

"陈翔，你的毕业论文完成了吗？"她似乎是不在意地问。

陈翔放慢了步子："差不多了。"

"关于康藏高原恐龙灭绝的最后年代，你有什么新看法吗？"她又问。

陈翔诧异地说："你怎么知道我在研究这个问题呢？"

秦小文微笑不语，过了一会儿才说："听郑老师讲的。"如果她自己不去打听，郑老师当然不会把陈翔的毕业论文的内容随便向一个低年级的同学去介绍的。不过关于这一点，陈翔并没有多去探究。他只是非常简单扼要地把自己的想法介绍了一番。他也坦白承认，有的思想他并没有写进论文里，因为太缺乏证据了。话题只要转向了科学，陈翔立刻就忘掉了其他的事。他不但完全恢复了自制力，而且语言也流畅起来。

秦小文听完以后，衷心地说："看样子，你正在一步一步地实现小时候的理想。你这个人，知道树立理想，也知道怎样去实现这个理想。"

陈翔摇摇头："这不是我一个人的事。离开老师的教育和同学的帮助，我是什么事也做不成的。就说你吧，不也给了我很大的帮助吗？"

秦小文又露出了那种调皮的笑容："是的，我曾经借过一本《恐龙的故事》给你看。"

回忆起童年时代的情景，陈翔也忍不住笑了："我不是指的那件事……"

秦小文带着笑意走了一段路，等到再开口的时候，她却转换了一个话题："有一个问题，我一直想问问你。我们从事任何一项科学工作，总是因为我们对这门科学的意义有深刻的认识。你对恐龙的研究那么感兴趣，究竟是为了什么呢？"

陈翔回答说："关于恐龙灭绝的原因和确切的时代，本来就是一个世界性的尖端问题，至今缺乏定论，有待我们继续钻研。解决了这个问题，对于地质、古地理、古气候、生物进化等各个方面，都有重大意义。"

秦小文说："这些道理我知道。但除了一般的科学上的原因，你还有其他的想法吗？"

陈翔沉默了一会儿，最后才说："我是有一些想法，但是不知道是否能用语言准确地表达出来。在整个中生代的一亿多年岁月中，世界各地都有恐龙繁殖着，它们的踪迹遍及陆地、天空和海洋。这是真正的龙的时代！但是恐龙统治世界的本钱是什么呢？是它们众多的数量、巨大的体力以及为了适应自然环境而在身体上生长的奇形怪状的结构。它们虽然是地球的主人，却是一种愚蠢的主人，一头体重可达几十吨的蜥脚类恐龙，脑子却只有二三百克，这就决定了它们的生活方式必然是落后的、停滞的、保守的。随着外界条件的变化，恐龙终于不能适应了，最终走上了灭亡的道路，而将地球的主人的位置让给了新生的哺乳类，特别是哺乳类发展的最高阶段——人。今天的人类，虽然没有恐龙那么巨大的身躯，也没有利齿尖爪、锐角长尾，甚至在发展的早期还崇拜过恐龙，但是依靠自己的智慧和劳动，终于充满自信地站起来了，不但迅速地改变了地球的面貌，而且将自己活动的触角伸向了遥远的宇宙空间。回顾这一段生物进化的新陈代谢的历史，即使是从社会学的观点来看，我认为它的意义也是深长的。"

秦小文点点头："就凭这一点，你也可以算是一个真正的科学家了。"

陈翔不解地问："为什么？"

秦小文又笑起来："因为郑老师讲过，任何一个真正的科学家，都应该从自己研究的科学中悟出一定的哲理来！"

"你别开玩笑行不行？"

"你别那么严肃行不行？"

两个青年人互相对视一眼，秦小文脸上的笑靥是如此动人，最终陈翔也不得不"噗"的一声笑出声来。

博物馆已经到了，一进展览厅，他们就发现郑老师背着手激动地在门内转圈子，脸上显出少见的兴奋的神色。

"啊，陈翔你来了；小闺女，你也来了！真巧！"老教授一手拉住一个心爱的学生，"快过来看看，这里真有一件奇怪的东西。"

陈翔还来不及开口，就被郑教授拖到了一个陈列橱前，在橱里光滑的玻璃底板上，放着一个刚从金沙江畔出土的青铜器。等到陈翔将它的形制看清楚以后，也不由得发出了一声惊呼。

这是一个铸造得非常精细的罍。颈下有两个立体的羊头，兽耳衔环，肩部饰夔纹，腹部布满云雷纹。在中原地区，这种罍是西周时代的产物，但是由于西南地区的青铜文化一般要偏迟一点，所以陈翔推测它可能是春秋时代铸造的。旁边的说明牌上注明用"热释光"方法对这一遗址测定年代的结果，证明他的推测是正确的。

然而最引人注意的，却是这铜罍的盖。在盖的顶部，矗立着一个立体的怪兽。它的形状有点像异形的蜥蜴，大头、短颈，头上有骨板状的角，从龇开的嘴中可以看到两排锋利的牙齿。它的前肢短小，后肢却强壮有力，一条长尾巴在盖顶上盘了半圈。

在中国历代的青铜器中，还从来没有见过这样奇特的动物纹饰。不过陈翔对于它的形象却是太熟悉了，它就是十万年以前旧石器时代骨板上刻画的动物，是甲骨文"龙"字的本源，也是汉代龙纹的鼻祖。由于它是立体的，造型十分逼真，因此陈翔还可以准确地将它的种类断定出来，这是霸王龙的一种，出现在恐龙时代的最后一个阶段——白垩纪晚期，它的全长约20米，站立高度达8米，体重约10吨，靠肉食为生，是当时陆地上最大和最凶残的动物。

如果说旧石器时代简单的刻画说服力还不够强的话，这个立体的铸像却是毋庸置疑的了。要是古代的人们没有亲眼见过这种形象，那么他们是绝对不可能创造出与化石动物完全一致的怪兽来的。

在春秋时代，青铜罍是用来盛酒祭祀祖先的礼器，在这上面铸上了恐龙，就证明当时人们也是崇拜这种生物的，这与旧石器时代的传统一脉相承，而且又开了以后有关龙的神话、迷信的先声。总而言之，这个青铜罍的出现，已经解决了科学上的一个重要问题，它证明陈翔有关中国龙崇拜的起源以及残留的恐龙曾经在康藏高原与人类共存的假说，全是正确的，无怪郑教授要如此欣喜了。

"我祝贺你！"郑教授紧紧握住了陈翔的手。这位秉公无私，心中只尊重科学真理的老教授，由衷地为自己学生的成就而感到骄傲。

秦小文双颊也出现了红晕。她只有用玩笑来掩饰自己的感情："陈翔，现在可以说，你真的找到恐龙了。"

陈翔有点手足无措。他不习惯听取别人的赞扬，因此，严肃地说：

"不，不能这样说，问题并没有彻底解决。"

郑教授问道："你还有其他的推测吗？"

陈翔把他们引到墙边挂着的一幅地图前面，指点着说："从现在的资料来看，恐龙活动的地区是随着时间的推移，自东向西逐渐退缩的。在第三纪开始时，也就是七千万年以前，四川全境都有恐龙活动，其中包括霸王龙，这是有大量的化石资料证明的。到十万年以前，所有的恐龙都灭绝了，但是有一支霸王龙残存着，我们在岷江上游的杂谷脑河畔发现了它们的痕迹。到公元前6世纪左右，霸王龙仍然存在，不过退到了金沙江畔。今天，金沙江畔当然没有恐龙了，不过……"

陈翔突然停住了，他为自己设想的大胆感到了震惊。郑教授用鼓励的眼光看着他："说下去！"

陈翔嗫嚅着："我是想，在金沙江以西荒凉的原始森林中，是不是可能还有霸王龙的存在呢？从春秋时代到现在，只有两千多年。两千多年，在生物进化史上，只不过是短暂的一瞬啊！"

郑教授思索着来回踱了几圈，最后才点着头说："哦，这想法不错，有道理！不过要解决这个问题，光坐在书房里是不行的，要进行野外实地调查！"

陈翔说："郑老师，现在西藏地区正在开展地质普查，如果您允许的话，我把毕业论文完成以后，准备去参加一支勘探队，摸一摸那边的情况。"

郑教授高兴地说："好，我支持你！"他回过头来，又半开玩笑半认真地对秦小文说，"小闺女，你平常不是也很关心陈翔的研究吗？毕业以后也到西藏去锻炼一下吧，帮帮陈翔的忙。"

秦小文装着可怜巴巴的样子说："他不带我去嘛，他从小就瞧不起我。"

郑教授还是像当年一样地拍拍她的肩膀："要带的，要带的，你是我的好学生，他会带你的。"

除了傻笑着点头，陈翔真不知道该怎么办。看着秦小文戏谑的笑容，他忍不住在心里骂了一句："调皮鬼！"

参观结束以后，郑教授要留下来开座谈会，陈翔和秦小文先回学校。一路上，两个人中间出现了一种不自然的沉默。陈翔突然感觉到在郑教授开过玩笑以后，他与秦小文的关系已经达到了一种新的默契，增添了新的内容。这使他十分幸福，一种无法用言辞表达的幸福。

在图书馆前面，两个人该分手了。陈翔忽然打破了沉默："小文，我回忆了一下，从小学到现在，今天是我们唯一没有吵架的会面。"

"无论如何，今天是你第一次邀我出去度周末嘛！"秦小文幽默地说，"但不是看电影、听音乐，而是讨论科学、参观博物馆！"

她从钱包里掏出两张票来塞到陈翔手里，转身很快就走了。等到她那窈窕的身影消失在花丛中以后，陈翔才低下头。他发现秦小文塞给他的竟是两张当天下午2点的电影票！

五

两个骑士骑着马并排站在悬崖之上。他们黑色的剪影，清晰地映在高原特有的蔚蓝得近似透明的天空之中。

在他们脚下，浩瀚的湖水一直延伸到远远的雪山脚下，茂密的原始森林从四面环绕着它。从这悬崖的绝顶上往下看，景色可以明显地分成几个层次。中间是墨绿色的湖水，波光粼粼，反射出万道金光。湖畔有一条白色的沙滩，好像镶嵌在宝石周围的一条银饰。近湖的低坡上，是一片由青杨、白桦、八角枫构成的杂木林，红、黛、黄、绿，色彩斑斓。再往远处，从半山开始，就是整齐的云杉、冷杉构成的针叶林了，它们挺拔的躯干直指苍穹，锯齿形的树梢构成了一片青翠的、波动的地毯，覆盖着陡峭的群山。针叶林以上，白雪皑皑的山峰高矗天际，它那晶莹闪亮的尖顶逐渐变得淡薄，最后好像与蓝天融为一体，显得格外深邃，格外庄严。

"度柱措！"益西甲措轻轻地说。

"恶龙湖！"陈翔用汉语重复了一句。

是的，这就是恶龙湖。经过二十天艰苦的旅途以后，他们终于到达了这神话似的湖泊的旁边。但是他们却没有想到，这个多少年来在藏族的民间传说中披上了一层神秘外衣，有着这么一个不祥的名字的大湖，却呈现出一种如此美丽的景色。

只要是在藏南山区生活过的人，谁不知道恶龙湖呢？据说在很古老很古老的时候，西藏被一条恶龙所盘踞，由于它堵塞了向东流的雅鲁藏布江，于是江水横溢，西藏全部沦为大海。由于佛祖在喜马拉雅山中开辟了一个孔道，使雅鲁藏布江改向南流，西藏才重新露出水面。为了防止恶龙作祟，佛祖就施展法力，将它囚禁在这个湖中，并且与恶龙商定，近湖30里路以内的人兽，它可以作为食物，但是它的活动范围，却不能越出30里路以外。在订立这个协定以后，佛祖又将协定的内容告诉了降生在孜塘地区的藏人的始祖，希望他的后代不要进入这个禁区，以免受害。

这段传说究竟是什么时候产生的，它的可靠性又如何？这已经无法探寻了。但是无论如何，它在藏民中代代相传。多少个世纪以来，放牧的人，不敢让牲畜靠近湖边；赶着牦牛的商队，宁愿多绕几天的路程，也不愿意经过这里。日久天长，垂着藤蔓的森林，深可没膝的野草，深深地将这湖泊包围起来。它曾经迎来过多少朝霞，送走过多少落日，多少个世纪静静地流逝了，可它还是像形成的那天一样，永远沉睡在这阒无一人的深山之中，没有人来扰乱它的宁静，没有人能揭示隐蔽在这深深的冰水下的秘密。

近几年来，陈翔一直跟随一支地质勘探队在藏南地区考察。当恶龙湖的传说传到他耳朵里以后，立刻引起了他强烈的兴趣，可是由于勘探的任务很紧张，他得不到机会到这一带来。今年夏天，他终于放弃了休息的机会，邀了他的朋友、地质队的向导益西甲措，一同来到了恶龙湖。

恶龙湖，在地图上看来近在咫尺之间的恶龙湖，要到达它的身旁，对于旅行者来说却充满了难以描述的艰险。他们翻过了海拔5000米的大雪山，攀着溜索滑过了深不可测的激流，最后不得不用斧头在原始森林中硬砍开一条道路，才达到了目的地。尽管陈翔已经习惯了高原的野外生活，但是这趟旅程，仍然是他从事地质工作以来最艰苦的一次。

即使是处在这样一种赏心悦目的境界之中，陈翔和益西甲措仍然感到了存在于恶龙湖畔的一种特殊的气氛。是宁静？是荒凉？都不是。这是一种死寂，甚至是一种紧张。林间听不到小鸟的啁鸣，树枝上不见松鼠的跳跃，草丛中不见警惕的黄羊，湖里不见游鱼引起的涟漪。就连他们跨的骏马，不知道是由于长途跋涉的疲劳或是有什么不祥的预感，也显得特别胆怯，几次不顾人的驱使，想要退下山去。

陈翔在山顶上拍了几张照片，绘了一张简单的地形图，然后和益西甲措分散开来，寻找化石的标本。没有过多久，他们就在岩顶的一条隙缝中，发现了大量的蚌壳、介形虫和有孔虫的标本，这就再一次证明了这里的高山，在多少年以前确实受过海浪的冲击。

太阳已经偏西了，山风越来越劲急。虽然现在正是夏天，可是带着冰雪寒意的晚风仍然砭入肌骨。陈翔和益西甲措牵着马，从树丛中慢慢绕下山来，在靠湖不远的阔叶林中布置了营地。

陈翔提着水桶，走到湖边去提水。靴子在湖滩上踩得"喳喳"作响，低头一看，地上凝结着一层由盐分构成的白霜，而湖水也是咸得发苦。原来这恶龙湖竟是一个咸水湖，也就是藏语所谓的"差喀"。这时陈翔忽然想到如果在中生代有什么古生物残存下来，那么这湖水的成分也和海水相近，与它也应该是适应的。

湖里的水是不能喝了，幸而他们在不远的山谷中发现了一条小溪，这样人畜才找到了饮水。等到两个人围着篝火吃完简单的晚餐之后，天已经完全黑了。一到晚上，这恶龙湖的景色就完全变了，白天的死寂和紧张，化成了喧嚣的恐怖。黑色的突兀的大山高入天际，湖水也是漆黑的，被呼啸而过的大风掀起汹涌的波浪，冲击着山石，发出一片"轰隆"的鸣响。树林摇撼着、喧哗着，藤萝就像无数头怪兽的胡须，迎着夜风在空中飞舞。在营地的近旁，屈曲的枯枝被跳动的篝火照亮，忽红忽黑，忽明忽暗，烟雾缭绕，变幻不定，好像若干攫人而噬的鬼怪的手臂。由于这是第一次在这神话般的湖旁过夜，所以陈翔和益西甲措都提高了警惕。他们把冲锋枪放在手边，没有解衣脱鞋，就裹着一床毯子躺在篝火边。

"陈翔，你这次不回去看秦小文，真是不对！"益西甲措在暗中说。按照他们平日生活的习惯，两个人在入睡以前，总要闲谈几句。

"你怎么又谈这件事了。"陈翔微嗔道。

"我觉得你不对嘛！"益西甲措说，"你自己不回去，又不让秦小文来……这么好的姑娘……要是我呀……"

"要是你怎么办？"

"我一定先回去会会她，然后再到恶龙湖来。"

"我的正事还忙不过来呢。"

"难道跟秦小文会面就不算正事吗？"

陈翔没有话讲了，只好说："好啦，你今天怎么啰唆起来了？睡吧。"

陈翔为了表示自己想睡了，一下子就用毯子把头盖起来。但是他闭上眼睛以后，却怎么也摆脱不了秦小文的笑靥。尽管他刚才没有接受益西甲措的意见，但是在内心深处，却不能肯定自己的处理是否正确。

自从他到西藏工作以后，一直在和秦小文通信。今年暑假，秦小文毕业了，填的志愿也是到西藏。她希望在正式分配工作以前，陈翔能回内地一趟，两个人享受一次旅游。如果陈翔工作抽不开身，那么她也愿意到西藏来度假。陈翔因为计划要来恶龙湖考察，所以不能回去；同时由于这次探险有一定的危险性，也不希望她来。其实，陈翔已经有三年没有看到秦小文了，他是多么想和她聚会一次啊！在发出最后一封信的时候，他足足在邮局外面犹豫了一刻钟。益西甲措虽然是他的好朋友，对于这些情况也是不了解的。

篝火渐渐地暗下去，夜已经很深了，除了已经听惯了的风声和浪声以外，只有拴在林间空地上的两匹马不时打着响鼻儿，踱着蹄子。真是奇怪，今天晚上马似乎也很不安静。

益西甲措早已睡熟了，他的呼吸声清晰可闻。最后，陈翔也有了睡意，他的意识逐渐朦胧起来。

就在这时，一声凄厉的马嘶划破了黑夜，紧接着就是这动物在临死前发出的痛苦的号叫，那种叫人汗毛直竖、血液凝固的惨叫。当这叫声的余音还在树林中回响时，陈翔和益西甲措已经如电光火石般一跃而起，抓起冲锋枪就向林子冲去。等到他们赶到拴马的地方，发现了一匹马已经惊得脱了缰，另一匹马则活活地被撕裂了。它的一半身躯已经不翼而飞，另一半残骸血肉模糊地被扔在一边。

在来到恶龙湖之前，陈翔和益西甲措是有各种推测和足够的思想准备的，可是在这不可思议的场景之前，他们仍然面面相觑，半晌说不出话来。因为作为有经验的高原猎手，他们一眼就可以看出这种猛烈的袭击绝不是迄今人类所知的任何野兽所能造成的。

"这……这是怎么一回事？"结实粗壮、就像生铁铸就似的益西甲措，此刻也由于紧张而喘息了。

"你注意警戒！"

陈翔首先恢复了镇静。他要益西甲措端着冲锋枪监视着周围的树丛，自己拧亮了电筒，仔细地检查了现场。从马血滴的方向来看，他立刻断定袭击的方向是来自湖岸。这一带很多的树枝都被折断了，在低洼的泥地上留有扇形的带着三足趾的巨大脚印，每一个脚印2米左右，而且一左一右地排列。很明显，这是一种用两足行走的动物的脚印。从树丛到拴马的空地，距离差不多有15米，而这中间就再也没有脚印了。看来这是一头庞大无比的动物，它从湖边过来以后，先悄悄地隐蔽在树丛里，然后一下跃过15米的距离，用不可思议的迅猛的动作，一下将马撕裂成两半，然后带着自己的猎获物飞速地逃走了。

看来，这恶龙湖中确实有怪物。

"恐龙，凶残的肉食恐龙！"陈翔的头脑里立刻闪过了这个念头。但是，推测并不等于事实；脚印也不等于动物本身。陈翔知道他自己正站在一项重大发现的门槛上，但是这紧闭的门内究竟隐藏着什么样的神秘？还是需要他付出更大的代价，做出更大的努力的。

再睡觉是不可能了，而且也太危险。他和益西甲措先到林子里找到了惊马，然后回到营地，加大了篝火，带着兴奋和紧张交织的心情，手扣在冲锋枪的扳机上坐了一夜。

不平静的夜晚终于过去了。当黎明来临时，他们又到湖边去考察了一番。在白盐滩上，还可以看到两行模糊的足迹，但是随着一阵阵的风刮过去，它们正在很快消失。现在完全可以断定，这凶猛的怪兽是藏在湖里的。

陈翔将自己的发现详细地写了一份报告，要益西甲措骑上剩下的那匹马赶到离这里只有五天路程的一个牧场去，利用那里的电话向有关科学单位报告。他自己留在湖边，继续监视这怪兽的动态。

有了昨晚的经历以后，益西甲措对于陈翔一个人留下来是很不放心的。最后，陈翔终于说服了他。益西甲措留下了大部分粮食，又亲自在离湖较远的一处隐蔽的山坳里为陈翔安排了新的营地，向陈翔千叮咛、万嘱咐之后，他才骑着马走了。

陈翔知道这恶龙湖的怪兽已经存在了很多个世纪，说明大自然不会轻易暴露自己的秘密。他自己能不能有进一步的发现，关键在于他是不是有足够的勇气和耐心。从怪兽的动作和脚印来分析，陈翔判断它平时可能隐蔽在湖里，只有觅食时才上岸来。

整整有九天之久，陈翔都藏身在湖边的一处树丛中，用望远镜监视着湖面。这真是一场对意志的严峻考验。为了避免惊动这种警惕性很高的动物，他蜷曲在草堆里动也不敢动，顾不得肌肉发麻，骨节酸痛。高原特产的一种吸血的牛虻，隔着衣服也能咬人，将他叮得一身红肿。他不愿意开枪打猎（在山坡上面的森林中，野生动物还是很多的），也不能生火，每天就靠一点清水和硬面饼维持体力。但是这一切艰苦，陈翔全部咬紧牙关忍受下来了。

到了第九天的傍晚，陈翔的努力终于有了结果。当夕阳的余晖已经消失，夜幕笼罩着大地的时候，陈翔原以为今天不会再有什么结果了，但是他忽然发现悬崖下面有一个比岩石更黑的黑影，一闪就没入了湖中。这是疲劳的眼睛产生的幻象呢，还是这怪兽又出来了？

第二天早晨，陈翔选择了一个合适的角度，仔细观察悬崖下面的地形，结果他断定那里确实有一个岩洞。它的一半没在水下，另一半又被从岩石上垂下的藤萝所掩盖，如果不是依靠望远镜，任何人也难以发现这个黑黝黝的洞。

看来，这可能就是怪兽藏身的巢穴了。如果要彻底了解怪兽的情况，只有进入洞里才有可能。这种怪兽凶猛的情况，从第一天晚上它猎马的动作就可以推测出来。如果孤身一人，在这黑暗的洞穴里遇上了它，那危险真是不可思议的。陈翔生平第一次犹豫了。

但是陈翔接着想到，为了解决这种世界罕见的科学之谜，最后总得有人进洞去探个水落石出的。危险，这是客观存在。与其让其他同志去冒险，不如自己先去试试。成功了，固然好；失败了，也可以为后人总结一点教训。

于是陈翔下定了决心。他回到营地，给益西甲措写了一封信，告诉他自己的发现和进洞探险的措施。如果益西甲措看到这封信时他还没有回来，那么益西甲措就应该拿着他的信立即返回去，等到今后大规模的考察队来到后，再研究一个稳妥的进洞办法。然后，他又留了一封信给秦小文，那上面只有寥寥几个字："小文，我是爱你的。"

他将信放在登山包上面，用石头压好，然后将剩下的粮食饱饱吃了一餐，只带上绳索、电筒、冲锋枪和照相机就出发了。

两个钟头以后，陈翔到达了悬崖顶上。从这里攀着藤萝吊下去，就是洞口了。根据两次观察到这怪兽的活动时间进行分析，它显然是白天休息，晚上出来觅食的，所以，陈翔最大的希望就是它现在正在睡觉。如果陈翔的动作十分谨慎，那么就有可能悄悄对它进行观察，而不被它发现。但是如果这真是一头恐龙的话，它的一切习性、它的感觉器官，恐怕也是和一切人类熟知的现存的动物一样。想到这里，陈翔对于自己的行动又感到十分没有把握了。

陈翔从小就不是一个知难而退的人。他不顾自己的内心深处是如何紧张，仍然沉着地检查了自己的装备，然后谨慎地沿着悬崖边缘的杂树藤萝爬下去。从远处看，这块石壁虽然是垂直的，可是崖石表面由于多少个世纪以来的日曝霜裂，风化十分厉害，罅缝很多，所以他不太困难就爬到了洞口之上。在这里，他用绳索拴在树根上，自己慢慢吊下去，终于在洞口侧面一块凸出的岩石上站住了脚。

陈翔察看了一下周围的环境，他发现这个洞口露出水面的部分虽然不大，但埋在水下的却似乎还很深，完全够一个巨大的动物出入。洞底是向上倾斜的，因此进洞几米以后，就完全干燥了。这个洞十分巨大，它的穹顶离开地面足足有十几米。陈翔沿着洞壁的石缝往里面爬去，不久，就到达了露出水面的洞底。

陈翔在这里略微休息了一下。他感到自己的心房跳动得十分剧烈，额上在沁出冷汗。这时他想起了很多为科学事业献身的科学家的事迹：有的人为了坚持正确的天文学观点，被中世纪的宗教法庭烧死在火刑架上；有的人为了摸索征服疾病的方法，甘愿自己被凶恶的病菌夺去生命。这些伟大的人格迸发出的灿烂的光辉，此刻似乎照亮了这幽暗的地穴。他又想到了从上小学到参加工作这十几年中社会对自己的培养，老师们对自己的教育，同志们对自己的支持。他感到自己并不孤单，无数双友谊之手似乎就在他身后，拥托着他，支援着他。等到陈翔站起来再度前进的时候，除了他的嘴比平日抿得更紧以外，他已经完全恢复冷静和沉着了。

越往里走，光线就越暗淡。四面被水侵蚀得奇形怪状的石灰岩，就像一头头神话中的怪兽，随时使人惊惧停步，折磨着人的神经。进洞30多米以后，洞拐了一个弯，周围的一切就坠入了完全的黑暗之中了。这时陈翔的行动就更加缓慢、小心。他将照相机移到胸前，由于害怕暴露目标，虽然将电筒握在手中，却不敢打开，只是一步一步摸索着前进。他的眼睛虽然看不到任何东西，但是鼻子里却闻到了一种特殊的腥味，他知道自己离怪兽真正的巢穴已经不远了。

一个人如果面临着迫在眉睫的危险，那么他就可能产生一种预感，一种保护自己的强烈愿望，有人将这种预感称为"第六感官"。不管怎样，现在恰好是这种第六感官救了陈翔的命，因为尽管他是陷入了一片寂静的黑暗之中，既没有听到轻微的呼吸声，更没有看到什么异常的景象，他却像触电似的突然站住了。他已经感觉到了自己并不是这寂静的洞里唯一的生物，就在这黑色的帷幕后面，就在近在咫尺的地方，有一双眼睛在死死地盯着他，这是一双残忍的眼睛，它在等待陈翔步入陷阱，它在等待突然袭击的机会……

陈翔站在那里，他的每一条筋肉都绷得紧紧的，这种紧张的气氛就像无形的铅板似的，从四面八方压迫着他，使他难以呼吸。这时候他已经忘记了谨慎，忘记了可能产生的其他后果，仅仅出于一种求生的本能，他不自觉地按亮了电筒，光柱移动着，于是就在他的眼前，出现了一种人类只有在梦魇中才能看到的恐怖景象。

就在离他不到10米远的地方，就像一块矗立的山岩似的，蹲着一头足足有两层楼那么高的巨兽。它的头厚重结实，大小形状都有点像一部推土机。下颚向前突出，如同推土机前面的钢铲。头顶有一排骨板，构成了它的角。血盆大口张开着，露出上下两排半尺长的獠牙。脖子又粗又短；前肢长着三支镰刀似的利爪，看来是它主要的搏斗武器；后肢强壮有力，弯曲着撑在地上。它的身后拖着一条长尾，全身覆盖着一层湿漉漉的鳞甲。唯一与它庞大的躯体不相称的是它的眼睛，长在额部的两侧，很小，但是闪着一种残忍的绿光。现在，任何人都不能怀疑了，这是一头恐龙，一头真正的、活着的霸王龙。

足足有半分钟之久，这一人一兽互相凝视着，对峙着。恐龙，在一个遥远的历史时代里曾经是地球的主人；而人，却是现在的地球的主人。在他们之间，原来横亘着成亿年的岁月，而现在，这两个历史时代的产物却在这黑暗的山洞里相遇了。

最先动作的是陈翔，他的手机械地摸到了照相机的按钮，轻轻一按，闪光灯的光芒刺人目眩，装着广角镜的照相机摄下了这一震惊世界的画面。在强光照耀之下，恐龙微微退缩了一下，但是仍然没有其他的反应。

陈翔童年时代的梦想，现在已经实现了；他的科学研究，也得到了最后的证明。他的手指扣到了冲锋枪的扳机上，只要微微一动，五十发子弹就可以密集地打在恐龙的头颅上。但是在这关键时刻，陈翔仍然没有开枪。他知道这种珍贵的化石动物现在已经到了灭绝的最后关头，它是科学研究的宝贵对象，是属于全人类的财富。当恐龙没有主动袭击人的时候，陈翔没有权利去打死它。于是他熄灭了电筒，想在黑暗的掩护下退出洞去。事后他才知道，熄灭电筒，这是他犯下的一个致命的错误。

就在洞窟恢复黑暗的一瞬间，恐龙从麻痹的状态中解脱了，它那巨大的身体一跃而起，同时发出了一种震耳欲聋的怒吼声。陈翔机灵地往旁一闪，虽然躲过了利爪的一击，但是恐龙的身子微微一侧，它那又粗又长的尾巴却以令人难以置信的速度扫了出来，快得使陈翔无法躲闪，这真是可怕的一击！陈翔65公斤的体重，就像一块小石头一样被扫得飞了出去，重重地撞在石壁上。他只觉得头部"嗡"的一声，便瘫痪在地上了。

恐龙回过头来，狂怒地又大吼了一声，然后一跃过来，张开大嘴，准备一口将这送上门来的食物吞下去。陈翔这时已经处于半昏迷的状态，即使他的意志力还在支撑着他，使他不致完全丧失知觉，但是行动的能力，他却是没有了。

"但愿照相机能保存下来……"

这就是闪过他头脑的最后一个念头。

恐龙的嘴已经伸到了他的前面，他感觉到了从它大嘴里喷出的腥气。就在这千钧一发之际，两道白光划破了黑暗，照亮了庞大的、丑恶的恐龙的头。与此同时，陈翔听到了一声熟悉的、多次在他梦里萦绕着的声音："陈翔？陈翔！"

这是秦小文的声音！

陈翔睁大了眼睛，但是恐龙的头挡住了他的视线。就在这时，他注意到了恐龙奇怪的表现。当强烈的电筒光线射到它那没有眼睑的、像绿玻璃似的小眼睛上时，它虽然仍张着大嘴，做出一副吓人的姿态，可是就像陈翔初次看见它时那样，完全不再动作，而静静地停在那里，活像一头神话中的恶龙遭到了魔咒一样。于是多年积累的科学知识，长期培养的进行逻辑推理的习惯，使陈翔闪电般地得出了一个结论：由于恐龙多少年来都是昼伏夜出，因此感官也相应地发生了变化。它的眼睛可以在黑暗中看到东西，但在强光的刺激下，它不但是盲目的，而且光线的刺激反而影响它大脑的平衡作用，使之不能有效地指挥身体的动作。这样，只要光线不灭，人们在恐龙面前就是安全的。

"小文，用电筒射住它的眼睛，千万不要熄灭电筒！"

陈翔用尽最后的力气喊着，他只感到自己的声音低得可怜，从嘴里不停往外呛血。

"秦小文，你别怕，用电筒照住它！"这是益西甲措的声音。接着，陈翔感到自己的朋友大胆地钻到了恐龙的头底下，用有力的双手将自己抱起来，迅速朝洞外退去。陈翔还想嘱咐一下要秦小文留心，可是他却昏迷过去了。

等他醒来的时候，他已经睡在营地的篝火旁边了。东方朝霞满天，白色的雾气正缓缓地从湖面升起，就像一层帷幕正在拉开。新的一天已经开始了。

陈翔回过头去，看见秦小文仍然坐在自己身边。她那又大又黑的眼睛里充满了紧张和恐惧，脸色是苍白的，看上去显得有点憔悴。

"小文……你怎么会来的？"他微弱地问。

秦小文按住了他想支撑起来的身体，微微一笑："我不是早就讲过吗？我要跟你来找恐龙！"

正坐在火旁准备早餐的益西甲措插嘴了："她得到你不休假的消息后，马上就动身到西藏来了。等到她到了地质队，我们已经出发，于是她也追了上来。我到牧场时，正遇见她在打听到恶龙湖的路，所以就一块儿回来了。我们一到就看到你留下的信，知道你进洞考察去了，于是她一秒钟也没有耽误，马上拖着我就跑。唉，也幸亏我们没有耽误，好险哪！"

"你们没有伤害那恐龙吧？"

"没有，"秦小文又笑了笑，"我把两支电筒放在岩石上，照着它的眼睛，就悄悄地退出来了，说不定这丑八怪现在还规规矩矩站在那里发呆呢。"

陈翔又问："科学考察队什么时候能来？"

益西甲措说："我是和郑教授本人通的电话。他兴奋极了，一再祝贺你的成功。他说只要做好了必要的准备，马上出发。"

好像回答他的话似的，天空中响起了嗡嗡的声音，一架大型直升机轻盈地越过雪山，迅速地向湖上飞来了。

"陈翔，你的任务已经完成了，安心回去休养吧。你的伤虽然不重，可也够你睡一阵子了。"秦小文温存地抚摸着他的头发。

"小文，你呢？"陈翔急切地问。

秦小文放低了声音："陈翔，你留给我的信中的那句话，是当真的吗？"

陈翔深情地说："小文，那很可能是我生命中的最后一句话啊！"

在秦小文的脸上，出现了一种陈翔从未见过的充满了青春和美丽的光泽。她柔声说："那么，你放心，我一辈子也不会离开你的！"

她低下头去，毫不忸怩地在陈翔额上轻轻吻了一下。直升机已经看到营地的烟火，现在正缓缓地向他们降落。

太阳出来了，金色的阳光照亮了雪山和森林，空气中洋溢着野花的芳香，小鸟在树上啁啾着。陈翔不知不觉又闭上了眼睛，他怀着一种温馨宁静的感觉，脸上露出幸福的微笑，又进入了梦乡。

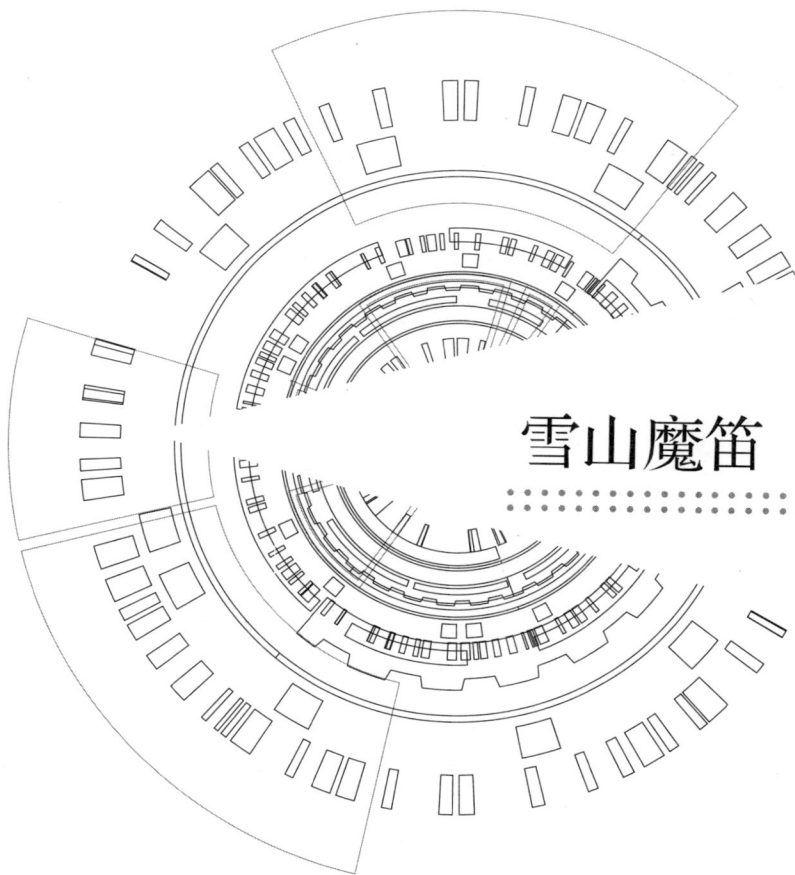

雪山魔笛

关于"雪山魔笛"的故事，以及喜马拉雅山区富有震惊性的新闻，我想你们已经知道了。然而整个事件经历的过程以及它给我们带来的紧张、悬念和兴奋，却不是三言两语所能概括的。在这里，我将根据我的工作日记，详细地将这远离人世的雪山深谷里发生的一切，从头到尾讲给你们听。

在天嘉林寺的废墟上

我们这一支小小的考古调查队在天嘉林寺的废墟上进行试掘，已经整整三个月了。天嘉林寺位于喜马拉雅山的支脉康格山东麓的坡顶上，面朝风景如画的安林湖。在康格山这一地区，西、北两面是高耸入云的大山，冰封雪积，亘古不化；山腰云雾缭绕，变幻莫测；东南方则是深陷的峡谷，灰色的花岗岩壁立千仞，寸草不生，狰狞可怖。唯有在安林湖周围数十公里的缓坡上，景色完全不同，橡胶、赤杨、山毛榉、杉树，构成一片繁茂的原始森林。熊、鹿、猴子、狐狸、野兔、山羊、麝猫等动物，栖隐其间。湖畔绿草如茵，溪流潺潺，白色的天鹅悠然地游过水面，看来真像一座与世隔绝的天堂。

在古代，天嘉林寺曾经是红教的圣地之一。在那繁荣的日子里，山间崎岖的小道上朝圣拜佛的人络绎不绝。到17世纪中期，在当时黄教与红教激烈的争权斗争中，天嘉林寺被支持黄教的厄鲁特人所焚毁。随着时间的流逝，这深山古刹逐渐被人所遗忘，它的残垣断壁几乎完全埋没在荒烟蔓草之中，只有那幸存的鎏金尖塔寂寞地映着落日的余晖。

在红教的历史中，天嘉林寺似乎笼罩着一层神秘的色彩。其中流传最广的说法是有关最后一届高僧拉布山嘉措的事迹。据说他精通巫术，能降魔伏鬼。他有一支魔笛，可以召唤山精现形，前来听他讲经。作为一个考古学家，我自然知道过去西藏的奴隶主阶级惯于利用喇嘛的迷信活动欺骗人民，为他们的统治服务，因此在一般情况下，是不会认真地去对待这类传说的。但是关于拉布山嘉措的魔笛和他召唤山精的故事，在17世纪前期曾经被很多拜访过天嘉林寺的人所目睹，他们之中有官吏、商人和旅行家，如果说这些人的记载全属虚构，那似乎也不合情理。因此，每天的工作结束以后，当我坐在帐篷前面的篝火旁，看着被夕阳染成红色的雪峰、晶莹清澈的湖水、青翠茂密的森林以及天嘉林寺黑色的废墟，我的心中就会浮现出一种奇异的幻想，如果这里的湖山能够说话，它们将向我们倾诉多少在缓慢流逝的历史长河之中被人遗忘的故事呢？

在三个月的工作中，我们已经从废墟里找到了很多宝贵的经卷雕版、手抄文献、宗教法器，还临摹了残存的壁画。由于红教在西藏流传的历史非常悠久，保留了较多的原始巫教的成分，因此这批资料对于研究西藏古代的神话、民族、历史等方面，有很重要的参考价值。这样，我们的工作就比预期要延长一些，至少要延长到10月下旬。过去藏族曾经这样形容本地区的交通情况："正二三，雪封山；四五六，淋得哭；七八九，正好走；十冬腊，学狗爬。"这就是说，从10月开始，地面的积雪已经很深，旅行的人只能像狗爬似的越过没膝的深雪。如果是在过去，我们老早就应当在大雪封山以前赶回拉萨去了。然而现在我们的国家已经用先进的装备保证了调查队的安全，我们每日都和在拉萨的大本营保持无线电联系，全天候喷气式直升机随时可以来支援我们，所以季节的变换并没有引起我们过多的担忧。

天嘉林寺剩下的比较完整的部分，除了经塔以外，还有中央的经堂。这里屋宇虽然已经残破，但是还没有完全倒塌。经堂里的佛像、神龛、经鼓等都大致无缺。很自然地，我们工作的重点也就放到了这里。

经堂的中央，是红教的主神之一降魔天尊的塑像。它的涂金彩绘已经剥落，肢体残缺，露出了泥胎，不过轮廓仍然清楚，瞪目咧嘴，手持法轮，脚踏妖魔，形象十分可怖。无论如何，这座塑像代表了较早期的红教艺术的某些特征，所以我们仍然对它进行了测绘、照相。

进行这项工作的是测绘员索伦和某大学派到我们这里来进行毕业实习的冯元。索伦这小伙子是调查队的活跃人物，头脑灵，反应快，生性诙谐，哪里有了他，哪里就少不了笑声。冯元是一个十分聪明伶俐的姑娘，除了参加业务工作，又兼任了调查队的护士，很受大家的欢迎。平日这两个青年人别出心裁的玩笑，为调查队的生活带来不少乐趣。

幽暗的经堂被闪光灯所照亮，这是索伦和冯元结束了绘图，在给佛像摄影。等到他们从各个角度拍完照片以后，我听到他们两个人开始了一场议论。

"外部的工作已经完了，让我们把它的内脏掏出来看看。"索伦说。

"别干傻事，这是破坏文物。"冯元不同意。

"说不定它肚子里藏着什么宝贝。"

"你想发洋财是不是？"

"不是开玩笑，你看这儿，不是像有一扇小门吗？"

"咦，真是有点道理。"冯元回过头来喊我，"老王，你快过来看看！"

我和精通古藏语的次仁旺堆正在研究一块残存的壁画上的咒语，听到冯元的喊声，立即放下手边的工作，走过去一看，结果证明索伦的观察是正确的，在这尊佛像腹部的中央，有一块长方形的痕迹，最初它可能完全被腰带的装饰所掩盖，现在由于表面的涂料脱落，现出了缝隙，根据我过去勘察喇嘛庙的经验，可以断定这是修建佛像时故意留下的一个小龛，是喇嘛们保存圣物用的。

我用手铲轻轻地撬开泥胎，露出了一扇活门。打开活门以后，果然发现了一个很深的方龛，里面放着一个深褐色的铜盒。

我们谨慎地将铜盒取出，拂去灰尘以后，发现上面满布精美的莲花图案，就它本身而言，堪称一件珍贵的艺术品。盒盖上贴着封条，上面写着"唵嘛呢叭咪吽"六字真言，还盖有法印。

我们怀着强烈的好奇心打开了盒盖，在里面放着一支人骨制的笛子，还有一卷羊皮纸的手抄本，上面写着古老的藏文。

这一切是什么意思呢？

雪地上的脚印

你见过青藏高原雪山冰湖的月夜吗？你能想象那种肃穆、含蓄、神秘

的气氛吗？

当一轮明月高悬天际，用它那清澈的光芒普照大地时，银光闪闪的群山、覆盖着雪冠的森林，以及像明镜一样的湖泊，都似乎凝结在一层透明的薄雾之中，坠入了梦境。在白天看来如此美丽的景色，在月光下却呈现出另外一种气氛，好像使人进入了一种忘怀已久的童话世界。

然而在今天晚上，调查队里却没有人注意到这美妙的夜景。次仁旺堆正在帐篷里的灯下细心研究铜盒里的手抄文书，我们其余的人坐在旁边，屏住气息等待着这谜底的揭晓。

外面是一片深山里特有的寂静。偶尔一阵微风吹过以后，就连周围的云杉上掉下的雪块"簌簌"的声音也清晰可闻。

次仁旺堆手中的放大镜慢慢地在羊皮纸上移动。虽然他是国内知名的研究佛教史和古藏文的专家，但是这份文件经过了两百多年的岁月，墨迹已经褪色，加上在字句之间，还穿插有一些巫术符号和已经失传的红教的术语，所以看起来十分费劲。

终于，次仁旺堆看完了最后一行，他抬起头来，习惯性地抬抬鼻梁上的眼镜，脸上出现了一种困惑之色。

"这是天嘉林寺毁灭前夕，一个喇嘛留下的记载，"他慢慢地说，"根据这一记载，保存在铜盒里的人骨笛，应该就是拉布山嘉措大师的魔笛。"

"什么？"好几个声音几乎同时发出惊呼。

"是的，这就是那支传说中的魔笛。"次仁旺堆又重复了一次，"这个喇嘛对于魔笛的作用是深信不疑的，他之所以要写下这份文书，就是警告后世得到这支魔笛的人，千万不可将它吹响，特别不可在黑夜吹响，因为太阳落山以后，正是山精活动的时候，只要听到笛声，它们马上就会出现……"

索伦"扑哧"一声笑了出来，做了一个鬼脸，惹得坐在帐篷口的冯元也笑了。我知道他们都觉得次仁旺堆的脸色过于严肃，似乎在讨论什么科学问题一样。

老实的次仁旺堆没有理会两个青年人的嘲笑，仍然继续说下去："写下这份文书的喇嘛本人，就曾经亲眼看见过拉布山嘉措用魔笛召唤山精的情景。他发下了红教中最重的誓言，证明他所说的全是事实。现在我把这几句翻译给你们听：

> 其时雪积满地，湖冰如镜，万籁俱寂，山林沉睡。拉布山嘉措大师端坐诵经，吹笛作法，山精鬼怪，接踵前来，僧俗诸众，合十膜拜。共叹佛法无边，神灵常在……"

又是一个目击者的证词！我知道庄严的誓言对于红教的喇嘛具有何等的约束力，如果他确实没有亲眼看见这种怪现象的话，他是绝对不敢发誓的。这时，我所熟悉的有关拉布山嘉措召唤山精的传说，一个个又出现在脑际，难道这仅仅是一些迷信的传说吗？

我从铜盒中取出这支笛子，再次将它仔细地观察一番。这明显是用人的胫骨制成的，两端镶嵌着银饰。在旧社会喇嘛的法器中，人骨笛是常见的东西，除了这一支笛子制作得特别精致以外，我确实也看不出有什么特别之处。

次仁旺堆似乎看透了我的心思，轻轻地说："老王，我始终觉得在这支笛子里，可能隐藏着某个秘密。"

我没有回答，继续沉思。

帐篷里又响起了冯元清脆的笑声："次仁旺堆同志，我看你是佛经读多了，着了迷。难道你真的相信有什么'魔笛'，有什么'山精'？"

次仁旺堆摇摇头："我当然不会迷信。但这里面是不是会有其他原因、其他的道理呢？你们看这支笛子，吹口的部分已经磨损，无疑是多次使用过的，如果它吹响以后没有效果，拉布山嘉措能够那样受人崇拜？"

冯元不以为然地说："他骗人的嘛！"

"可是，有那么多人亲眼看见过的。"

"那只能说他骗术高明。"冯元调皮地说，"又回到老问题上来了，难道你准备用迷信的理由来解释？"

次仁旺堆抬抬眼镜："在旧社会，特别是落后的西藏农奴制社会里，当人们还没有掌握大自然的奥妙，还不可能了解它的规律时，很多科学的现象都被披上了迷信的外衣，并且被统治阶级有意歪曲，来为他们的利益服务。我以为'魔笛'的问题，就可能属于这种性质。"

我觉得次仁旺堆的话是有道理的。但是我还没有来得及开口，索伦就从我手里接过笛子，笑着插嘴了："你们俩别争了，我以为最好的办法，就是立刻吹响这支'魔笛'。现在正是夜晚，'万籁俱寂，山林沉睡'，一切条件都和传说相符合。如果笛声真的召来了'山精'，那就证明拉布山嘉措确实是佛法无边，让我们向他致敬；如果啥事也没有，那就证明这种传说只是一个骗局，而我们的次仁旺堆同志也上了当。一切让实践来回答吧。"

于是，他将笛子举到唇边。次仁旺堆举起一只手来，似乎想要阻止他，但是索伦已经深深地吸了一口气，将笛子吹响了。

这笛子发出一种低沉的"呜呜"的声音，犹如从人类喉咙深处发出的呼喊，与我们平日听惯了的笛声毫无共同之处。在这寂静的夜空里，它使人产生了一种粗犷、原始的感觉。

索伦吹了一阵以后，停了下来，意味深长地望着次仁旺堆笑笑。

帐篷里没有人说话，周围仍然是深沉的寂静。

"也许吹一次不行吧，我可以吹三次。"索伦向冯元吐吐舌头，又一次吹响了笛子。

笛声延续了一两分钟之久，但是什么事也没有发生。于是索伦长长地吹了第三次，低沉的"呜呜"的声音，再一次在夜空中回响。

笛声停止以后，帐篷里仍然悄无声息。但是不知道是什么原因，每一个人都感到了一种紧张的期待的气氛。

索伦放下了笛子，满脸都是揶揄的笑容。他刚要向次仁旺堆说点什么，但是当他的视线接触到冯元的时候，却突然怔住了。

我们几乎同时发现了冯元异常的神态，片刻之前还出现在她脸上的轻松的微笑不见了，她的双眉紧锁，神情紧张，两眼盯着帐篷的入口，一动也不动，似乎是在凝神倾听什么声音。

"小冯，怎么回事？"我问道。

"我……我……"她的嘴唇颤抖着，"我好像听到帐篷外面有轻微的脚步声。"

"你一定听错了，"我说，"你也知道这附近一百多公里以内是没有人烟的，而调查队的同志全都在这帐篷里。"

"我没有听错。"冯元的眼睛里出现了一种恐怖的表情，"吃晚饭时我在帐篷旁边丢了一个空罐头，刚才我甚至听到有一只脚踩在这空罐头上的声音。"

"说不定是只什么野兽跑到营地来了。"

我走到帐篷门口，掀开挡布，用电筒四处照了照，然而除了周围皑皑的白雪和似乎已经沉沉入睡的云杉林以外，既无人影，也不见兽迹。

冯元仍然执拗地摇摇头说："不是什么野兽，确实是人的脚步声。"

索伦把头朝后一仰，哈哈大笑起来："今天晚上你们是怎么啦？首先是次仁旺堆同志，对于一段荒唐的传说将信将疑；现在又是你，居然听到了'魔笛'召来的山精的脚步声。我看是几个月来在这荒凉的环境里工作，已经开始影响到你们的神经了。"

"好啦，好啦，"我认为今天晚上对于这个题目的讨论已经够了，"同志们，夜深了，早点休息吧。"

第二天清晨，当我正在酣睡的时候，忽然被人急促地摇醒了，耳边有人低声喊着："老王！老王！"

我睁开眼睛，发现索伦在我的面前。这时天色刚刚发亮，从帐篷缝隙透进来的微光里，我看到他紧张的神色，立刻知道有什么意外的事件发生了。

"什么事？"我问道。

"老王，你快去看看！"

"看什么？"

"昨天小冯没有听错，帐篷外面是有……是有人来过，雪地上留有他的脚印。"他又补充了一句，"可这是一种奇怪的脚印。"

"奇怪的脚印？"

任何人都看得出来，索伦这小伙子不是在开玩笑，而是严肃认真的。昨夜神秘的气氛似乎再一次笼罩了我。我钻出了睡袋，迅速披上衣服，跟着索伦来到帐篷外面。

"你看！"他指着雪地说。

我低下头看了一眼，不知道是由于凛冽的寒意还是由于紧张，不觉打了一个寒噤。

雪地上，在昨夜我们自己践踏的脚印旁边，清晰地出现了两行脚印。这明显是一种两足动物的脚印，一左一右地排列。脚印分两行，一来一往，每一步的跨度在40厘米左右，似乎是一个用两足行走的生物异常谨慎地来到了帐篷门口，窥探以后又走了回去。

我镇定下来，蹲下去仔细地观察了一番。这是赤足印在雪地上的痕迹，每个脚印长约30厘米，显示了一个短而宽的大拇趾，不与其余四趾相并，而是单独向旁斜伸。其余的脚趾也很短，后跟圆而宽。从脚掌的细部来看，它有一定弧度的足弓，但又不像人类的那么明显。我立即判断出这不是人类的脚印，但又不是猿类的脚印，更不是其他动物的脚印。索伦的说法是对的，这是一组奇怪的脚印。难道"山精"真的出现了吗？

应当承认，冯元的听觉是十分敏锐的。就在离帐篷不远的地方，这个生物曾经踩在那个空罐头上，尖锐的铁皮可能划破了它的脚掌，所以在旁边还留下了几滴殷红的血迹。

这时调查队其他的人都已经起来了，大家看到这种奇怪的脚印以后都面面相觑，不知道该怎么解释。

为了追踪这脚印，我们一直向山坡走去。脚印穿过我们帐篷旁边丛生的云杉，然后进入一片灌木林，这里地面凹凸不平，而且枯枝很多，观察比较困难。出了树林，脚印就在坡地上一些裸露的花岗岩上消失了。看样子，它是从山上的密林中下来的。

我虽然不能解释这种神秘的脚印的来历以及它和"魔笛"的关系，但却知道这是一项极为重要的科学发现。这时东方的朝霞已经映红了雪山，而峭劲的山风也开始刮过了地面。为了保护这一珍贵的资料，我叫索伦选择了几组最清晰的脚印，绘图摄影以后，又浇注了石膏模型。就连罐头筒旁边的血迹，我们也连雪铲起，装进玻璃瓶密封起来。

接着，调查队的同志聚集在一起，商量下一步该怎么办。索伦主张在今天晚上再吹一次"魔笛"，同时埋伏几个人在树林里，看看来的究竟是什么东西，如果有可能，最好能捕获一个。"管它是人，是鬼。"他最后还半开玩笑似的补充了一句。

"留下脚印的这个东西，自然不会是山精鬼怪，而是血肉之躯，是某种现在我们还缺乏认识的生物。"次仁旺堆抬抬眼镜，仍然是那样一本正经地说，"而且，由于某种我们还不能解释的原因，它的出现和'魔笛'确实也有关系。根据我们调查队现在的人力和设备，要解决这个问题是很困难的。对待这种世界上罕见的科学现象，我们应当特别慎重，在缺乏进一步的研究和做出全面规划之前，我建议不要仓促采取行动，以免对今后的工作造成不必要的障碍。"

我和大多数同志都同意这个方案。通过无线电与有关领导汇报以后，领导也支持我们的想法。就在当天下午，一架喷气式直升机在湖畔降落，将"魔笛"、手抄本、脚印的照片和模型以及血液的标本运到拉萨，并且立即转送到北京中国科学院的有关研究所去了。

他们生存在一百万年以前

三个月后的一天，办公桌上电视电话机的蜂鸣器，发出了急促的"嗡嗡"声，指示灯标明了电话的来源地——北京。我按了按电钮，荧光屏上

出现了一个两鬓斑白的中年男子。他戴着宽边眼镜，穿着白色工作服，略带疲乏的脸上向我露出了亲切的微笑。这个人的相貌，我似乎有点熟悉，但是一时却想不起在哪儿见过。

"王新同志吗？对不起，耽误你的工作了。"无疑，他从荧光屏上看到了我手边堆积如山的书籍和稿纸，"我是朱苇。"

"朱教授，您好！"我高兴地说。现在我知道为什么对他有点面熟了，朱苇是全国闻名的人类学家，他的相片经常在报刊上出现。

朱苇点点头："王新同志，你还记得三个月以前你们在天嘉林寺废墟上发现的魔笛和脚印吗？"

"当然记得，是您在负责研究它们？"说真的，虽然我们的考古调查工作已经初步告一段落，而且近来室内整理工作非常繁忙，然而只要稍有余暇，我总会回忆起有关拉布山嘉措的神奇传说，静静的月夜，"魔笛"的"呜呜"声，和令人难以置信的雪地上的脚印，并且尽力想要解释一下其中的奥妙。但是不论我从哪个角度考虑，都没有任何进展。这个无法解答的谜，日复一日地激起我强烈的好奇心。现在朱苇主动和我联系，我知道答案可能已经取得，心不由得狂跳起来。

朱苇简短地回答："是的。"

我的身后出现了沉重的呼吸声。回过头一看，冯元和索伦不知道什么时候悄悄地走过来了，满脸露出压抑不住的兴奋表情。平常很沉静的次仁旺堆，也带着期待的神情站在一旁。

我将他们一个一个地向朱苇做了介绍。他向同志们挥手致意："你们的名字，我都是熟悉的……"

朱苇的话还没有说完，冯元的问题就像连珠炮似的发了出来："那'魔笛'是怎么一回事？脚印究竟是什么动物留下的？它就是传说中的山精吗？"

看着这个性急的姑娘，朱苇教授的脸上，又出现了那种疲乏的笑容："关于这些问题，我们已经有了一个初步的设想，但是这不是在电话里能讲得清楚的。我今天和你们联系的目的，是想请你们尽快来北京一趟，在有关的科学会议上介绍当时的实际情况，并且研究下阶段的工作。正式的邀请函件已经发给你们单位了，不知道你们的意见怎样。"

我回答说："天嘉林寺考古调查资料的整理工作即将告一段落，如果领导同意，我们可以来。"

索伦和冯元高兴得在我身边鼓起掌来，朱苇教授又被他们逗笑了："那太好啦，我等你们。"

"谢谢，再见。"

"再见。"朱苇的身影从屏幕上消失了。

科学单位的工作是非常注重效率的，领导很快就批准了我们的计划。两天以后，我们一行四人乘飞机到达了北京。

在科学院招待所住下以后，我立刻给朱苇挂了一个电话。

"你们来啦？"他在荧光屏上向我打了个招呼，"明天上午9时，在我们研究所会议室，准备召开一次综合性的科学会议，请你们准时参加。8点半，会有车来接你们。"短短的两次电话，我已经看出了这个科学家精练的作风，所以压下了再提几个问题的愿望，只是简短地说："好的！"

一句废话都没有，朱苇把电话挂断了。

第二天上午9点，我们四个人出现在某研究所宽敞明亮的会议室里。参加会议的一共有二十多人。把这些代表的专业弄清楚后，我才体会到朱苇教授所说的"综合性科学会议"的意义。原来这里面有人类学家、古生物学家、医学家、遗传学家、生理学家、无线电专家、雷达工程师、电视工程师……难道这一切都和解决雪山魔笛之谜有关吗？

朱苇教授从人群中认出了我们，走过来亲切地和我们一一握手。在近处观察，他似乎比屏幕上的形象要苍老，而且显得严肃一些。只有当他脸上浮现出我所熟悉的笑容时，才使人感到这是一个单纯的、平易近人的科学家。

"你们送来的资料，比我们原来想象的要复杂得多。为了解决这个问题，我们组织了一个包括多种专业的联合研究小组，"他向到场的科学家们挥了挥手，然后继续对我说，"经过大家的协同努力，现在已经有了初步的结果。但是要彻底解开这个谜，却还要做大量的工作。这就是我们今天开会研究的目的。你被安排第一个发言，请准备一下吧！"

他来不及和我多谈，因为开会的铃声已经响了。朱苇回到会议桌旁，宣布会议开始。

他简要地宣布了会议的议程之后，诚恳地对大家说："现在，我们欢迎专程从拉萨赶来参加会议的王新同志发言。"

代表们热烈鼓掌。我知道他们读过我写的情况报告，对于大致情况是清楚的。所以我就讲得比较详细，列举了各种有关拉布山嘉措的传说，描绘了天嘉林寺所处的环境、地形和周围动植物群的情况，再详细介绍了"魔笛"的发现经过和手抄本的内容。大家都很感兴趣，听得十分专注。只有当我讲到索伦如何开玩笑吹响"魔笛"，而冯元听到脚步声以后又如何紧张时，会议室里才爆发出一阵笑声。这使得冯元涨红着脸，感到很不好意思；而索伦也显现出了一丝窘态，有点忸怩不安。

我讲完以后，又请次仁旺堆将当时的初步推测做了一些补充。尽管他讲得很简短，措辞也很谦逊，但是看得出来，所有代表对于这个藏族学者在事前产生的科学的预感以及事后处理这个问题的慎重态度都是十分佩服的。

我们的发言结束以后，就轮到朱苇教授汇报研究的结果，也就是揭露这延续了几个世纪的神秘事件的内幕。会议室里鸦雀无声，所有代表的眼睛，都紧紧地盯在朱苇教授身上。我的手上原来拿着一支钢笔和一个笔记本，然而当朱教授用一种平静的声音开始讲述以后，我却忘记了记录，也忘记了周围的一切，而完全被他的讲话所吸引。在我们的眼前，展示了世界科学史上最为奇妙的，几乎是难以置信的一页。

"关于拉布山嘉措魔笛的传说和这支'魔笛'发现的经过以及它吹响以后带来的后果，刚才王新和次仁旺堆同志已做了详细的说明。"朱苇教授说，"我们是科学工作者，是无神论者，当然不会用超自然的理论去解释它。这一些表面上看来似乎是不可思议的神奇的现象，其中必然蕴藏着我们还未发现的某些自然界的秘密，我们就是怀着这个信念开始工作的。

"我们要解决的第一个问题，就是这些脚印究竟是什么动物留下来的。根据王新同志给我们送来的脚印的照片和石膏模型，我们仔细地研究了脚趾的形状、它们分布的位置、足弓的角度、脚跟的大小等细节，发现各方面的测量数据都介于人类和猿类之间，确切一点说，它们与在大约一百万年以前生存过的一种直立的猿人相近。大家知道，这种猿人比北京猿人还要原始，它的化石是近年来在康滇古大陆的一部分——云南元谋地区发现的。"

"单纯根据一些脚印，当然是不可能得出精确的结论的。幸运的是，王新同志还给我们送来了一些血液的标本。我们对血红蛋白 α 链上氨基酸的位置、血清蛋白肶等进行了分析，其结果都和脚印的测定一致，这种动物应该属于高级灵长类，无疑具有介乎人和猿之间的特征。"

"生存在一百万年以前的、公认早已灭绝了的一种猿人，居然到现在还有孑遗，这是可能的吗？带着这个问题，我们查阅了有关的文献资料，发现从战国时代开始一直到近代，有关康藏高原上'野人'的记载史不绝书，在两千多年的历史中，看到过'野人'的人很多，描绘也大致相同：身材高大，有棕色的毛。我们认为，这种记载中的'野人'，可能就是藏族传说中的'山精'，实际上就是那种在一百万年以前生存过的猿人。

"在两三百万年以前，也就是地质学上的第四纪开始的时候，喜马拉雅山的上升运动虽然早已开始，但是总的说来，上升的速度比较缓慢，这一地区的地形仍然比较平坦，气候温暖适宜，森林密布，因此有猿人在这里出现，是一件很自然的事。大约从一百万年以前开始，喜马拉雅山造山运动逐渐加剧，上升速度达到每百年1.2米到1.3米，这就使现在的康藏高原，成了名副其实的'世界屋脊'。随着高度的增加，气候日趋寒冷干燥。崇山峻岭，冰雪覆盖。生活在这里的猿人，被迫向其他地方迁徙。不过在康格山深谷的温暖地带，在与世隔绝的原始森林中，却有一支猿人奇迹般地生活下来，只是由于环境的孤立和生活方式的守旧，他们的体质和文化并没有再向前发展，而是基本上陷于停顿。他们可以说是在从猿到人过程中走入歧途，面临灭绝危险的一支。附带讲一句，像这种远古的化石动物在康藏高原复杂的地形中幸存的情况，并不是绝无仅有的，如曾经与猿人同时生活的巨猿和大熊猫，就都有后代存活到现代。"

讲到这里，朱苇教授停顿了一下。

性急的冯元是无论如何按捺不住了，她的声音打破了寂静："朱教授，'魔笛'呢？那'魔笛'是怎么一回事？"

朱苇微微一笑，又继续讲了下去："这就是我们要解决的第二个问题。'魔笛'和猿人究竟有什么关系呢？"

"我们用录音机将魔笛的声音录下来，然后对现代生存的四种类人猿——大猩猩、黑猩猩、长臂猿和猩猩——进行了试验。结果电生理仪器告诉我们，在听到这种声音以后，类人猿立刻产生条件反射，胃液、唾液分泌增多，并且顺着发声的方向来寻找食物。而它们自己找到食物以后召唤同伴的声音，也大致和笛声相似。这就使我们有理由推测，拉布山嘉措的'魔笛'，实际上是模仿猿人觅食的声音而制造的，猿人听到笛声以后，以为这里有食物，自然就会应声前来。过去峨眉山寺庙的老僧呼唤猴群供人参观，也要模仿猴子的声音，这其中并无神奇之处。至于拉布山嘉措是怎么发现这个秘密的，我们不得而知；但是他是有意识地巧妙地利用了这一自然现象，为自己欺骗群众的迷信活动服务，却是可以肯定的。两百多年来笼罩着天嘉林寺的神秘的色彩，原因也就在这个地方。"

"那天晚上，当索伦同志开玩笑地吹响了魔笛以后，可能有一个猿人正在帐篷的附近，他听到这种声音，以为是同伴的召唤，于是悄悄地走到帐篷外面窥探了一下，当他发现这里面都是一些生疏的东西时，立刻警惕地退了回去。但是他的脚印，却留在雪地上了。"

当朱苇教授讲完以后，会议室里一片激动的气氛，可以听到各种压抑不住的惊叹声。的确，就连我这个最早发现'魔笛'的人，听到事情竟然发展到如此出人意料的地步，也感到十分兴奋，不禁高声说道："朱教授，这群猿人现在一定还在天嘉林寺附近，我们应该迅速组织调查队，立即去寻找，这对于科学研究该有多大的价值啊！"

"你的意见很对，今天请同志们来，就是想初步讨论一下调查的方案。"朱苇教授说，"由于考古调查队的同志在发现脚印以后，采取了非常谨慎的态度，没有继续惊动他们，这就使我们的调查有很大的成功的把握。我们认为要完成这项任务，必须运用最新的科学技术、先进的仪器设备，还要发动科学界的大协作。现在，请同志们发表意见吧。"

接着就是一场热烈的讨论。概括起来，各个方面的专家发表的意见有以下几点：

生物学家的意见是，根据近年来对于想要逃避人类侵犯的大型哺乳动物的观察，它们多半是夜出的。这就是说，白天躲藏和休息，晚上行动觅食。南亚的象群就是这样生活的。猿人在这样长的时间中没有被发现，很可能就是这个原因，因此他们建议调查队要将行动时间重点放在夜间。

电生理专家建议用电子模拟发声装置模仿"魔笛"的声音，再参考现代类人猿喜怒哀乐的各种表情加以变化，使它包含的内容更加丰富，根据不同的条件加以运用，引诱猿人前来。

雷达专家建议使用小型毫米波雷达，装置在密林深处，探索猿人的行动规律。

电视专家主张使用他们最新发明的自动变焦距红外线夜间摄像机，当猿人出现在预定地点时，就可以在荧光屏上进行实地的观察。

声呐专家认为可以在安林湖畔广泛地空投一种简单而灵敏的声呐装置，它能自动分辨最轻微的两足动物的脚步声，并且向接收站发出信号，确定声源的位置。

一条一条的建议，一项一项的设想，逐渐地形成了一个完整的行动方案。它显示了集体的智慧，科学大协作的威力。

荧光屏上的奇观

我们的观察站设置在天嘉林寺废墟的经堂里，经过半个月紧张的筹

备，一切仪器终于安置就绪。在旧日的佛龛上，安装着闪烁着红绿信号的操纵板，壁画前面是大大小小的荧光屏。雷达和电视接收天线，矗立在屋顶的经幡之上。于是，古老和现代，宗教和科学，在这里形成了不协调的统一，可以说这是世界上最为奇特的一座实验室了。

白昼已经消逝，在过去的十二个小时中，尽管我们不停地用雷达搜索着密林和山谷，但是除了丛林中常见的野生动物以外，没有发现异常情况，声呐装置也没有接收到大型两足动物的信号。看来生物学家的意见是正确的，猿人在白天没有外出，他们说不定正静静地躲在洞穴里休息。

计时器发出"嘀嗒嘀嗒"有韵律的声音，时间在流逝。虽然我们都已经值了一整天的班，可是却没有人愿意离开观察站，大家的眼睛都盯在发着淡绿色光芒的雷达屏幕上。

22点。

22点30分。

23点。

没有情况发生。

已经是午夜了，坐在我旁边的朱苇教授紧皱着眉头，这证明他在思索。而他所考虑的问题应该是与我们每一个人所想的相同：难道我们的推测是错误的吗？难道我们的计划有什么漏洞吗？难道我们的行动不够小心，惊动了这群警惕性很高的猿人，使他们又迁徙到更深远的山谷里去了吗？

"朱教授，还要等下去吗？"冯元小声问。

"朱教授，是不是这群猿人的根据地在其他地方？"索伦也不耐烦了。

朱苇教授没有回答。

"同志们如果累了，可以先回帐篷去休息一下。"这是次仁旺堆平静的声音，"可是实验一定要坚持下去。我们要相信科学，相信科学的推理。"

"我同意。"朱苇教授斩钉截铁地说。

"注意！"俯身在屏幕前的雷达操纵员失声叫了出来。

在不断接收着回波的雷达屏幕上，出现了一个光点。操纵员调整了一下旋钮，光点迅速变成了一个微弯着腰的人形动物。

戴着耳机的声呐员警告似的举起了一只手。接着，在扩音机里传出了清晰的两足踏在积雪上行走的"簌簌"的声音。

"方位150，距离20公里。"雷达员报告说。

微型电子计算机立即在立体地图上标出了正确的位置，红色的指示灯亮了。

朱苇教授随即说道："在BI区。看来他们的营地是在康格山峡谷的深处。大家注意，实验开始！"

他按了一下电钮。在20公里以外的一个预定地点，电子模拟发声装置发出了"魔笛"召唤猿人的声音。

电视机的屏幕亮了。虽然外面是漆黑的夜晚，可是由于新型的红外线摄像装置的作用，我们却清楚地看到一棵棵盖着雪毡的高大枞树，像墙壁似的从四面包围着一块空地。在通过电子效应重现的幽暗而苍白的光辉之下，景色寂静又荒凉，这种情况与真实的夜景迥然不同，好像使我们追溯到若干万年前的岁月，回到了那遥远的古代。

"魔笛"的声音一再重复着。

"来了。"朱苇教授平静地说。

一丛灌木微微地动了一下，一切又恢复了原状。虽然我们的观察室离现场有20公里，大家都知道猿人是无论如何也听不到这里的声音的，可是每一个人都紧张得连大气也不敢喘，生怕微微的一点声息、轻轻的一点动作，就会惊动那躲在灌木后面的"客人"。观察室里静悄悄的，只有仪器发出"嗡嗡"的声音。

朱苇教授调整了一下"魔笛"音质，根据类人猿的习惯，这声音已经带有催促的意味了。

灌木又动了起来，枝叶逐渐分开，出现了一个人形的脸，小心地窥探着。

"魔笛"又发出了一次声音，表示安全和满意。

终于，在观察站十几个望眼欲穿的科学家面前，第一次出现了大自然隐蔽了一百万年之久的奥秘。一个人形的影子，慢慢地从灌木丛里钻了出来。开始是模糊的，然而随着他逐渐地走近镜头，形象就越来越清楚了。他的头上披着粗长的头发，除了脸部以外，全身都有茸毛。前额低平，向后倾斜，眉脊突出，鼻梁低而宽，下颌往后缩，脖子短而粗，整个头部向前伸，就像半低着头的样子。他的身躯十分强壮，两臂很长，相形之下，腿却很短，而且微微弯曲。他围着一块熊皮，一手持着一块拳头大的石制的刮削器。

猿人，这就是早从自然界消失了的猿人，不是博物馆里根据几块化石复原的标本，而是活生生的实体。我的每一根神经都绷得紧紧的，我知道自己正经历着一个具有历史意义的时刻。

猿人并不知道有这么多眼睛在注视着他的行动。他慢慢地走到空地中央，一路上不停地左顾右盼，保持着高度的警惕，似乎一有风吹草动就准备逃走。然而黑夜仍然像帷幕似的掩护着他，周围仍然是死一般的寂静，他显然放心了。

在空地中央，我们有意识地堆放着一些粮食和牛肉。猿人发现了这么丰盛的食物以后，显得十分兴奋。他回过头去，发出了一种低沉的、音节分明的声音。

"语言，"我听见次仁旺堆轻轻地对朱教授说，"猿人是有语言的。"

"是的。"朱苇教授回答，"从他的行动来看，他们已经习惯夜间行动，这证明他们的视觉和嗅觉是发达的。"

随着这个猿人的召唤，丛林中又出来了另外几个猿人，有雄性的，也有雌性的。他们看到了食物以后，脸上都出现了惊喜的表情，互相用那种低沉的语言交谈着，还做着生动的手势。的确，对于这群长期和严峻的大自然进行生死搏斗的猿人，在隆冬季节，能找到如此精美的食物，真是一件非同寻常的大喜事啊。

在对他们进行了比较细致的观察以后，在场的科学家们已经无法抑制自己的激动，开始七嘴八舌讨论起来了。

"你看他们的手，大拇指已经很发达，和其余四指分得很开，这已经不是猿的前掌，而是和人手基本相似了。"

"是的，你再注意那脊椎骨的形态，这已经比猿类要挺直得多，而他们的腿也比猿类要直一些，要长一些。"

"看到他们手中握的刮削器没有？这是用石片打制成的。我国的旧石器时代文化，从它的初期阶段开始，就有着共同的性质，那就是主要使用石片石器，而很少使用石核石器。像北京周口店中国猿人化石产地、周口店第十五地点、丁村旧石器时代遗址等处都是这样。这群猿人的时代比北京猿人还要早，这就证明使用石片石器的传统，比我们过去想象的要早得多！"

"还有在他们当围腰的熊皮上有烧焦的痕迹，这证明他们已经能够使用火了。"

"同志们的意见是正确的。"荧光屏前响起了朱苇教授的声音，这是我第一次发现这个冷静的科学家内心蕴藏着如此充沛的情感，"总的说来，他们已经能够制造工具，能够劳动，因此，他们已经不是猿，而是属于人的范畴了。劳动创造世界，这一伟大的真理，现在又一次得到了确切的证明。同志们，我们现在所看到的并不是简单的自然现象，而是进化论对神造论的胜利，唯物论对唯心论的胜利！"

朱苇教授的心情，我是能够理解的。自从1859年英国生物学家达尔文发表《物种起源》一书，提出生物进化论的观点，1863年赫胥黎发表《人类在自然界中的地位》，明确提出人是由猿猴进化来的看法以来，在一个多世纪中，关于人类起源的问题争论得很激烈。尽管近十年来古人类化石的发现日益增多，研究日益深入，但是较之于一千多万年以来从猿到人无比丰富的历史内容，我们所掌握的资料仍然是非常贫乏的。现在我们的眼前竟然有一群活着的猿人，他们是沟通猿和人之间的环节，他们的体质构造、生活习惯和社会组织，都为我们复原了一幅幅一百万年以前发生过的生动的画面。这在科学上的重大意义，是能用语言表达的吗？

兴奋和喜悦的浪潮，淹没了我们每一个人。如果不是在观察站里，我相信我们会欢呼起来。

就在我们讲话的时候，猿人们已经扛上了粮食、牛肉，慢慢地消失在密林深处了。但是这些朴实、天真的大自然的儿女哪里会知道，在粮食和牛肉中，我们都装置了微型无线电发射机，根据电波再去追踪他们藏身的洞穴，那只是一件非常简单的事了。

我的故事就到此结束了，至于以后我们怎么用同样的方法找到了全部残存的猿人部落，怎样将康格山建设成一个人工保护区，让这些猿人自由而幸福地生活，同时也向我们提供大量珍贵的科学资料，以致全部从猿到人的历史，不得不做重大的修改和补充，这些都是你们所熟知的事情，我就不啰唆了。

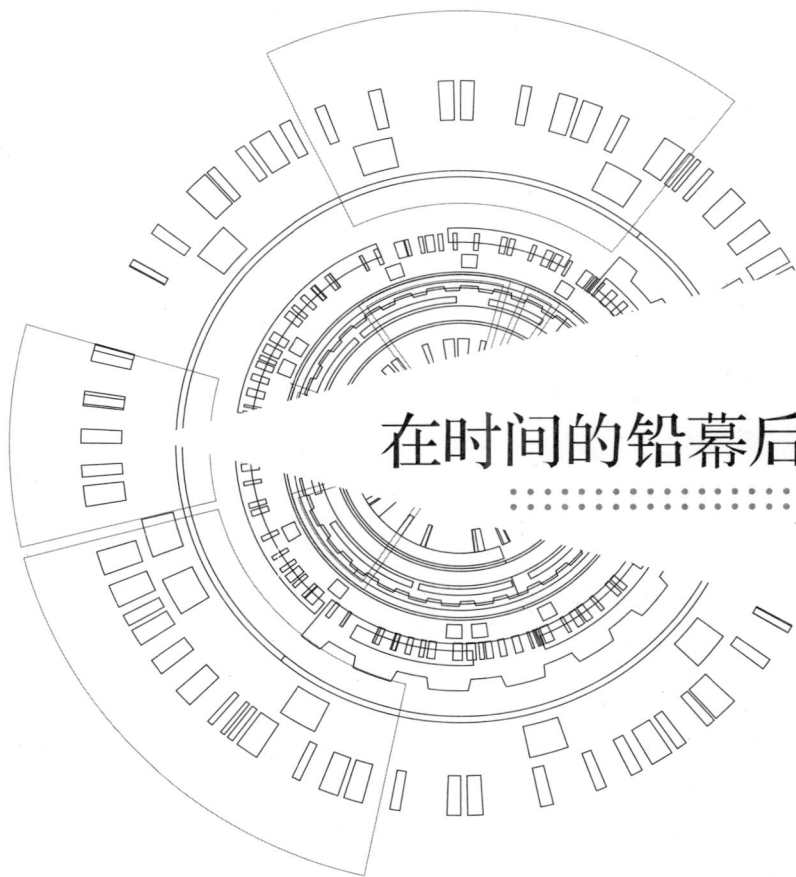

在时间的铅幕后面

本文人物情节全系虚构，如果有任何部分与现实生活一致者，均应视为偶合。

1988年10月5日，中国四川兴汉县七星岗。

位于邛崃山脉东部的七星岗，原来是一座远离城市的荒凉的小山岗，草木丛生，人迹罕至。可是今天，这里却聚集了一大群科学家和文物部门的行政官员。在山岗的顶部，一个5米见方的探坑已经挖到了3米的深度。几座帐篷搭在离深坑不远的地方，帐篷里设置着几台精密的仪器。汽油发电机"嗒嗒"地响着，荧光屏上脉冲波跳动，仪表板上红绿指示灯在闪烁，打印机不停地向外吐着印有一行行数字的资料。

"20厘米以下有异物。"

"地磁异常。"

"土壤电阻异常。"

全部探测结果都送到了守候在深坑边上的欧阳去非手上。

欧阳去非，这个近年来声誉鹊起，蜚声国内外的考古学家，今年35岁。他的身材很高，有1.8米，但是体格匀称，筋肉强健。脸庞略嫌瘦削，高额直鼻，浓眉薄唇，充满了男性的刚毅之气。特别是嘴角两条与年龄不相称的深深的皱纹，暗示出他经历过的坎坷岁月和由此而培养的坚强性格。

今天是欧阳去非生命中的一个重要日子，在七星岗上对古代蜀国蚕丛王的宝藏坑进行考古发掘，是完全根据他的建议而进行的。这项工作的成败，关系到他的信誉和学术前途。现在，这谜底已经快揭晓了。

几个技工在坑底继续挖掘。现在谁都可以看到土壤的颜色由黄色变成了棕色，土壤的质地由紧密变得疏松，其中还夹杂有一些碎陶片和炭屑。这意味着很多个世纪以前，有人曾经在这里挖掘过一个深坑，然后再将当时地表的土填了回去。

欧阳去非的心狂跳起来，他的推测是正确的吗？在半个世纪以来一直为世人所追求的蚕丛王的宝藏，真的就埋在这薄薄的土层下面吗？在这功败垂成的关头，他反而紧张得难以抑制自己了。

围在深坑边上的人群，也都看到了这一变化，他们都是内行。

这么多双敏锐的眼睛，都捕捉到了同一信息——一个震惊世界的发现，也许即将揭开帷幕了。

欧阳去非让挖土的技工都回到探坑上面去，他自己取过一柄轻巧的工兵铲，把坑底的土又刮掉了一层。现在他的信心更强了。长期的文物工作经验，使他锻炼出了一种第六感官，就像猎人接近了猎物，淘金者接近了金脉一样，他听到自己内心深处有一个声音轻轻地在提醒他："近了，你已经很靠近这个千古之谜了。"

于是他换上一柄小小的手铲，小心翼翼地刮去坑底的浮土。他先看到了土壤中沾染的绿色铜锈，然后又看到了一件铜器的一角。他抑制着内心的兴奋，屏住呼吸，利用毛刷和手铲，开始清除铜器周围的积土。从这瞬间开始，一切焦虑、疲乏和整个外部世界，在他的头脑中已经不再存在了。

两个小时以后，这件铜器的轮廓已经全部清除出来。它是一座高1.82米的青铜铸像，深目巨耳，面容凝重，戴高冠，着燕尾形长袍，赤足，左祍，站在一个高70厘米的镂花铜座上。一对镶嵌着黑宝石的眼睛，冷漠地瞪视着这陌生的世界。

围在探坑周围的科学家和官员们，全都被这意外的发现震住了。除了一片感叹唏嘘的声音以外，没有人能说出一句话来。还是欧阳去非最早恢复了理智。他迅速安排了人力，扩大探坑的范围，并且连日工作。到第二天傍晚，一件件的旷世奇珍逐渐暴露在人们惊愕的目光之下。这里面有20多件真人大小的青铜铸造人头像，表情各异，发式不一；有五六件高达90厘米，宽1.2米的巨型青铜面具；有两件高达3米多的青铜神树，树干上盘着一条龙，枝叶上悬着各种奇鸟怪兽；有一根长1.4米的黄金权杖，顶端装饰着青铜的鸟头；还有大量的金砖、金箔、宝石；有数不清的象牙……而这一切，都是中国考古学上从未发现过的新奇的文物。

当晚，从四川省政府到北京的国务院，全都知道了这一惊人的消息。于是武装警察迅速保护了现场，有关专家从全国各地赶来，各种测试工作加紧进行。

对宝藏坑所含的有机物标本的放射性碳元素测定和对陶片的热释光测定都证明这批文物的时代大约在公元前12世纪，相当于商代的末期，这确实与历史记载中蚕丛王活动的时代相一致。

一直到三个月以后，大致的情况已经明确，有关部门才在北京向中外记者举行了一次新闻发布会，会议主持人宣读了一项新闻公报。公报最后是这样结束的：

"四川兴汉县宝藏坑的发现，揭示了古代蜀国早已消失了的高度文明，证明川西是古代中国的另一文化中心。"

"宝藏坑所在的位置，是由青年考古学家欧阳去非确定的。根据他的推测，这仅仅是蜀国的蚕丛王埋宝的七个坑之一。除了1935年当地农民无意中发现的一个装满了玉器的坑和这次发掘的一个坑以外，估计还有另外五个宝藏坑，其位置都由欧阳去非精确测定，中国文物部门将在适当时候再加以发掘。"

"这批已经出土的文物和将要出土的文物，在科学上和艺术上的价值是无可估量的。"

新闻发布会结束以后，所有的人都围到了欧阳去非的身旁，向他表示祝贺，摄像机的闪光灯耀眼地亮着，祝贺的言辞从四面八方发出，有人拍着他的肩膀，有人使劲握住了他的手。但是在长达两年之久的艰苦奋斗以后，在这成功和荣誉的顶峰上，他对周围的一切似乎是视而不见，听而不闻了。他的心已经飞向了那遥远的异国，在他的眼前，又出现了一个美艳绝伦的姑娘的倩影。也许是在那天边，也许是在他的心灵深处，再一次响起了那令他刻骨铭心的微弱的歌声：

> 柠檬树是如此地美丽，
> 柠檬花是如此地芳香，
> 但是可怜的柠檬果啊，
> 却不能供人品尝。

于是在他的眼中闪着晶莹的泪光。周围的人又鼓起掌来，以为他是为这热烈的场面所感动。只有他自己，才知道这是他一生中最辛酸、最辛酸的眼泪了。

他有一种冲动，想告诉大家，为了替祖国保存这一处文化宝藏，他个人付出了何等惨痛的代价。

他的嘴唇翕动着，可是什么声音也没有发出。

因为这是一个无法讲述的故事，是一个只能长埋心底，随着他的死亡而随风飘散的故事……

1986年8月2日下午3时，美国纽约大都会博物馆。

在讲演厅里，面对数百名兴趣盎然的听众，欧阳去非正在作有关蜀国历史研究的报告。他那流利的英语，渊博的知识，潇洒的风度以及自然流露的幽默感博得了一次又一次的掌声。

一年以前，欧阳去非应位于安阿贝尔的密歇根大学人类学博物馆馆长马丁·怀特的邀请，作为访问学者来美做研究工作，由于他连续发表了几篇有见地的论文，引起了美国学术界的注意，所以这次大都会博物馆东方部主任舍逊夫人专门请他来做学术报告。

在概括地介绍了有关蜀国的历史资料和考古资料以后，欧阳去非说：

"蜀国最早的两个国王，一个叫蚕丛，一个叫鱼凫。有关这两个统治者的记载很少，所以唐代大诗人李白在《蜀道难》诗中写道：'蚕丛及鱼凫，开国何茫然。尔来四万八千岁，不与秦塞通人烟。'不过在四川的民间传说中，有关蚕丛宝藏的传说，却一直流传到现在。"

"据说在商代末期，天下大旱，当时统治四川的蚕丛王为了求雨，将自己的全部宝藏分埋在兴汉县七星岗的七个坑中，作为祭天的牺牲，并且将宝藏坑的位置刻在一块铜片上，以备自己的子孙必要时启用。但是3000年来，并没有人找到这些宝藏。"

"1935年，附近的农民无意中在山岗上挖到了一坑玉器，有圭、璋、璧、琮等，数量有三四百件，于是又引起了大家对这个问题的兴趣，都认为这就是蚕丛王埋下的七个宝藏坑之一。1937年，当时正在四川传教的、舍逊夫人的父亲菲伯斯牧师，就曾经前去调查，并且发表文章，断定这是一处重要的古遗址。1941年，美国的古董商人斯旺·杰克逊也曾经在这里发掘过，不过听说一无所获。"

"所以蚕丛王的大部分宝藏，至今还是深埋在地底，等待考古学家的锄头使它重见天日。我希望在下次访问美国时，能够把这方面的新发现再告诉诸位。"

演讲结束以后，舍逊夫人站起来，含笑说：

"我感激欧阳去非先生在今天的演讲中提到了先父。的确，他在四川传教20年，对七星岗的文化有深厚的感情。1937年他去调查时，曾经获得一块铜片，半个世纪以来，这件文物一直珍藏在我家中，作为先父在四川工作的纪念，从来没有给外人看过。现在我愿意送给欧阳先生，希望他带回中国去，让七星岗出土的文物重归故里。"

在热烈的掌声中，舍逊夫人双手递给欧阳去非一个扁平的紫檀木盒子。他打开一看，里面是一块长约20厘米的三角形薄铜片，看来是从另一块铜片上折下来的一只角。

尽管铜片上锈迹斑驳，但是仍然可以看出上面刻有一些图案。一个图形是圆圈，中央有一只三只脚的鸟。另一个则是大头巨耳、面目狰狞、口中含有一条蛇的神怪。在这两个图形上面，还刻有一个箭头。从铜片的锈色、图案的风格来看，欧阳去非立即断定这的确是一件珍贵的蜀国文物。

他知道美国知识分子的家庭是如何的看重传统，是如何的珍视家庭纪念品，所以他也知道这件礼物的分量，为舍逊夫人的深情厚谊所感动。

"谢谢你，舍逊夫人，我愿意将这件礼物作为美国人民对中国的友谊的象征来接受。"

舍逊夫人笑着，带着一种长辈的慈爱拥抱了他。

会议在这高潮中结束了，舍逊夫人陪同欧阳去非走出演讲厅，一个衣冠楚楚的老绅士正等在门外，一看见他俩，就急步迎上来说：

"先生，请允许我介绍自己，我是贾弗里博士，你的演讲真是十分出色。"

欧阳去非与他握手："谢谢你来参加，先生。"

这个人头发稀薄，脸上多骨少肉，肤色苍白。刮过的络腮胡在两颊留下一片青色。他的手潮湿冷滑，给人一种不愉快的感觉。

"欧阳先生，我有一个请求。"他说，"不知道你是不是可以让我看一下刚才舍逊夫人送你的礼物，我对蜀国文化的兴趣实在太大了。"

欧阳去非打开了木盒，当贾弗里看到铜片的形状以后，突然发出了一声惊呼。

出于一种本能，欧阳去非后退一步，并且关上了盒子。

"这……这真不可思议！"贾弗里控制住了自己，"我过去不知道在纽约市内就藏着一件七星岗的文物。欧阳先生，让我再仔细看一下那上面的图案好吗？"

这时，舍逊夫人给欧阳去非解了围。

"贾弗里先生，欧阳去非先生还要参加一个宴会，现在时间已经不多了，你最好另外约一个时间再谈，可以吗？"

"当然可以，当然可以！"贾弗里连声回答，"请问欧阳先生住在什么旅馆？"

"三十三街上的希尔顿。"又是舍逊夫人代欧阳去非做了回答。

当天晚上，欧阳去非回到旅馆内，已经是一点半钟了。虽然纽约真正的夜生活这时才刚刚开始，但是作为一个习惯遵守正常作息时间的中国人，在整整一天的紧张活动以后，还是感到有点劳累。这时他需要的是洗一个热水淋浴，然后睡上一觉。

刚进房间，就看见电话机上的红灯在闪烁，他知道这是有人留言的信号，于是接通了服务台。服务台的小姐告诉他，有位贾弗里先生已经来过好几次电话了，希望欧阳先生今晚无论如何要和他联系，有紧急事情商量。接着她告诉欧阳去非一个电话号码，欧阳去非习惯地掏出记事本，将它记下。

尽管很不情愿，欧阳去非还是拨了这个号码。铃声刚响，对方就拿起了听筒。

"哈啰，这是贾弗里。"

"我是欧阳去非。"

"啊，欧阳先生，谢谢你来电话。"贾弗里的声音很急促，"我想来拜访你一下，和你商量一件事，大约耽误你10分钟的时间，行吗？"

"现在？"欧阳去非不情愿地问。

"是的，假如你不介意的话。这事有点急。"

欧阳去非想了一下，明天他要参观几处纽约名胜，和哥伦比亚大学人类学系的研究生座谈，时间安排得十分紧凑，后天一早，就要动身回安阿贝尔了。看来要谈什么事，只有今晚合适一些。

"好，你来吧。"他在心里叹了一口气，只希望贾弗里不是一个太啰唆的人。

"谢谢，我的住处离你不远，半小时可以赶到。"

20多分钟刚过去，贾弗里就出现在欧阳去非的房间里。

"欧阳先生，我是一个中国艺术品的鉴定家，我有一个委托人，多年以来，一直热衷收藏蜀国的文物。过去我们并不知道舍逊夫人家里就藏有一件。今天下午在会上刚知道，可是她已经送给你了。我今晚来，是想代表我的委托人向你提出一个建议，他想收购这件文物。"

"收购？"这建议是欧阳去非意料之外的。

"是的，我的委托人可以出很高的价钱，譬如说，20万美元。"

欧阳去非不悦了："贾弗里先生，今天下午，你听得很清楚，我是把这件礼物作为友谊的象征来接受的，我不能出卖友谊。"

"可是这件事我们可以严格保密。"

"我有我为人处世的原则，先生。"欧阳去非严肃地说。

"如果是这样，你让我再看它一眼，拍摄一张照片，这应该可以吧？"

要是贾弗里刚来就提出这个要求，欧阳去非是会同意的，可是现在，他对贾弗里已经产生了反感，所以坚决地说："请原谅，先生。根据中国文物法令，任何中国文物必须先在国内发表，然后才将资料提供国外，而这件文物的所有权，现在已经属于中国了。"

"可是，我并不会拿照片去发表……我保证！"

"我实在难以遵命，先生。"

欧阳去非站起来，作出送客的姿态。

"欧阳先生，你是否需要再考虑一下？"贾弗里也站了起来。欧阳去非摇摇头说："我很遗憾。"

"我很抱歉！"

贾弗里有礼貌地鞠躬，走出了房间。

1986年8月3日夜11时，纽约查尔士街。

有时候，欧阳去非觉得自己有一点诗人的气质。

像现在这样，深夜，冒着凉爽的霏霏细雨独自一个人在异国陌生的城市里徜徉，就真有几分诗意。

欧阳去非一直想按自己的方式来认识一下纽约，可是舍逊夫人带着美国高效率的习惯，每天都将他的活动安排得满满的。一直到今天晚上，当他结束与研究生的座谈以后才抽空出来散散步。

不过在悠闲之中，一种不安的感觉始终没有离开过他。

为了去哥伦比亚大学参加正式的座谈，晚饭时他曾经回过一趟旅馆，换上西服。由于这次是短期旅行，所以他带的衣物很简单，全装在一个能够用衣架悬挂的拉链包里。不过当他取衣服时，却发现拉链包的锁已经被人扭坏了，所有的东西似乎被人翻动过。经过仔细检查，他发现并没有遗失什么东西。欧阳去非知道，全纽约一天不知要发生多少偷盗抢劫案件，像这种小事，就是惊动旅馆，也是没有意义的。他只有自己思索一下，这个非法的闯入者究竟是普通的小偷呢，还是另有目的。

在美国，他只是一个普通的访问学者，既不接触什么军事机密，也与政治无关，又没有什么财富，照理说，不应该引起什么人的觊觎之心。唯一引起他疑心的是昨天与贾弗里的一场邂逅。舍逊夫人送的铜片，就装在公文包里，今天一天也没离过身，现在还提在手上。难道贾弗里的委托人想得到这件表面上看来价值并不是很大的文物，重金购买不成，就不惜雇人偷盗？

不知不觉地，他离开旅馆已经很远了。这条街的两侧，全是高耸入云的摩天大厦，挂着各种大公司的招牌。现在办事人员全下班了，所以尽管门窗都被灯光照得雪亮，却阒无一人。正当欧阳去非走到一个巷子口时，忽然听到了一个女人窒息的叫声：

"Help，Help！"接着，叫声变成了中文，"救命！救命！"

如果说，一个女人的呼救已经使欧阳去非不能坐视不管，那么听到自己的同胞的呼救，更使他不能再有什么考虑了。他冲进巷子一看，一个身材高大的黑人，正扭住一个姑娘，一只蒲扇大的手掩住了她的嘴。

"放开她！"欧阳去非大喊一声。

黑人没有放手，反而拖着姑娘的手，向巷子深处跑去。欧阳去非穷追不舍，转了两个弯就到了一栋大厦的后面。这是一处小小的停车场，一面是高墙，一面是一人多高的铁丝网。路灯昏暗，气氛阴森。

就在欧阳去非快要追上的时候，那黑人突然把姑娘往地上一甩，猛地回过头来，摆开了迎击的架势。

与此同时，欧阳去非又听到身后有脚步声，而且来的不是一个人。他回头一看，两个彪形大汉已经截断了他的退路。其中一个肤色较深，鹰钩鼻，眼睛深凹，头发黑而直，用红手帕扎住，一望而知是意大利的移民。另一个是东方人，大块头，赤着上体，露出一身结实的肌肉。

三个人一言不发，带着恐怖的气息，成"品"字形包围了欧阳去非。从他们轻捷的步伐，胸有成竹的冷酷以及配合的默契来看，欧阳去非突然明白了，这并不是街头的市井无赖，他们都是受过技击训练的杀人高手，是纽约黑社会的精华。他们的目的虽然还不明确，但是自己想要善罢甘休显然是不可能了。

一场生死搏斗就在眼前。

就在这时，一个苍老的、亲切的声音，在他的耳边响起：

"克敌之道，心宜静，气宜沉；静若处子，动如脱兔；因势利导，后发制人！"

于是，欧阳去非仰天发出了一声长啸。随着这一声长啸，文质彬彬的学者气质已经从他身上消失，一种多年没有出现过的荒原的野性，重新控制了他的心灵。

1967年3月17日，中国四川邛崃县天台山。

这种深埋在欧阳去非心中的野性，是一种对邪恶的狂暴的仇恨。欧阳去非初次体会这种感情，是在1967年的春天……

在人的一生中，可怕的并不是打击，最令人难以忍受的是意外的打击。

从小学到中学，欧阳去非都是在顺利的环境中度过的。他是个独子，父母都是成都科学研究院的高级研究员，家境宽裕，备受钟爱。他自己一直是好孩子、三好学生。他相信老师教导的每一句话，他相信生活的社会，就像花园似的纯洁和美好。1966年秋天，一夜之间，他的父母都被抓了。

欧阳去非白天和一群小孩子在街上闲逛，晚上就在家里过夜。他经常回研究院去，想看看爸爸妈妈，可是每一次都被一个绰号"蛮牛"的人乱棍打出来。几个月后，终于有一个好心人悄悄告诉他，用不着再为爸爸妈妈操心了，因为爸爸和妈妈去了遥远的地方再也见不到了。

欧阳去非狂奔到研究院，一头闯进看守室。蛮牛和几个小爪牙正在玩牌，还没有回过神来，欧阳去非狂叫一声，就把他扑倒在地，一口咬在他脸上。这时的欧阳去非已经完全丧失了理智，被一种复仇的疯狂支配，一直到别人把他打得昏死过去，才把他从蛮牛身上拖下来，可是他的嘴里，还是牢牢地咬住从蛮牛脸上撕下的一块肉。

蛮牛他们要召开公审大会，将欧阳去非明正典刑，予以枪决。幸而欧阳去非的几个朋友还讲义气，当天晚上，他们从气窗翻进囚室，将欧阳去非救了出去。

欧阳去非在成都已经无法立足，于是逃到了邛崃。过了几天，当地贴出了通缉令，欧阳去非只得又向乡下逃。他也没有一个目的，只选人少的地方走，最后稀里糊涂就上了天台山。

天台山是川南胜境，历史上与峨眉山、青城山并列，同为天下名山。森林茂密，鸟兽繁衍；悬泉飞瀑，空山传响；熔岩怪石，风景奇佳。自唐宋以来，灵寺古刹有数十处，但是近百年来，全部已毁于兵燹，不过在荒烟蔓草之中，偶尔可以看到经幢和殿台的遗迹。当人世间熙熙攘攘时，这山上反而一片宁静，山茶花嫣红，苍松青翠，另是一个天地。

欧阳去非已经两天没有吃饭了。他饥寒交迫，神志不清，就像一头被猎犬追捕的野兽似的，本能地往山上爬。最后，他终于上了天台山的绝顶——玉霄峰。这里山高气清，群峦俯伏。越往上走，天气越冷，最后开始降雪了。

欧阳去非的体力消耗已经到了极限，他精疲力竭了。看见不远处有一块平坦的大石头，他想爬过去，在大石上躺下，让大雪把自己覆盖起来，让自己永远离开这人世。

当爬近大石时，他迷乱的眼光才看见那上面已经坐了一个人。这是一个光着头的老人，穿着一件宽大的长袍，正在闭目盘膝而坐。他那恬静、慈祥的面容，与欧阳去非见惯了的残忍麻木的表情成了一个强烈的对比。

即使是在生死的边缘，欧阳去非也注意到了一件不同寻常的事。从大石周围堆积的雪来看，老人已经在这里坐很久了，可是他的头顶上和衣服上，却没有一丝雪花。纷飞的大雪，在落到他身体附近时，就像被一层看不见的热力融化一样，消失不见了。

"老爷爷……"欧阳去非微弱地叫了一声，便昏死过去。

等到他苏醒时，他已经被裹在一床棉絮中，睡在一间小茅棚里。温暖的火光，在他面前活跃地跳动着。那个老人手里捧着一碗热气腾腾的玉米粥，正守候在他的身边。一双清澈如水的智慧目光，和蔼地看着他。

"吃吧，孩子，你是饿坏了。"

欧阳去非感到的是一种难忍的饥饿。他顾不得多说什么，接过碗便狼吞虎咽地吃起来。一碗热粥下肚，他感到不但身体有了暖意，就连头脑也清醒了不少。

"孩子，你是什么人？怎么会一个人上山来的？"老人问道。

于是半年以来，欧阳去非第一次哭出声来。他哭了很久，最后才断断续续地讲出了自己的遭遇。

老人耐心地听着。等到欧阳去非讲完以后，他才沉重地叹了一口气道："可怜！可怜！孩子，以后你怎么办呢？"

"我要报仇，我要杀了那些坏人！"

老人摇摇头说："你的冤仇并不是杀几个人能够报的。当然，这道理你现在还不懂，但是你将来会懂的。你在大难之中遇到了我，也算是缘分。如果你愿意，就跟我暂时住下来吧。"

欧阳去非福至心灵，挣扎着下床来磕了三个头，把头埋在老人怀里，又痛哭起来。

于是欧阳去非就在这与世隔绝的深山里生活下来。老人很少谈自己的事。日子长了，欧阳去非只知道他生活在鹤鸣山。1960年代，山院被毁，他只身生活在深山，想不到无意中救了欧阳去非一条生命。

他少时在峨眉山，精通佛学、医术和武术，内外功都已臻化境。自从收留欧阳去非以后，就精心相授。欧阳去非天赋很高，又被一股强烈的复仇怒火所鼓舞，所以学习进展很快。他每日四更起床，练气功，扎桩步，上午习技击，下午读经书。老人武学渊博，不拘门户之见，将各家武术的优点熔于一炉，而以克敌致用为原则。所以欧阳去非学艺的时间虽然不长，但是颇得南北各家武术的精髓。特别是接受教育熏陶以后，欧阳去非克服了浮躁之气，能沉着冷静地处理一切意外事件，所以老人对他的教育的意义是深远的。

老人偶尔下山，利用中草药为邻近的乡民治病，得一点微薄的布施买些最必需的日用品，如盐巴衣服鞋袜之类。师徒俩又在山后无人之处开了几亩荒地，种上点红苕、玉米，再加上采集的山果、竹笋、蘑菇，倒也可以维持生活。

1972年，老人病故。欧阳去非大哭一场，将老人的遗体和茅棚一起火化了，然后一个人下山，回到成都。他上山时还是一个体格单薄、幼稚冲动的少年，这时已经是一个刚毅沉着的青年了。

欧阳去非回到研究院，发现五年之中，形势已经有了相当大的变化。蛮牛已经在第二年夏天成都的大武斗中被打死。那些乳臭未干的小爪牙，一个个叫苦连天，再无一点豪情。现在再去记恨他们，显然毫无意义。欧阳去非见此情景，才回忆起老人讲过的话，打消了复仇的念头。

这时候单位的领导小组又换了人，总算还承认他是研究院的家属，于是拨了一间小房子给他住，还发还了一点他父母的衣物书籍。欧阳去非白天在火车站当搬运工谋生，晚上关门读历史书。1977年，他终于考上了大学的历史系，学习考古专业。

1986年8月3日夜11时30分，美国纽约无名小巷的停车场里。

正面的黑人出手攻击了。

看来这个人受过良好的拳击训练，他向欧阳去非的下颌打出一拳，力道十足，虎虎生风。欧阳去非屹立不动，待到拳头逼近脸庞时，用右手往外一挡，卸去了打击的力量，自己的身体不退反进，抢到黑人跟前，提着公文包的左手一曲，一肘结结实实地撞在黑人胃部上方的巨阙穴上。这巨阙穴是一丛敏感的神经交汇点，在中国武术中属于致命的要穴，那黑人只闷哼了一声，便倒在地上不动了。

就在欧阳去非纵进一步时，他的颈后一阵疾风掠过，实际上，他是躲过了那东方人从后面踢过来的一脚。欧阳去非蓦地转身，把公文包往失去知觉的黑人身旁一扔，刚好接过那意大利人暴风骤雨似的一轮猛攻。这人无疑是一个泰拳高手，出手如闪电，膝碰肘击，挖眼撩阴，招招是狠毒的打法。他的同伴则时时跃起空中，使出连环腿不停地踢向欧阳去非的头部，这显然是空手道的真传。

欧阳去非骤遇强敌，临危不乱。他知道缠斗下去对自己不利，只有伺机反击，痛下杀手，才能出敌不意地制服对手。他脚踏八卦步，上身如风摆杨柳，以毫秒之差躲过了几着险招，突然一旋身，闪到了意大利人的侧面，利用他的身躯挡住了另一个袭击者。这杀手一掌横扫过来，欧阳去非举手一格，在他缩手以前，迅速抓住了他的四个手指，使劲往下一扳，意大利人痛得叫出声来，身子不由自主弯了下去。欧阳去非一脚踢中他的小腹，这大汉被踢得腾空而起，仰面跌在地上，再也爬不起来了。

那东方人见两个同伴都已失利，知道这个中国人不好对付，伸手在牛仔裤口袋中掏出了一把弹簧刀，铮然一声，锐利的刀尖弹出，猛刺欧阳去非胸部。欧阳去非侧身一躲，伸手抓住了他的手腕，食指准确地扣在他腕侧的列缺穴上，使劲一按，这人只觉得手腕一麻，尖刀"当啷"一声掉在地上。欧阳去非恨他行凶，用另一只手托住他的手臂，往上一抬，只听得"咔嚓"一响，他的肩关节已经脱臼。还没等他回过神来，欧阳去非已经一掌劈中了他颈侧的扶突穴，这是脑部供氧的大动脉所在地，这个部位受到打击，就是一条公牛也承受不了的。于是，他就像一个麻袋似的倒下去了。

等到确定周围再也没有人埋伏以后，欧阳去非才拾起公文包，走过去扶起一直吓得躲在一旁簌簌发抖的姑娘。

即使这姑娘还没有从震惊之中恢复，欧阳去非也发现她长得出奇的美。身材修长，窈窕适度，瓜子脸，眼睛深而大，长长的睫毛如同黑蛾翅膀似的在上面闪动。鼻子很高，这在东方人中很少见。她的嘴唇丰满，看起来似乎略微嫌厚一点，但是因此而特别具有吸引力。一口整齐的贝齿在灯下熠熠发光。秀发垂肩，在黑色中似乎带有一种琥珀的光泽。她的穿着很简单，一条牛仔裤，一件无领的T恤衫，露出线条优雅的颈部，那上面戴有一条很细的带十字架的金项链。

"你没有受伤吧？"欧阳去非问她。

"没有。"姑娘的声音低得几乎听不到。

"他们为什么要抓你？"

"不知道。也许是抢钱，也许是……"

“你住在哪里？我送你回去吧。”

“枫林饭店。离这儿不远。”

“你不是本地人？”

“不，我是来办事的，我在底特律工作。”

“你叫什么名字？”

“梅琪。”

1986年8月4日，西北航空公司504班机上。

尽管回到旅馆的途中，再也没有发生什么意外，但是梅琪余悸未消，不愿意一个人再在纽约待下去。当她知道欧阳去非将于次日回安阿贝尔时，就请求和他一起走。因为安阿贝尔是一座靠近底特律的小城，空中交通要由底特律机场转。

在飞机上，梅琪将自己的经历告诉了欧阳去非。她是第二代美籍华人，父母去世很早，唯一的亲人是一个弟弟，现在在洛杉矶上大学。为了支付弟弟的生活费和学费，梅琪没有上完大学就参加了工作，在底特律一家化妆品公司当推销员。

空中小姐送饮料来了。欧阳去非将随身携带的公文包平放在膝上，放下了前面的茶几板。梅琪建议道：“为什么不把公文包放到行李架上去呢？这样可以坐得更舒服一些。”

欧阳去非说：“这样我放心一些。”

“这里面有贵重的东西？”

“有一件别人送我的文物。说不上贵重，但是似乎有人想得到它。”

于是他将舍逊夫人如何捐献铜片，贾弗里当晚如何来收买以及有人闯进他的房间搜查了他的衣物等等这两天发生的事全告诉了梅琪。梅琪听完以后，脸上露出了惊恐的表情。

"尽管你会武功，可是美国的黑社会你是惹不起的。卖掉它算了吧。20万元也不是一个小数目。"

"民族的传统是不能用金钱换取的。"

"可这只是一块小铜片！"

"让我解释一下，"欧阳去非说，"民族并不是单纯指一群人，更多的是指一种文化和与这文化联系的自我意识。而文化，是通过文字、实物、口头传说、风俗习惯等传下来的。这块铜片虽小，是祖先的创造，是中华民族文化宝藏的一部分。"

梅琪沉默了："在美国，我从来没有听见有人讲这样的话。从国籍来看，我是美国人；不过从民族来看，我也属于中华民族。可是我却丧失了这种自我意识。"

"我没有批评你的意思。"

"你不用解释，我只觉得你的话有道理，它使我联想起很多事情。"梅琪转移了话题，"还是谈谈这铜片吧，如果它并不贵重，为什么贾弗里的委托人这么想得到它？"

"这正是使我困惑的地方。他知道铜片的真正价值，而我并不知道。"

"那你想怎么办呢？"

"研究它，找到它的奥秘。"

"祝你好运！"

"谢谢！"

飞机降落以后，两人乘坐穿梭巴士来到长期停车场，准备各人开自己的车回家。

"你总得留个电话号码给我，让我有机会感谢你的救命之恩。"当欧阳去非与梅琪说再见时，她说。

"那件事情不必提了，"欧阳去非说，"我也希望以后与你联系。我的号码是……"

他掏出记事本来，看了一眼才说："313-747-1995。"

"我的号码是313-831-6123。"

欧阳去非用笔记下。

"连个电话号码也记不住？"梅琪噘起嘴抱怨道。

"抱歉，我在记忆数字方面简直是个白痴，这也许是我不敢学习自然科学的原因。"欧阳去非说，"何况在美国，有那么多的数字需要记忆：社会保险号码，银行24小时取款密码，健身房衣物柜开锁密码，电子计算机使用密码，再加上数不清的电话号码。"

"老实人！"梅琪说，"要是换一个男人，就会说：'即使我记不住自己的生日，也能记住你的电话号码。'你连句讨好姑娘的客气话也不会说。"

"以后我会登门求教的。"

"你已经变得不老实了，再见！"

"再见！"

在归途中，当欧阳去非开着1982年的雷诺车在95号高速公路上奔驰时，他发现自己心里产生了一种从来没有体验过的感情。他已经过了而立之年，不算年轻了，但是还没谈过恋爱。他与无尘大师在深山相处五年，习惯了淡泊的生活；佛家的教义又使他将克制男女之间的欲望看成一种道德上的修养。由于他的英俊、壮健和才能，从大学到工作岗位，也有几个姑娘主动地向他表示过好感，但是都被他拒绝了。而现在，他却无法驱除头脑中梅琪美丽的形象。他回忆着这个姑娘所讲过的每一句话，重温着她脸上的每一种表情，他的心中充满了温馨和幸福。他是如此地沉醉在自己的遐想之中，以致两次换车道时都忘了打转弯灯，引起了后面的车流一阵愤怒的喇叭声。

1986年8月11日深夜，安阿贝尔欧阳去非的寓所。

一周过去了，梅琪并没有打电话来。欧阳去非对她的思念在与日俱增。

有好几次，他拿起了电话，想拨那个现在他已经记熟了的号码，可是最终还是下不了决心。他是一个高傲的人，从来没有主动给女孩子打过电话。他在道德上也很拘谨，害怕给对方留下一个纠缠不休、邀功图报的印象。

然而这种思念，却是难以忍受的，他只有借工作来麻醉自己。

他是从两方面对那铜片进行研究的：一方面，他广泛地从整个中国南方的神话系统中收集资料，力图正确解释铜片上图形的意义；另一方面，他又对30年代到40年代外国人在七星岗进行考古发掘和调查的细节作了详细的调查。他相信这两者之间，是有某种内在联系的。

对中国国内的资料，欧阳去非本来就很熟悉，但是他知道近一个世纪以来，有很多宝贵的研究资料已经流传到了国外。所以，他利用密歇根大学的计算机网络系统，对美国各大图书馆和博物馆的中国藏品，逐一进行检索。这是一件很繁重的工作。欧阳去非每天要在荧光屏前坐十几小时，一直到两眼酸痛，不能分辨屏幕上的文字为止。

辛勤的劳动终于有了初步的结果。他发现在华盛顿的美国国家档案局和弗利尔美术馆，都有他感兴趣的资料，于是通过怀特馆长的协助发出了借阅照片的申请。

每天深夜，当他回到自己那陈列简单的公寓时，孤寂的感觉就沉重地压在他的心中。欧阳去非在学校里有很多朋友，但是在这一段时间，他谢绝了一切社交活动，执拗地不与任何人联系。他所等待的只是一个声音，一个在他看来是世界上最甜美的声音。

他可以呆呆地守候在那白色的电话机旁，一坐就是一两个小时。

可是电话机一直是沉默的。

他已经害怕那孤寂，害怕那沉默，所以今天晚上，他回来得更迟，时间已经过了半夜。还在门外时，他就听到了电话铃声。一种预感使他手忙脚乱起来，换了两次钥匙才把门打开。他几乎是扑过去抓起听筒的。

"哈啰，我是欧阳。"

"哈啰，我是梅琪。"

欧阳去非闭上了眼睛。千言万语一齐涌来，他一时说不出话了。

"喂，你为什么不说话，是不是时间太晚，我打扰你了？"

梅琪的声音中充满了犹豫。

"不是，不是，我刚回来。"欧阳去非急忙说，"你好吗？"

"我还好，你呢？"

"我一直在等你的电话。"

欧阳去非笑了，一周以来，这是他第一次笑。

"如果我知道你在等，我会给你打电话的。"

电话里沉默了一会儿。

"你为什么也不说话了？"

"这个周末，到我家来玩玩，好吗？"梅琪轻声说。

1986年8月15日，底特律梅琪的寓所。

梅琪的寓所在森林街，靠近黑人区。在邻近的街区，20世纪60年代黑人暴动时焚毁的房屋还没有重建，残垣断壁，一片凄凉残破的景象。街上行人稀少，只有三五成群的无业黑人，聚集在小酒吧的前面，带着愤懑不平的眼光看着来往的车辆。对于一个单身姑娘来说，这里并不是理想的住所。

梅琪住在一栋陈旧的住宅的二楼。当欧阳去非轻轻地敲开她的房门时，他发现梅琪今天穿着一件红白相间的衬衣，长长的秀发用一根缎带系在脑后，薄施粉黛，越发显得光艳逼人。

"大学者光临，欢迎！欢迎！"

这套房间很小，仅仅有一间寝室和一间起居室。室内布置得寒碜也使欧阳去非感到意外，除了一幅基督钉在十字架上的受难图以外，四壁没有任何装饰。照理说，在美国任何一个有正当经济收入的人都不应该过这样窘迫的生活。这时他忽然想起梅琪讲过她要负担弟弟的学费和生活费，不由对这善良的姑娘产生了深深的同情。

欧阳去非为她带来了一盆鲜花。梅琪高兴得叫起来，将它放在窗台上最醒目的地方，可是，又叮咛道：

"美国买花很贵，以后别这样干了，好吗？"

这一句体贴的话，立刻消去了欧阳去非的一切拘束。他笑着坐下来，梅琪沏了一壶乌龙茶，用小小的宜兴陶杯，请欧阳去非喝茶。

"告诉我，你是怎么学得一身武功的？过去我以为考古学家全是戴深度眼镜的老学究呢。"梅琪好奇地问。

于是，欧阳去非将自己少年时代的遭遇告诉她。当讲到自己父母双亡，流落他乡，九死一生，备尝艰苦时，梅琪眼中噙满了泪水。

"我们都是苦命的人。"她喃喃地说。

"梅琪，如果过去有什么不愉快的事，就忘记了吧。"欧阳去非安慰她，"现在我们俩在一起不是一切都很好吗？"

"是的，现在一切都很好。"梅琪强作欢颜，"大学者，你的研究工作进展得怎样了？铜片的谜解开了吗？"

"有一点初步的设想。"

"可以告诉我吗？"

"我的初步想法是，这小铜片上的图形，实际上是一种方位标志。它是从一块大铜片上断裂下来的，那么那块大铜片上，可能刻着一幅地图。地图离开了方位标志，当然没有意义，但是光有方位标志而没有具体的地图，这也是毫无用处的。这究竟是一幅什么地图？是不是蚕丛王的宝藏图？贾弗里的委托人那样急于要得到这块铜片，是不是因为他已经掌握了这份地图？这一切现在我还弄不清楚。"

"你已经知道那方位了吗？"

"现在还没有。古代的蜀国没有文字，他们是用神怪和自然现象的象征来表达意义的。不过当我需要的参考资料全部借到以后，我想我就会有所突破了。"

"如果你的推测是正确的，如果贾弗里的委托人真正不择手段想得到那铜片，你一定注意它的安全才行。"

"这一点我已经考虑到了。我只在办公室研究它，每次离开办公室都将它锁在保险柜里。开保险柜的密码是我新换的，只有我一个人知道。"

"你还是小心一点好。我再说一遍，在美国，什么事都是可能发生的。"

"我想纽约的那三位先生，不会再有勇气来找我了。"

刚说完这句话，欧阳去非就后悔了。看来梅琪那次受的刺激太深，一提到那可怕的夜晚，她的脸上立刻蒙上了一层阴影。

"如果那天晚上你出了什么事，我是不能原谅我自己的，因为这都是我引起的。"

"请不要这样说，我不能见死不救。"

"你是个侠客。有你保护我，以后我什么也不怕了。"梅琪笑了。

欧阳去非看到沙发旁放着一把吉他，故意说："那么给侠客一点犒赏吧。"

"你要什么犒赏？"

"为我唱首歌。"

梅琪迟疑了一下："我从来没有为别人唱过歌，但你是例外。"

她拿起吉他，不好意思地笑笑："歌名叫《柠檬树》。"

她弹起了前奏，然后在和弦的伴奏下，轻轻唱了起来。她的嗓音十分圆润，十分动听。

> 当我年方10岁时，
>
> 父亲对我说，
>
> "过来学习一点知识吧，
>
> 向这可爱的柠檬树。
>
> 孩子，不要相信什么爱情，
>
> 因为你会发现，
>
> 爱情就像一棵柠檬树！"

接着，她唱道，这孩子长大以后，遇到了一位美丽的姑娘。他们躺在柠檬树下谈情说爱，孩子将父亲的教导忘到九霄云外。最后，这姑娘离他而去，投入了别人的怀抱，为他留下的只是一片空虚和黑暗。于是孩子回忆起了父亲的话，他伤心的结论就是：

> 柠檬树是如此的美丽，
>
> 柠檬树是如此的芳香，
>
> 但是可怜的柠檬果啊，
>
> 却不能给人品尝。

当唱到最后一句时，梅琪是如此的动情，表现出真挚的悲哀，这使欧阳去非内心感到一阵刺痛。他忍不住轻轻地搂住了她："梅琪，梅琪，为什么你要唱这支歌？爱情之果一定是甜蜜的，不会是酸涩的。"

梅琪摇摇头："欧阳，我的命运，已经被天主安排好了。命运是不能抗拒的。"

欧阳去非说："梅琪，我们任何一个人的命运，都应该由我们自己创造。如果你愿意，我可以和你一起，分担一切人世的忧患。"

梅琪把头埋在他的胸前，做梦似的说："欧阳，你的胸膛好坚实，我能依靠在你身上，我感到好幸福！欧阳，安排一个时间吧，让我们离开尘世，离开一切可怕的事，舒舒服服地过上两天，我就满足了。"

欧阳去非低下头，把自己第一个吻，纯洁的吻，献给了她。

1986年9月8日，密歇根州熊湖之畔。

北密歇根州的秋天是迷人的。漫山遍野的枫树、槭树、栗树、白杨树、杉树，用它们那金黄、红橙、淡紫、碧绿的叶片把山谷和丘陵点缀得色彩斑斓，气象万千。大大小小的清澈的湖泊，像一面面的镜子，反映着如洗的碧空和流动的白云。这正是过野外生活的黄金季节，所以湖面上游艇如梭，高速公路上拖着活动房屋的汽车一辆接着一辆地驶过。

欧阳去非和梅琪在熊湖旁边的山顶上搭起了帐篷。这里周围都是参天的古木，绿茵铺地，藤萝低垂，人迹罕至。唯一的缺点是附近没有水源，每次提水都要到湖边去。但是他们喜欢清静，所以决定在这里待下来。

两天狂喜的日子就这样开始了。白天，他们在湖边钓鱼，在林中采蘑菇、浆果，在树荫下野餐，在山林中奔跑。晚上，他们裹着毛毯，仰卧在星空下，由欧阳去非讲《聊斋志异》里的故事给梅琪听，这都是来自梅琪故土的、另一个时代的故事，主角是善良的狐仙、多情的书生。梅琪听得津津有味，总是缠着欧阳去非一个接着一个地讲下去。

在这两天里，梅琪玩得好高兴哟，她兴奋得就像一个孩子一样。为了钓取一条大鲑鱼，她自己被拖进了湖里，因为贪图浆果好吃，她的嘴唇和前胸都被染成了紫色，她不断地发出银铃似的笑声，不断地想出新的游戏方法。她似乎在贪婪地享受着每一分钟，每一秒钟。

曾经有几次，欧阳去非想正式和她谈一谈今后生活的安排，谈一谈工作的计划，因为他一年访问学者的期限已满，回国的日子已经不远了。但是每到这种时候，梅琪总是恳求他："回到底特律以后，我会把一切事情都和你商量的。但是在这里，让我们忘记一切。我不要过去，不要未来，我只要现在！"

并不是她的语言，而是她那种凄凉的表情，使欧阳去非不能再坚持自己的意见。

时间很快就到了第二天的傍晚。夕阳西下，彩霞满天，又是晚炊的时候了。欧阳去非在帐篷前面点起了一堆篝火。

"梅琪，晚餐的食谱是什么？"

"清炖鱼汤！"梅琪笑眯眯地说。

她在火堆上绑了一个三角形的木架，把铁锅挂在木架上，开始烧水。

"100多年以前，这里的印第安人就是这样过日子的，丈夫提水，妻子煮鱼汤。"

梅琪将空了的水桶递过来说："那么就做个好丈夫，去提一桶水来吧。我会煮一碗鲜美的鱼汤等着你，就像一个好妻子！"

夕阳照在梅琪脸上，娇羞更加增添了她的妩媚。欧阳去非忍不住将她拥抱在怀里。

"我爱你，梅琪！"

"我也爱你，欧阳！"

"等着我，我马上就回来。"

"我等你。"

欧阳去非恋恋不舍地放开她，提着水桶走下山去。他在湖边汲了满满一桶水，然后再爬上山。因为怕水淌出来，他走得很慢，很仔细。回味着这两天梦幻似的日子，他的脸上始终留着幸福的笑容。一步步地，他很快接近山顶了，这里树木比较稀疏，他可以看到帐篷，看到篝火。然而就在这时，他突然站住了。

什么事情不大对劲。

欧阳去非放下水桶，轻轻地藏在一棵树干后面，细心地观察着营地。

梅琪没在火边。

铁锅仍然挂在那里，可是火已经快熄了，只剩下一缕轻烟袅袅上升。

他的耳边响起了梅琪的声音："我会煮一碗鲜美的鱼汤等着你，就像一个好妻子！"

如果梅琪答应这样做，她会这样做的。现在她没有煮鱼汤，那就一定出了什么事。

欧阳去非更小心了，目光一寸一寸地搜索着帐篷附近的可疑迹象。他先看见帐篷的门缝中伸出的枪管中冒出的火光，然后听到了枪声，子弹打在他头侧的树干上，撕下一片树皮。

"梅琪！"他高叫一声。

没有人答应。

荒原的野性再度控制了他。他就像一头愤怒的老虎，猛地向帐篷冲了过去。他不知道敌人有多少人，他也明白自己是手无寸铁，扑向黑黑的枪口，但是一想到梅琪正处于危险之中，他就别无选择。

再也没有人对他开枪。欧阳去非三步两纵就到了帐篷前面，一把掀开帐篷门，只见梅琪嘴被一块胶布封住，手脚被绑，躺在地上。帐篷的后壁被刀划破了一条长口子，敌人是从那儿逃跑了。

"梅琪，你没事吧？"欧阳去非顾不得追敌人，急忙解开她的捆索。

梅琪摇摇头，突然紧紧地、几乎是用她全部生命的力量抱住了欧阳去非，然后泪如雨下。

1986年9月9日，密歇根大学人类学博物馆。

欧阳去非把车驶入博物馆停车场时，已经快中午了。

昨夜他护送梅琪回到底特律寓所以后，由于梅琪一直处在高度的惊恐状态中，而且开始发烧，所以他不得不留在那里，一个通宵守候着她。今天早晨，梅琪的精神已经安定了一些，他请梅琪的房东米尔斯太太陪着她，这才急忙驱车回到安阿贝尔。

对于在宿营地遭受袭击的原因，梅琪提供不出更多的情况。她在煮鱼汤时受到两个蒙面持枪的人的劫持，就被拖到帐篷里捆绑起来，以后吓得昏了过去。欧阳去非直觉地感到可能与那铜片有关。十分明显，袭击者的目的并不想伤人，否则他和梅琪都性命难保。那么他们为什么匆匆而来，又匆匆而去呢？他们的目的达到了吗？想到这一点，欧阳去非十分为那铜片担心，所以他回到安阿贝尔以后没有回寓所，而是直接到了博物馆。

刚进大门，一个黑人警卫就追上来，神色似乎有点紧张。

"欧阳先生，我们找了你一上午。怀特先生请你马上到他办公室去一趟。"

当欧阳去非走进馆长办公室时，怀特连寒暄也来不及，马上就说：

"欧阳先生，据夜间警卫报告，昨夜有人从窗口爬进了博物馆。我们检查了一次，发现只有你的办公室的门被撬开了。请你快去看看遗失了什么东西没有？"

欧阳去非回到办公室，先察看了书桌、书架，一切都是原来的样子。他取出记事本，按号码打开了保险箱，他立刻发现保存在里面的铜片不见了。

像受到一次雷击一样，在几秒钟之内，欧阳去非丧失了思维的能力。接着，他竭力让自己安静下来，想一想这事的前因后果。

窃贼一定是事先知道铜片是藏在保险箱里的，而且知道正确的号码，所以才能开箱。因为保险箱是最先进的产品，装有遥感报警系统，震动、受热或者乱旋号码，都会引起反响。

那么除了欧阳去非本人以外，还有谁知道这个秘密呢？

一个可怕的想法攫住了他。梅琪，只有梅琪才知道铜片藏在这里；只有梅琪才知道他有将密码记在记事本上的习惯；也只有梅琪，才能在两天野营生活中，轻而易举地偷看到这个记事本。

沿着这条思路追溯下去，欧阳去非回忆了他们相识的经过。那天晚上在纽约遭受袭击时，梅琪是用中文呼救的，她怎么知道邻近会有一个中国人？

所以，这一切全是有预先安排的。在搜查旅馆一无所获后，有人就利用梅琪作诱饵，将欧阳去非引到停车场去。真正的目的，是想抢欧阳去非公文包中的铜片。

昨天晚上，梅琪为什么不让他走？这是为了拖住他，让窃贼更有机会下手。

好一个深谋远虑的、完整的阴谋！

为了证实自己的猜想，他往梅琪的寓所打了一个电话。

果然不出他所料，接电话的是米尔斯太太。

"我是欧阳，梅琪在吗？"

"啊，欧阳先生，我正想给你打电话呢，梅琪忽然走了。"

"走了？"

"是的，她退了房子，搬走了。"

"她一个人走的吗？"

"不是，有两个男人把她接走的。"

"你知道她搬到什么地方去了吗？"

"不知道。我问过她以后将她的信件转到什么地方去，她说找到新住处后再告诉我。"

欧阳去非放下了电话。

他觉得感情上受到了极大的伤害，极大的侮辱。当他为梅琪付出一片真情时，梅琪却一直玩弄他，欺骗他。那么多的花言巧语，那么多的柔情蜜意，原来都是假的！

他在心里默念着：梅琪，如果你需要那铜片，你就拿走吧！如果你需要我的生命，你也拿去吧！可是你却不能这样对待我的爱情，我一生中唯一的爱情。

就像万把尖刀在剜着他的心窝一样，他发出了痛苦的呻吟。于是慢慢地，怒火在欧阳去非心中升起。他们掠夺了他，更主要的是，他们侮辱了他。他是一个外国人，无钱无势，孤立寡援，对黑社会的情况一无所知，但是他既然已经被逼得无路可走，就只有决一死战。

对方挑起了这场战争，而且按他们的方式进行了这一战争，从今以后，他也要继续这场战争，而且按自己的方式去继续这场战争。

"怎么样了，欧阳先生，你的脸色不好，是不是不舒服了？"不知什么时候，怀特出现在门口，关心地问。

"没什么，也许是累了。"

"遗失了什么东西吗？"

"一件个人的纪念品。"

"真的？"怀特先生吃惊了，"要报警吗？"

"不必要。"

"为什么不报警？"

"我想我自己可以找到它！"

1986年9月11日，安阿贝尔欧阳去非的寓所。

欧阳去非已经静静地在书桌前坐了12小时。

两套照片放在他的面前：一套是弗利尔美术馆寄来的战国时代楚缯书的红外线摄影照片；另一套是中国国家档案馆寄来的中国四川兴汉县的航测照片，这是1942年由美国陈纳德将军领导的第十四航空大队（飞虎队）所摄制的。

这就是他去信索取的资料，今天上午才收到。整整12小时，他没有挪动一下身体，高度集中注意力对它们进行了研究。他知道，要想找回铜片，首先必须正确理解铜片上的图形所带来的信息，推测敌人一定要获得这铜片的真正原因。现在这铜片虽然不在手边，但是由于他曾经多次仔细观察过，所以那上面的一切细节都能记得清楚，可以与照片上的资料相对照。

楚国的缯书是1938年在湖南长沙出土的，这是一方38厘米高、46厘米宽的丝织品（缯），中央写有700多字，记载了有关楚国神灵、天文、历法的传说。四周有彩色绘制的图画，代表四时、方位的神怪。这是研究楚国文化最重要的资料。出土以后不久，就被卖到了美国，先存于耶鲁大学图书馆，以后又被弗利尔美术馆所收购。由于年代久远，缯书上的部分绘画的文字已经漫漶褪色，看不清楚，为研究工作带来不少困难。最近欧阳去非听说弗利尔美术馆利用红外线摄影，得到了比较清晰的照片，所以才写信去索取。

兴汉县的照片一共50张，全部放得很大。欧阳去非找到了七星岗所在的那一张，用放大镜观察，发现地面直径5米以上的东西，基本上都可以分辨清楚。

在12个小时艰苦的工作以后，欧阳去非终于从疲乏中抬起头来，相信自己已经得到了最终的结论。

他感觉到饥饿难忍，全身乏力。但是现在已经没有时间休息，前面还有太多的事要做。

他打开冰箱，取出一些三明治和牛奶，饱餐了一顿。然后到浴室里打开热水管，舒舒服服冲了一个淋浴，换上干净的衣服。

他回到寝室，在地毯上盘膝坐下，闭目养神。他按照无尘大师传授给他的秘法，神守丹田，运气周天，一股暖流缓缓地流过他的全身经络，带走了疲劳，驱除了烦躁。

等到一套气功练完以后，他又感到神明气新，精力充沛，这才回到书桌前，考虑下一步的行动计划。

他思索了很久，推敲了每一个细节。他知道自己是在进行一场生死大赌，任何一个环节的失误都会导致灭亡。但是在目前的处境下，他已别无选择。

一套完整的行动方案终于在他的头脑里形成了。就像战士跃出堑壕开始向敌人冲锋一样，他已没有丝毫的犹豫。

他看看表，这时已经是凌晨一时。

他取出记事本，查到了贾弗里的号码，拨了纽约的长途电话。出乎他意料的是电话只响了三次就有人接了。

"哈啰，我是贾弗里。"电话里传来一个不耐烦的声音。

"我是欧阳。"

"欧阳？啊，这么晚了，你有什么事？"

"我想和你谈谈蜀国铜片的事。"

"我对那铜片已经不感兴趣了。"

"不，我看你很感兴趣。你这么晚还没有睡，很可能就是在研究它。那铜片的照片就在你的手边，对吧？"

"我不懂你在胡说些什么，再见！"

"贾弗里先生，别挂电话，我要向你建议一项新的交易。"

"什么新的交易？"

"你虽然拿到了铜片，但是并不能懂那些图形的意义。我已经将它释出来了，我愿意提供给你。"

"我再说一遍，我没有看到什么铜片。但是如果你有什么学术上的新发现，我很高兴听听你的意见。"

"我们最好面谈。我可以到纽约来。"

电话里沉默了很久，最后贾弗里说："有必要吗？"

"非常必要，特别是对你而言！"

"什么时候？"

"就在今天上午。"

"好吧，我等你。"贾弗里给了他公寓的地址。

这一晚上剩下的时间，欧阳去非给怀特写了一封信，感谢他一年来的照顾，将手边的工作做了一个交代。他又签了几张支票，付清了房租、水电费和电话费用。然后将这一切全放在书桌上。最后，他将自己的衣物书籍整理了一下。一旦离开这房间，他就可能永远不会再回来了。

9月12日黎明，欧阳去非驱车去底特律机场，搭乘了第一班飞往纽约的客机。

1986年9月12日上午，纽约第52街贾弗里的寓所。这是一栋高级的住宅。公寓大门口有突出的篷布天棚越过人行道，一直延伸到马路旁边，让从汽车上下来的绅士淑女在进入大门以前不致雨淋日晒。看门人穿着制服，殷勤地为进出的人们打开沉重的橡木门。贾弗里住在九楼上，一个人占了临街的一大套房子。

"喝点什么吗？咖啡？啤酒？威士忌？"他招待欧阳去非在起居室里坐定。四壁全是高高的书架，整齐地排列着各种文版的有关中国考古学和艺术史方面的著作。从落地的玻璃门看出去，外面是一个广阔的阳台。阳台被蔷薇花架所覆盖，现在繁花正茂，非常美观。

"谢谢，来杯咖啡吧。"欧阳去非说。

贾弗里从电热炉上倒了一杯咖啡给他，自己倒了半杯威士忌，然后打开冰箱，往杯子里加了几块冰。

"把你的想法告诉我吧。"他在欧阳去非对面坐下了。

"贾弗里先生，"欧阳去非在沙发上挪动了一下，让自己坐得更舒服一点，"最近一个月来，我检索了你公开发表的所有的论文。我发现你的专长是鉴定中国古画和古瓷器，对于中国先秦历史、中国神话学和考古学，你了解很少，这是事实吧？"

贾弗里啜了一口酒："没有一个学者是万能的。"

欧阳去非接着说："不过要解开铜片之谜，却必须依靠这方面的知识，你做不到的事，我可以做到，而且已经做到了！"

"我没有研究过铜片，因为你拒绝提供照片。"贾弗里说，"不过我还是要恭喜你，你可以写成论文发表。"

"那是以后的事，"欧阳去非说，"现在我可以先将关键告诉你。"

"什么关键？"

"关键是如何辨认一个正确的方位。"

贾弗里举到唇边的酒杯突然停住了："看来你是知道了一点事情，告诉我吧，我会付报酬给你的。"

"现在不行！"

"为什么？"

"我要知道你的委托人是谁，我的话，只有当着他的面才能说。"

"这不可能！"贾弗里斩钉截铁地说。

"我建议你还是打个电话，把我的情况全部告诉他，再听听他的意见。"

"我已经说过了，这不可能。"

"那么再见，贾弗里先生！"欧阳去非站起来，"我马上就去警察局，报告铜片失窃的情况，舍逊夫人和怀特博士可以为我提供必要的证明。然后我要去纽约时报社，向记者公布我所知道的一切。贾弗里先生，我了解的情况可能比你想象的多一些。我会把事情闹得满城风雨。那时候你的委托人知道你拒绝了我的建议，是不会给你好颜色看的！"

"你到底知道些什么？"贾弗里也站了起来。

"明天看报纸吧！"

他转身要走，贾弗里伸出手来，做了一个阻止的姿势。

"请等一下，让我打个电话试试。"他犹豫了一下，"不过请你原谅，这电话我要到另一间房里去打。"

他走进了隔壁房里，并且关上了门。这电话打了很久，当他再出来时，脸色不大好看。

"行了，他答应见你。今天下午我带你去。"

"你总得告诉我准备见我的人是谁。"

"杰克逊先生。"

欧阳去非吃了一惊："亨利·杰克逊，斯旺·杰克逊的儿子？"

"是的，"贾弗里现在很平静了，"现在你该知道，我带你去见他，是冒了多么大的风险。我希望你不要玩什么诡计，那样对你、对我是没有好处的。"

亨利·杰克逊，这位在《全美名人录》上占有显著地位的人物，有谁不知道他呢？这是一个亿万富翁，大古董商，狩猎专家，又是一个不断引起社会轰动的新闻人物。这是一个极为复杂的人，在商业上精明能干，胆大妄为，有谣言说他和世界各国的文物走私集团都有联系。另一方面，他又是一个社会活动家，是学术事业、慈善事业的热情赞助者。多年以来，他不断用他在摩洛哥的豪赌，他和好莱坞巨星的艳史，他在亚马孙丛林中的历险，以及他对各种求助者的难以置信的慷慨，出现在世界各大报纸的头条新闻之中。

和这样的人打交道，确实不是一件开玩笑的事。

但是欧阳去非知道，他的推测中的最后一个缺环已经补上了。

1986年9月12日下午，纽约长岛，亨利·杰克逊的私邸。

汽车在朝向大海的一处铁栅门前停下来。佩带手枪的警卫仔细地审查了汽车里面的人，确认只有贾弗里和欧阳去非以后，用对讲机和什么人通了话，这才让他们通行。

汽车经过一大片草地，一片喷水池和一排大理石雕像，最后在一栋维多利亚式的邸宅前停下。一个身穿黑色燕尾服，看上去十分精明强悍的管家恭敬地打开车门，将他们请进屋内。

"杰克逊先生正在恭候大驾。"他彬彬有礼地说。

踏着厚厚的波斯地毯，欧阳去非就像进入了一个神话世界。那千姿百态的水晶吊灯，那装饰在走廊两侧的世界名画，那插在足有一人高的中国清代彩绘瓷瓶中的鲜花，无不显示出一种帝王式的高雅和富贵。他们沿着黄铜栏杆的楼梯来到二楼，先进入了一间候见室，这里又有两名武装警卫在等待。

"贾弗里先生，欧阳先生，请原谅我们要做一点例行的安全检查。"管家道歉说。

对贾弗里的检查十分草率，明显是在做给欧阳去非看。但是，对欧阳去非的检查却非常彻底。他们先接过欧阳去非的公文包，把里面装的照片全翻了一次。再用金属探测器测遍了他的全身，察看了他的手表、钥匙、圆珠笔和皮夹。用手捏摸了衣服的垫肩和四角，包括大腿内侧、脚腕等容易暗藏武器的部位。最后还请他脱下鞋子，内外察看了一次，检查才算结束。看来这些警卫都是受过特殊训练的专家，动作迅速，配合默契。

管家打开了一扇巨大的、用真皮包着的门，做了一个邀请的手势。贾弗里和欧阳去非走进屋内，两名警卫寸步不离地跟在他们后面。

对着房门的另一端有一个很高的、雕花繁缛的壁炉。壁炉前面有一张大书桌。这所房子的主人就坐在桌子后面等着他们。

欧阳去非以前见过亨利·杰克逊的照片，可是眼前这个真实的人仍然给他留下了深刻的印象。亨利·杰克逊年约50岁，身材壮健，头颅巨大。一张脸就像用斧头从花岗岩上砍劈而成，轮廓分明，线条刚毅。一头浓密的灰发如同狮子的鬣毛，散乱地披在肩头。这个人脸上唯一显示感情的部位是他的眼睛，欧阳去非从来没有看见过表情如此丰富的眼睛，碧蓝如天，深邃如海，时而温柔幽默，时而冷若冰霜。

房间里的布置很像一个小博物馆。壁炉上方有一个很大的狮子头的标本，一边挂着一排名贵的猎枪，另一边是一套长短不一的波斯刀剑。在大大小小的玻璃柜和不锈钢的支架上，放满了各种珍贵的文物，这其中有古埃及的玻璃瓶，南美印加文化的黄金面具，日本绳文时代的陶器，中国殷周时代的青铜器。欧阳去非知道，这里的任何一件藏品都是价值连城的宝物。

"先生们请坐！"杰克逊没有和他们握手，甚至没有站起身来，只是指了指放在书桌对面的两张皮椅。欧阳去非看得出来，杰克逊是处于高度的戒备之中，利用宽大的书桌作为屏障，尽量和客人保持一段距离。

欧阳去非坐下以后，两名警卫默默地站在他的身后。欧阳去非回头一看，他们的左轮枪都已经握在手上了。

欧阳去非并没有动声色，但是杰克逊好像看到了他的思想。

"欧阳先生，请原谅我有点神经质。你是以考古学家的身份访问美国的，但是上个月纽约有三名技击高手用他们的痛苦的经验，证明了你是全美罕见的武术专家，我不能有一点疏忽大意。"

"你太过虑了，"欧阳去非说，"除了自卫以外，我不会主动攻击任何人。"

"自卫的定义有时是很含糊的，所以我还是小心一点好。"杰克逊说，"欧阳先生，让我们谈正事吧，听说你有些事要告诉我？"

"是的，有关舍逊夫人送给我的铜片的事。"

"我不知道什么铜片。"

"这无关紧要。"欧阳去非说，"我解释以后你就会明白了。"

"说下去！"杰克逊的语音里露出了一种惯于发号施令的人的权威。

"你是熟悉蜀国的历史的，所以详情我不再多谈。不过在中国四川古代的传说中，有关蚕丛王宝藏的故事，看来是真实的。蚕丛王将宝藏的地点刻在一块铜片上，这也是事实。20世纪30年代，这铜片被农民无意中挖出来了。也许就在那时，铜片破成了两部分，刻有方位标志的那只角，被舍逊夫人的父亲菲伯斯牧师买到；而铜片的主体，也就是刻有地图的那一部分，据我推测，是落到了你的父亲斯旺·杰克逊手中。为了找到宝藏，他在1941年组织了一次发掘，但是失败了。"

"要是我的估计不错，地图上显示的蚕丛王宝藏的地点是七处，平面分布呈北斗星的形状，每个地点之间相距约1000步……"

杰克逊打断了他的话："你看过那地图？"

"没有。"

"那你怎么知道地图的内容？"

"根据你父亲发掘后留下的遗迹推测的。"

"这不可能，现在地面上早就没有什么痕迹了。"

"是的，现在没有什么痕迹了，但是当年是有的。"欧阳去非从公文包中拿出一张照片，放在桌上，"我要告诉你另外一件事。1942年，美国陈纳德将军领导的第十四航空大队，为了对日战争的需要，曾经对四川的一些地区拍摄过航空照片，其中就包括了兴汉县。请看这张照片，这就是七星岗，岗上有七个白色的圆圈，组成北斗七星的形状。最北一面的一个是农民挖出玉器的坑，其余六个应该是你父亲挖的。当年他虽然填平了那些坑，但是草木在一年之内并没有长起来，所以还是留下了痕迹。"

杰克逊小心翼翼地拿起照片，用一个带银柄的放大镜观察了一会儿，喃喃地说："你真聪明。"

欧阳去非接着说下去：

"你父亲是按照地图去找宝的，可是为什么又失败了呢？他一定推测在缺掉的那只角上，有更详细的指示。我可以想象他一定花了不少精力去找那铜片的下落，但是却没有结果。他去世以后，这项任务就落到了你身上。"

"当我在大都会博物馆演讲时，舍逊夫人当众将这铜片送给了我。当时在场的你的中国文物顾问贾弗里先生辨认出了这就是地图上遗失的那只角，这才知道几十年来你们要找的东西就保存在纽约。你们的遗憾，我是可以想象的。"

"你是一个反应非常敏捷的人，杰克逊先生。你马上派贾弗里先生来收买这块铜片，而遭到拒绝以后，就派人搜查了我的旅馆，对我进行拦路抢劫，还派了一个姑娘来接近我，充当间谍。最后，你们终于用卑鄙的手法盗走了我的铜片。"

杰克逊扬了一下眉毛，可是没有开口。

"尽管你们拿到了铜片，尽管贾弗里先生已经初步进行了研究，可是你们仍然不能解释上面的图形的意义。"欧阳去非紧紧地盯着杰克逊，"我没有说错吧，先生！"

房间里一片沉默，杰克逊陷入了沉思。

"你确实知道得不少，"他最后说，"把铜片的秘密告诉我吧，我不会亏待你的。"

"1935年发现的那一坑玉器，位置在七星岗的北部边缘。从你父亲试掘的地点来看，他明显是认为其余的六个坑应该分布在它的南方，也就是七星岗的中部。这是有道理的。其实以这一坑为坐标，把它作为北斗七星斗柄的第一颗星，再根据地图上标出的距离，要确定其余六个坑的相对位置，并不是一件很困难的事。但是为什么你的父亲又失败了呢？只有一个原因，那就是他推测的方向错了。"

杰克逊静坐着，如同一座石像。贾弗里将身体往前倾，聚精会神地听着。

"在这里我必须要介绍一下古代中国人定方向的标志。在中国古籍《尚书·尧典》中，记载有璇玑星，也就是北极星，所以一般人都认为从尧舜的时候开始，中国人就是以北极星来定方向。从航空照来看，你的父亲也是将地图上的北方定在北极星的方向。其实，由于地球自转轴的运

动，北极星也是不断在变化。现在我们观察到的北极星，是小熊星座 α
星。但是，《尚书·尧典》所记载的却是公元前2600年左右的星空。当时
靠近极点的星是天龙座的 α 星，中国史书称为紫微垣右枢星，这也就是当
时的北极星。到了蚕丛王的时代，也就是公元前1200年左右，天极正处在
小熊座 β 星和天龙座 κ 星之间，所以当时的人并没有一颗明亮的、适于观
察的北极星。那么人们靠什么来定方向呢？我以为至少在蜀国，人们是利
用太阳作为标志的。"

"这不大可能。"贾弗里打断了欧阳去非的话，"谁都知道，从地面
看上去，一年四季，太阳运行的方向都是在变化的。从夏至到冬至，这其
中有47度左右的差异。"

"这就是我那铜片上的图形所要告诉你们的了。"欧阳去非接着说，
"图上的箭头，表示方向。三只脚的鸟名叫三足乌，是中国古代的太阳之
精，中国古籍《山海经·大荒东经》和《春秋元命苞》都有'日中有三足
乌'的记载。那个口中含蛇的神怪，名叫'荃'，是冬天之神，这可能是
南方的传说，所以在古籍中没有记载，但是在楚缯书代表冬季的那一方绘
有类似的形象，旁边写明了'荃司冬'三个字。"

他取出缯书的照片，将有关部分指给贾弗里看。贾弗里看了以后点点
头，隔着桌子将照片递给杰克逊。

"现在结论就十分清楚了，地图上的东方，应该以冬至日太阳升起的
方向为准，这方向大约相当于罗盘读数的东偏南23.5度。其余的方向也应该
相应地照此移动。如果我们以最北的一个坑为轴，将照片上你父亲留下的
六个坑位顺时针方向移动23.5度，我想我们就能准确地找到蚕丛王其余的宝
藏地点了。"

"就这么简单的一件事，"杰克逊仍然像自言自语地说，"可是我们
花了两代人的努力却没有发现它！"

"哥伦布发现新大陆，所根据的理由也是简单的。"欧阳去非回答。

杰克逊显然已经作出了一个决定，他坐直了身子带着一种不容驳斥的自信说：

"欧阳先生，看来你非常智慧，非常勇敢，也非常直率，所以，我也将非常直率地对待你。你所说的基本上都是事实，只有一点我需要说的。我雇了一个人去为我找到保管在你手中的铜片，这就是我所做的一切。至于他采取了什么手段，我事先确实不知道，也不需要知道。只问货物的真假，不问货物的来源，这是全世界古董商人的共同原则。所以如果你在这一过程中受到了什么损害，我很抱歉，但是这不是我的本意。"

"在中国，我们称你这种人为教唆犯。"欧阳去非冷冷地说。

"在美国，如果你提不出证据，没有人会接受你的指控，"杰克逊不在意地说，"欧阳先生，你的情绪我能理解。人生如同大赌博，有赢家，有输家，这一次你赌输了，但也并非一无所得。我十分欣赏你的才能，像你这种文武全才的人，正是我所需要的。我立即雇用你当我的一个公司的副经理，年薪10万美元。除奖金之外，我可以立即为你办理长期定居美国的手续。听说你和那个名叫梅琪的女孩子感情不错，从此以后，你们可以在一起舒舒服服地过日子了。怎么样？"

"在我接受你的条件之前，你可否先回答我两个问题？"

"当然可以。"

"你的父亲对蚕丛王的宝藏坑感兴趣，这是十分自然的，因为在当时，他很容易就可以将东西搬走。可是现在，中国政府已经严格控制了一切文物出口，你有什么把握能去发掘？就算发掘到了宝物，你又有什么把握能运出中国？你为此投入这么多的资本，不是太冒险了吗？"

"正因为是冒险，我才感兴趣的。"杰克逊说，"我从事这项工作并不是为了钱，而是接受一种挑战。我父亲没有完成的事，我应当去完成它。越是难以做到的，我越是要做到！至于在中国境内的活动，那用不着我操心。只要我有了正确的线索，我的一些朋友，会作出一切安排的。至于他们怎么去挖，怎么将东西运出来，那就是他们的业务秘密了。"

欧阳去非知道他讲的是实话。

"我还有一个问题，你们把梅琪藏到哪里去了？"

杰克逊眼神里露出了一丝笑意，如果这个人知道微笑的话，这也许就算他的微笑了。

"欧阳先生，"他说，"也许你将我看成电影007里黑社会的头子了，我利用了一个姑娘做诱饵，然后将她藏起来，或者杀人灭口。其实当我知道我的朋友的计划中利用了这个姑娘以后，我立即接见了她。昨天下午，她向我倾诉了她的全部经历，她对你的爱情，我十分同情她，已经为她提供了一份待遇优厚的工作，安排了新住处。今天晚上，你就可以看见她了。好啦，现在我们签合同吧！"

欧阳去非摇摇头。

"什么？你还嫌待遇太低？"杰克逊十分意外。

欧阳去非说："你给我多少钱都没有用，因为我根本不想和你合作。"

杰克逊的眼睛里，第一次出现了激动："你……你这是什么意思？如果你不愿意合作，那你为什么要来见我？"

"只有这样，我才能最后证实我的猜想。"

"那你为什么要将铜片的秘密告诉我？"

"因为我马上就要回国去，建议政府加强对七星岗遗址的保护，开展对七星岗遗址的科学发掘，你就是知道这一秘密，也是没有用的。"

杰克逊的蓝眼睛，骤然变得冷酷了。

尽管房间里的空调一直开得冷暖适度，可是贾弗里的额头还是渗出了大颗的汗珠。

就连两个像雕像似的站在欧阳去非身后的警卫，呼吸也变得粗重。

室内的气氛，紧张得似乎要爆炸！

"杰克逊先生，我知道你在想些什么。"欧阳去非打破了沉默，"你以为如果我在纽约失踪了，那就不会有人揭发你了。"

"谁能预测以后发生的事情呢？对于一个外国人来说，纽约是一个很复杂的地方。"杰克逊的声音就像泡在冰水里一样。

"不过我还为自己保留了一点秘密。在知道这个秘密以前，我建议你不要制造失踪案件。"

"什么秘密？"

"请把那张航测照片和放大镜给我。"

杰克逊将照片和放大镜推过来，欧阳去非拿起放大镜对着照片："请看这儿。"

桌子很宽，杰克逊不得不站起来，俯过身子。就在他挨近欧阳去非时，欧阳去非突然伸出右手食指，闪电似的在他胸部中央点了一下。这动作猝不及防，杰克逊痛得"哎哟"叫了一声。

站在欧阳去非身后的警卫反应也够快的，"唰"的一声，两支枪对准了欧阳去非的后脑。

欧阳去非假装不知道身后的动静，又慢慢坐了下来。

杰克逊恼怒地说："你这是干什么？"

欧阳去非悠闲地说："请坐下，现在你不宜激动，激动对你健康不利。"

杰克逊一边坐下，一边说："你到底在搞什么鬼？"

欧阳去非说："我想向你介绍一点中国武功的秘密。"

杰克逊不耐烦了："我没有时间听你胡扯！"

"你最好还是把我的话听完，因为这关系到你的性命！"欧阳去非不疾不缓地说，"中国的传统医学认为，在人体内部，除了血液循环系统和神经系统以外，还有第三种传导系统，称为经络系统。经络系统在体表有若干灵敏的感应点，这就称为穴位，每一穴位都与固定的内脏器官或功能系统相联系。你一定听说过'针灸'这个名词。所谓针灸，就是用针刺或者熏灼穴位的方法来治病的。"

"这些鬼话和我有什么关系？"杰克逊打断他。

"有的穴位牵涉到人的要害部门，我们称之为死穴。"欧阳去非自顾自说下去，"如果这种穴位受到经过训练的人点打，那么就可以致命。在中国武术中，这种技术叫作点穴，它代表了武功最高的成就。"

杰克逊张了张嘴，可是他这一次没有出声。

"刚才我已经点了你的死穴。"欧阳去非平静地说，"你要不信，请解开衬衣看一下。"

杰克逊迟疑了。

贾弗里插嘴了："杰克逊先生，我曾经在中国古书上看到过这种事，你可要小心！"

杰克逊半信半疑地解开衬衣，在他胸前的正中央，果然有块硬币大小的红斑。

欧阳去非说："你再用指头按一下。看在上帝分上，可千万别太使劲。"

杰克逊谨慎地按了一下，他脸上的表情显示了他那儿不太舒服的感受。

"这一切全是胡说八道，因为我并没有死。"最后，他嗫嚅着说。

欧阳去非微微一笑："这又是中国武术的神奇之处了。点穴的方法有几种，有点了以后致人残废的，有点了当场毙命的，还有点了以后过一段

248

时间才死的。我点的是让你24小时以后死去的穴位，除了我以外，世界上没有任何一种医药可以解救。所以明天这个时候，你就将痛苦地死去，你的医生将把你死亡的原因，归之于心肌梗阻。"

"我……我可以控告你蓄意谋杀！"杰克逊咆哮起来。

"是的，你可以这样做。可是谋杀罪要能成立，必须以你的死亡作为前提。"欧阳去非回答。

"这是卑鄙！这是讹诈！"杰克逊怒不可遏。

欧阳去非无动于衷地说："杰克逊先生，这场游戏是你强迫我玩的，游戏规则也是你制订的！"

他们两人恶狠狠地对视着，目光如利剑似的铮然相遇了。杰克逊缓缓地举起了手。这是一个信号，于是两名警卫立即把手枪对准了欧阳去非的太阳穴。

但是欧阳去非连脸上的肌肉也没有抖动一下，在他的眼光里，杰克逊没有发现半分动摇，半分恐惧。有的只是一种野性的威胁，一种狂暴的愤怒。

杰克逊迟疑了。他曾经看见过这种目光，那是在非洲打猎时，从一头受重伤的雄狮的眼中看到的。这头雄狮的标本，此刻就挂在他的背后，可是它那最后凛然不屈的眼光，至今仍使杰克逊心有余悸。

抱着这种决心的人，绝不怕虚声恫吓，他们必然是准备与敌人同归于尽的。

万一他讲的是真话呢？

于是杰克逊冷静了，他微微一摇头，警卫都放下了枪。

"好，王牌在你手中，你赢了。"等到他再开口时，他的神色已平和如常，"我希望你能尽快解救我，摊出你的条件吧！"

"很简单，把我的铜片还给我！"

"你先要解救我，我再还你。"

"只有我带着铜片，到达安全地点以后，我才会打电话把药方告诉你。"

"我凭什么相信你呢？"

欧阳去非一指戳在大理石桌面上，两厘米厚的坚石应手进裂了一块。

"杰克逊先生，我如果存心要伤你的性命，你现在已经是一具尸体了。"

杰克逊无可奈何地摇摇头，掏出一张名片递过去："打这个号码，从现在开始，我会亲自守候在电话机旁。"

他站起身来，走到壁炉旁，按了一个暗钮，原来挂在墙上的一幅画移到了旁边，露出了一具保险箱。他输入密码，打开箱门，取出那个紫檀木盒子，交给欧阳去非，欧阳去非检查了一下，铜片是在里面。

"你还欠我一点钱，杰克逊先生。"

杰克逊似乎在等他这句话，立即掏出了支票簿："你要多少钱？"

"176分。"

"什么？"杰克逊以为自己听错了。

"176分，"欧阳去非重复一次，"这次从底特律到纽约的来回机票钱，我认为应该由你承担。"

杰克逊签了支票，喃喃地说："我喜欢有幽默感的人！"

欧阳去非接过支票："现在送我到梅琪那里去吧。"

1986年9月12日夜，纽约市麦迪逊大街梅琪的寓所。

当杰克逊的司机用一部豪华的卡迪拉克大轿车将欧阳去非送到目的地时，天已经黑了。

这是一幢带家具出租的公寓，安静而舒适，梅琪的房间在11层。

欧阳去非按了门铃。片刻之间，房门开了，梅琪像个幽灵似的站在门框里。

两人对视了很久，谁也没有开口。

欧阳去非根本不知道为什么要来看她，更不知应该说些什么。

最后，还是梅琪打破了沉默："刚才杰克逊先生给我打了电话，所以我在等你，进来吧！"

她转身走进屋里，坐在一张矮沙发上，双手抱膝，眼睛瞪视着前方，像个梦游人一样。在灯光下，欧阳去非看到这两天之中，她明显地变得消瘦了，苍白了。

欧阳去非在她的对面坐了下来。

"这么说来，一切都是一场骗局？"他说。

"是的。"梅琪轻声回答。

"你一直都在骗我？"

"是的。"

欧阳去非突然感到了一种无法抑制的倦意。他已经整整两天两夜没有睡觉了。他已经没有愤怒，没有悲哀，他只感到空虚，只感到自己的心向一个无底的深渊落下去、落下去……

"为了几个臭钱，你就可以出卖灵魂？"他无力地问。

"我不是为了几个臭钱，我是为了我的弟弟。"

"你的弟弟与这件事有什么关系？"

"他染上了吸毒的坏习惯，最后落入了黑帮的魔掌。他们威胁我说，如果我不帮他们取到铜片，他们就要害死我的弟弟。我父母临死时，留下的遗言都是要我照顾弟弟。我在他们的遗体前发过誓。"

"所以你就决定把我作为牺牲品。"欧阳去非的声音听起来就像一声叹息。

"我没有牺牲你，我爱你，这是真的。"梅琪的眼泪大颗地往下流，她不得不咬紧牙关，尽力克制自己，才能继续说下去，"自从我们同机回到底特律以后，我就决定不再与你联系，我不愿意骗你。可是他们放了一段录音给我听，那是我弟弟的声音，由于他们断绝了他的毒品供应，他没法活下去。他求我，用父母的名义求我，那声音好凄惨！我没有办法，给你打了电话。以后你来了，我知道我爱上了你。我决定野营回来以后把一切告诉你，请求你的原谅，可是他们追踪我到了营地。当你下山去提水时，他们抓住了我，威胁我说，如果我不把保险箱的密码讲出来，他们就要打死你，我知道他们是说得到做得到的。"

"你应该让他们打死我，这样反而好一些！"欧阳去非软弱地说。

"欧阳，我对不起你，没有脸再见你，你可以轻视我，打我，杀我，可是我只求你一点，不要怀疑我对你的感情。你不知道一个单身华裔姑娘在社会上谋生有多难，你不知道我受过多少欺凌！自从遇见了你，我才相信这世界上确实有纯洁的心，有高尚的情操。天主做证，你曾经是我唯一的爱，唯一的希望。我欺骗了你，可是也毁掉了我自己。如果不是考虑到我弟弟，我已经不再想活下去了。"

她最后的一句话被一阵呜咽所埋没。她慢慢地滑到地上，跪在欧阳去非面前，满面凄凉，泪落如雨，让人不忍卒视。

欧阳去非用最大的意志力控制自己，站起来，走出了房间。他没有回头，也不敢回头。梅琪的哭声一直伴随着他，可是在他听来，这哭声似乎是和歌声混杂在一起的：

> 柠檬树是如此的美丽，
> 柠檬花是如此的芳香，
> 但是可怜的柠檬果啊，
> 却不能供人品尝。

他踉跄着走出公寓，欲哭无声，肝肠寸断。他知道自己心灵深处有一盏灯已经熄灭，而且永远不能再点燃了。

他经过一处公共电话亭，忽然记起了一件事，于是走进去，往投币孔塞了一个硬币，拨了杰克逊的号码。

"我是欧阳。"

"啊，欧阳先生，是你？快把解救的药方告诉我，我已经不太舒服了。你放心，从此以后，我再也不会找你的麻烦……"杰克逊一口气说了很多。

"请记住这药方：喝一杯白葡萄酒，然后上床睡觉去！"

1989年2月1日，亨利·杰克逊的来信。

亲爱的欧阳先生：

我刚从报纸上看到了七星岗的伟大发现。我曾经希望成为这一发现的主人，但是却失败了。你玩了一场十分精彩的赌博，成了胜利者。我虽然没有赢家的幸运，但是却有赢家的度量，因此我应该向你致以热烈的祝贺。

我准备邀请你再度访美，介绍你的新发现和新的研究成果；当然，还有中国武功的新秘密，如果你愿意的话。这一邀请可以由你选中的任何大学或博物馆出面。我希望你能同意。

我应当向你介绍一下你的几位熟人的近况。贾弗里博士已经退休，不再担任我的顾问。他现在很少谈论中国文物，而热衷于在阳台上培植蔷薇花。他说，经过几十年的研究以后，他终于发现一个西方人要理解博大精深的中国古代文化是件极其困难的事。我想，他的这个新认识是与你的启发有关的。

我还要提一下那个可怜的姑娘——梅琪。她的弟弟已经在不久前死去。在安葬了弟弟的遗体以后，她就辞退了工作，到圣安德修道院去当了修女。一想到这么一个善良美丽的姑娘从此以后将自己活埋在那厚厚的石墙后面，与经卷青灯为伴，在祈祷中打发残生，我就十分难受。她现在还在体念期中，没有举行更衣礼，也就是说，她还有还俗的可能性。我的年轻的朋友，如果这世界上还有人能劝说她再返人世，这个人就只有你了。这也是我邀请你访美的另一个原因。当七星岗的宝藏已经有了一个圆满的结局以后，我希望你原谅我，也原谅她。要知道人世虽然充满了罪恶，宽恕却始终是一种美德。

希望能尽快得到你的答复。

诚挚的

亨利·杰克逊

1989年1月24日

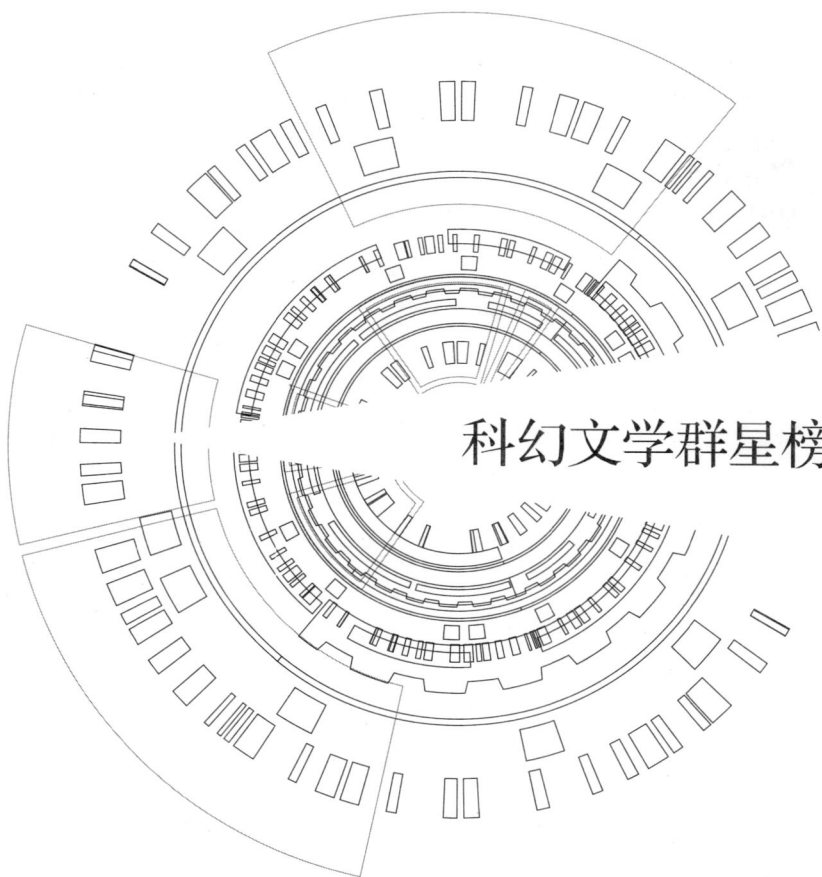

科幻文学群星榜

序号	作者	书名
1	郑文光	侏罗纪
2	萧建亨	梦
3	刘兴诗	美洲来的哥伦布
4	童恩正	在时间的铅幕后面
5	张静	K星寻父探险记
6	程嘉梓	古星图之谜
7	金涛	月光岛
8	王晋康	生死平衡
9	刘慈欣	纤维
10	潘家铮	子虚峡大坝兴亡记
11	韩松	青春的跌宕
12	星河	白令桥横
13	凌晨	猫
14	何夕	异域
15	杨鹏	校园三剑客
16	杨平	神经冒险
17	刘维佳	使命：拯救人类
18	潘海天	饿塔
19	拉拉	永不消逝的电波
20	赵海虹	月涌大江流
21	江波	自由战士
22	宝树	人人都爱查尔斯
23	罗隆翔	朕是猫
24	陈楸帆	动物观察者
25	张冉	灰城
26	梁清散	欢迎光临烤肉星
27	七月	撬动世界的人于此长眠
28	杨晚晴	天上的风
29	飞氘	讲故事的机器人
30	程婧波	第七种可能
31	万象峰年	点亮时间的人
32	长铗	674号公路
33	迟卉	蛹唱
34	顾适	为了生命的诗与远方
35	陈茜	量产超人
36	刘洋	单孔衍射
37	双翅目	智能的面具
38	石黑曜	仿生屋
39	阿缺	收割童年
40	王诺诺	故乡明
41	孙望路	重燃
42	滕野	回归原点